———— 阅读之前 没有真相

午夜文库

————米克·赫伦作品

米克·赫伦
Mick Herron（1963— ）

米克·赫伦，一九六三年生于英国纽卡斯尔，英国间谍小说巨匠、著名悬疑小说作家。他毕业于牛津大学最古老、最负盛名的贝利奥尔学院，获得英语学士学位。代表作为"流人"系列。该系列目前已出版八部，前五部已改编为APPLE TV大爆剧集《流人》，由奥斯卡影帝加里·奥德曼领衔主演，新生代人气演员杰克·劳登倾情加盟，携一众英伦戏骨精彩飙戏，演绎后冷战时代的失意间谍群像，写就当代打工人的辛酸苦难史。目前本剧已播放前三季，在国内外均获得绝佳口碑，在豆瓣更是取得9.1分的亮眼成绩。

赫伦凭借"流人"系列第二部《亡狮》获得二〇一二年英国犯罪作家协会金匕首奖。他被誉为约翰·勒·卡雷的继承者、新时代的间谍小说之王，《纽约时报》《星期日泰晤士报》等媒体盛赞他为英国在世悬疑作家中最杰出的一位。

"流人"系列 02

亡狮
Dead Lions

[英] 米克·赫伦 著
郑雁 译

新星出版社　NEW STAR PRESS

主要人物表

斯劳小队

杰克逊·兰姆

瑞弗·卡特怀特

凯瑟琳·斯坦迪什

路易莎·盖伊

明·哈珀

罗德里克·何／罗迪

马库斯·朗里奇

雪莉·丹德尔

军情五处

英格丽德·蒂尔尼	局长
戴安娜·泰维纳	副局长
蜘蛛／詹姆斯·韦布	泰维纳的心腹
莱纳德·布拉德利	前管治委员会主席
罗杰·巴罗比	现任管治委员会主席
查尔斯·帕特纳	军情五处前局长
茉莉·多兰	档案馆看守者
萨姆·查普曼	"恶犬萨姆",前"看门狗"头目

迪基·鲍	前英国特工
亚历山大·波波夫	前苏联幽灵间谍头目
安德烈·切尔尼茨基	B 先生
尼古莱·卡廷斯基	前苏联间谍
阿尔卡迪·帕希金	俄罗斯富豪
基里尔和皮奥特	帕希金手下

阿普肖特居民

汤米·莫尔特	小贩
凯利·特罗珀	酒吧女招待，飞行俱乐部成员
格里夫·叶茨	移民二代
雷蒙德·哈德利	退役飞行员，飞行俱乐部荣誉顾问
邓肯·特罗珀	前伦敦高级律所职员
安妮·萨尔蒙	前经济学教授
安德鲁·巴奈特	前交通部公务员
斯蒂芬·巴特菲尔德	前左倾出版社社长
麦格·巴特菲尔德	斯蒂芬的妻子，经营一家服装店
达米恩·巴特菲尔德	斯蒂芬和麦格的儿子，飞行俱乐部成员

致 MSJ

目录

7	第一部　黑天鹅
171	第二部　白鲸

1

斯温顿发生了保险丝熔断，整个西南部的铁路系统都陷入瘫痪。帕丁顿车站的所有显示屏上都删掉了出发时间，换上了大幅晚点几个字。被困列车挤在站台边，不走运的旅客带着行李箱聚集在大厅，有经验的通勤者结伴前往酒吧。一些人终于找到了不回家的借口，打完电话转身就回城投入情人的怀抱。一列前往伍斯特的特快列车从伦敦出发，三十六分钟后停在了一条孤零零的铁轨上——窗外正对着泰晤士河。船屋的光洒在河面上，照亮了几艘划艇。在这个寒冷的三月夜晚，迪基·鲍看着两艘纤长的竞速艇划向远方，在身后留下一条条波痕。

身边的乘客都在小声抱怨，看着手表，拨通电话。迪基·鲍回想起自己扮演的角色，急躁地咂了咂舌。但是他没戴手表，也不需要打电话。他没买车票，也不知道自己要去哪儿。

往前数三个座位，戴帽子的男人翻弄着手提箱。

车内广播发出了"嗞嗞"的杂音。

"各位旅客好，我是本次列车的列车长。很遗憾通知各位，由于斯温顿发生轨道旁设备故障，列车无法继续前往目的地。目前我们正在——"

一阵静电声"嗞啦"响起，广播中断，但还能隐约听到隔壁车厢仍在继续。不久后，广播声再次响起：

"回到雷丁站,您可以乘坐铁路代行巴士——"

听到这句话,人群顿时怨声载道。虽然嘴里骂着,但这似乎在意料之中。迪基·鲍对此颇为感慨。广播还未结束,人们就开始穿上大衣、合起电脑、收好背包,然后离开座位。列车换了轨道,雷丁站再次回到了眼前。

乘客们鱼贯而出,站台上顿时拥挤不堪,场面一时间混乱至极。他们下了车,才发现不知道该往哪里去。迪基·鲍也是如此,但他关心的只有那个戴帽子的男人。此时男人隐身于人海中,但身经百战的迪基并不惊慌。曾经的本能再次苏醒,仿佛他从未离开过间谍的战场。

换作当年,他会找一个墙角,点上一根烟。但在这里是不可能的。他突然犯了烟瘾,就像被黄蜂蜇了一下大腿。痛感如此真实,他不由得倒吸了一口气。他伸手摸去,摸到了公文箱尖锐的转角,又摸到了湿漉漉的雨伞。真是致命武器,他想道,这些普通上班族竟然随身携带致命武器。

无论是否情愿,他都只能被人群推搡着向前。他再次看到了目标人物:那个戴帽子的男人。帽子遮住了男人的光头,男人腋下夹着手提箱,站在通往桥廊的电梯旁。于是迪基穿过疲惫的旅客,乘上扶梯。上楼后,他悄然拐进角落,出口就在桥廊的另一侧。他推测,等换乘巴士的通知播出后,大家都会从那里离开。

他闭上眼睛。今天是不同寻常的一天。经过五个小时的浅眠,他往往会在中午十二点左右起床。平时到了下午六点半左右,他的情绪都已被抚平。他会在屋里喝一杯黑咖啡,抽根烟,需要的话就洗个澡。然后去星辰酒吧,点上一杯威士忌兑啤酒。喝完之后,他要么浑身舒畅,要么后悔不已。苦日子已经结束了。当年他也有过堕落的时刻,醉到连妓女和修女都分不清,错把警察当朋友。清醒后，他偶尔遇到前妻甚至认不出来，她们却只觉得如释重负。往事不堪回首。

但即便在当年，他也不可能任由一个莫斯科间谍从面前走过，不去一探究竟。

人群开始移动。广播里说明了换乘巴士的注意事项，大家都开始往桥的方向走。他在显示屏旁边等着那个男人经过，然后让自己被乘客推向前方。三个温暖的身体在背后推着他，他不该离得这么近，但没办法，人群不受控制。

大家都很烦躁。他们挤过桥对面的检票口，质问车站员工。工作人员时而安抚、时而争论，最后指向了出口。外面又黑又湿，看不到巴士在哪儿。乘客涌向站前广场，迪基被人群包围，目不转睛地盯着目标。男人正冷静地站在原地等待。

他的行程被打乱了。但是干这行的人（迪基忘记他早已退休了）难免会遇到类似的情况。那个男人肯定在下车前就已经想好了，他会随波逐流，不声不响地更换其他方式继续前进。至于目的地在哪儿，迪基毫无头绪。列车的终点站是伍斯特，但是在那之前还有很多站，男人可能在其中的任何一站下车。迪基只知道，他会跟在后面。

三辆巴士驶来，停在转角处。人群紧张地向前挤去，那人像破冰船一样穿过，迪基沿着他劈开的道路前进。有谁喊了几句注意事项，但声音太小了，还没说完就被骚动声淹没，没有人听到他说了什么。

但目标知道自己在干什么，径直向着第三辆巴士走去。于是迪基跟着他，悄然穿过混乱的人群，尾随他登上了巴士。没有人检票。迪基继续走到巴士后方，坐在了目标后面两排的位置。坐下后，他终于安心地闭上了眼。每个任务都有喘息的间歇。这时你就要闭上眼，梳理情况。他离家很远，身上只带了十六英镑。他想喝一杯，但短时间内不太可能喝到。好消息：他此时就在这里，他都不知道自己竟然怀念这样的生活。真正的生活，而不是用酒精麻痹自己。

他发现目标的时候就在喝酒。那人竟然就在星辰酒吧里。换成普通人，肯定会惊讶地大喊："什么鬼？"但是间谍不会，即使是退休很久的间谍。他看了眼时间，喝完了健力士黑啤，叠好手头的报纸，然后走出了酒吧，在两家店外的书店守株待兔。他回想起上次见到那人的情景，回想起那时见到的其他人。那人只是个杂兵，手里拿着瓶子，把里面的东西灌进迪基被迫张开的嘴里。他几乎不说话，用电流击穿迪基脊椎的也不是他。

十分钟后，那人走出了酒吧，迪基顺势跟上。他甚至能在森林里追踪一只雪貂，某个被遗忘的幽灵更是不在话下。是的，那是一段往事，是间谍战场上的回声。

如果你一定要问的话，那个战场在柏林。柏林墙倒下时砸飞了一根树枝，惊慌的间谍就像藏在底下的潮虫一样四散而逃。每天至少两次，某个汗津津的"线人"会声称自己的纸箱里装着无价之宝：防御战略、导弹储备、绝密档案……历尽千辛万苦之后，倒塌的柏林墙昭示：所有人的过去都被抹除了，同样被抹除的还有迪基·鲍的未来。谢了，老家伙。现在局里已经不需要你的，呃，技能了……什么，养老金？哪有养老金？无奈之下，他回到了伦敦。

巴士司机说了句什么，迪基没听清。车门关上，司机按了两下喇叭，对另外两辆车道别。迪基揉着大腿，他刚才被公文箱或者雨伞柄戳到了。他想到了命运，想到它是如何把你带到各种地方的。比如从苏活区的街道，到地铁站，再到帕丁顿车站，登上列车，然后来到这趟巴士上。他不知道，这到底是好运还是厄运？

灯光熄灭，巴士成了一个移动的影子。乘客点亮头顶的灯泡，笔记本电脑的屏幕闪烁着蓝色的荧光，苹果手机亮起幽幽白光。迪基从口袋里摸出自己的手机，但没有新消息。他从来不会收到消息。他翻着通讯录，恍然发现列表竟然这么短。两个座椅前方，那个男人把手中的报纸卷成筒状夹在腿间，帽子挂在上面。他可能睡着了。

巴士离开了雷丁站，窗外的乡村漆黑如墨。远处有一串红色的灯光，标出了迪德科特塔所在的方位，却看不见冷却塔本身。

迪基拿着手机，就像拿着一颗手榴弹。他用拇指摸着数字键盘，摸到了中间按钮上的小小凸起，这样他就可以盲打了。但是谁会愿意听他说话呢？迪基是个老古董。世界已经变了，他应该发什么样的信息？说他看到了一张来自过去的面孔，然后尾随对方回家？谁会在意？世界已经变了，时代抛弃了他。

最近他已经不会因此感到失落了。迪基偶尔能在苏活区的暗巷中听到传言，现在就连废物都能拥有第二次机会。和所有其他公司一样，安全局也受到各种规章制度的限制。如果你开除了一个废物，就会被指责歧视弱智。所以安全局就把他们都丢到了某个无人问津的附属部门，让他做无聊的文书工作，再用强硬的管理手段逼迫他们主动辞职。大家叫他们下等马，废物，失败者。他们是兰姆的手下，迪基以前在柏林见过兰姆。

他的手机发出了"哔"的一声，但没有收到新消息。只是低电量的提示音。

体内的能量被耗空，迪基知道那是什么感觉，没什么好说的。他的注意力涣散片刻，又集中到别处。电脑风扇静静地转着，手机发出细微的声响，但迪基发不出声音。他动弹不得，甚至无法弯曲手指。手机键盘中央的凸起摩擦着他的拇指。

摩擦，摩擦。

他必须传达一条重要的消息，却不知道该怎么说，也不知道该发给谁。有那么一瞬间，他知道自己身处一群温暖而潮湿的人群中间，呼吸着同样的空气，听着同样的旋律。但是声音渐渐远去，再也听不真切。一切都在消散，除了窗外的景色。外面是绵延不断的黑色，缀着点点星光，就像纱巾上的亮片。渐渐地，灯光也模糊了，最后归于黑暗。巴士载着乘客穿过黑夜，驶向牛津。等到达的时候，车里就少了一个灵魂，它永远地留在了雨中。

第一部 黑天鹅

2

路面施工终于结束了，伦敦市芬斯伯里区的艾德门大街也归于平静。当然没平静到可以野餐的地步，但至少不再是之前那种车祸现场般的惨状。社区的脉搏逐渐平缓，虽然街上仍是一片喧嚣，却已不似之前那般刺耳。偶尔能听到街头的乐声。汽车唱着歌，出租车吹着口哨，居民诧异地看着车辆在路面上飞驰而过。施工结束之前，去马路对面坐公交车最好自备一份午餐，因为你不知道要等多久。而如今，光是过马路就要花半个小时。

城市丛林正在恢复本来的面貌。仔细观察的话，你会发现任何丛林都有野生动物在繁衍生息，城市也不例外。午前有人看到了一只狐狸，从白狮巷走进巴比肯中心，跳上花坛，穿过人造池塘。小鸟和老鼠也会在此嬉戏。池边的草木间藏着青蛙，天黑之后还会有蝙蝠。所以看到一只猫从巴比肯的某栋大楼跳出来，稳稳地落在地上，我们也不必惊讶。它虽然没有转头，却能观察到四周的情况。这是一只暹罗猫。一身浅色短毛，细长的眼睛，体态纤细，动作轻盈。和其他猫一样，它可以悄无声息地潜入门窗的缝隙，钻进人们以为是密闭的场所。猫在原地停留了片刻，然后离开。

猫的动作比谣言传开的速度还快。它跨过天桥，走下楼梯，钻进车站，从另一端来到街头。换作别的寻常猫，肯定要在过马路之前犹豫片刻，但我们这只不同。它相信自己的直觉、耳朵和速度。一辆货车踩下刹车之前，它就已经冲到了对面，消失在视线中。司机愤怒地探出头，却只能看到一扇漆黑的门，门上布满灰尘，夹在报刊亭和中餐店的缝隙间。黑色的漆上还有路边飞溅的泥点，一只泛黄的牛奶瓶孤零零地站在台阶上，猫已不见踪影。

当然，它只是绕到了后门。没人会从正面进入斯劳部门。相反，员工会穿过一条暗巷，走到脏乱的后院。墙壁都发霉了，还有一扇因湿气、严寒或酷暑而变形，必须用力踢才能打开的门。但猫的步伐敏捷，不需要使用暴力。眨眼间，它就进到了门内，迅速爬上楼梯，来到了两间办公室门前。

一楼租给了皇朝中餐店和报刊杂货铺，二楼则是罗德里克·何的办公室。屋里到处是杂乱的电子设备，仿佛踏入了赛博热带雨林。被丢弃的键盘在角落里筑巢，颜色鲜艳的电线从拆到一半的显示器上凸起，像腹中的肠子。铸铁书架上放着软件手册、电线、鞋盒，还有形状各异的金属零件。何的办公桌上是一座摇摇欲坠的金字塔，由宅男必备的基本建材比萨盒搭建而成。总而言之，这是一间拥挤的房间。

但如果猫把头探进门内，就会发现屋里只有何一个人。他独享整间办公室，而且他也更喜欢这样，因为他讨厌其他人。但他从未意识到这种厌恶其实是相互的。路易莎·盖伊怀疑何有自闭症，明·哈珀则认为何是个技术狂。所以我们看到何发现猫咪的第一反应也就不会觉得奇怪了：他会朝猫扔一个可乐罐，然后遗憾地发现没砸中。但何同样不知道，他并不擅长击中移动的目标。若要把可乐罐扔进半个房间外的垃圾桶，他几乎百发百中，但如果垃圾桶离得更近，他反而会失手。

猫毫发无伤地退回走廊，去看隔壁的办公室。里面有两张陌生面孔，是刚被分配到斯劳部门的新人。两人肤色一黑一白，性别一男一女。我们暂且还不知道这两位新人的名字，但他们显然都被意料之外的访客吓了一跳。这只猫是常客吗？它也是我们的同事吗？还是说，这是一场测试？他们困惑地看向彼此，猫趁机溜走，继续上楼，又有两间办公室。

明·哈珀和路易莎·盖伊就在第一间里。如果他们发现了猫，就会做出令它尴尬无比的举动。路易莎会蹲下来，把猫咪抱进怀里，靠在她柔软的胸脯上。明觉得路易莎的胸不大不小，刚刚好。如果他能不再想着路易莎的胸，就会一把抓起猫咪的后颈，让它转过头，与它对视。他们会在彼此身上找到同样的猫科动物特质。即便没有柔软的皮毛，他们也有许多共同之处。比如夜间矫健的身姿，昼伏夜出的习性，还有白天隐而不显的捕猎本能。

两人会提起要不要找点牛奶来给它，但没人会付诸行动，主要是为了展现自己的温柔大方。至于我们的猫咪，它会在门口的地毯上撒一泡尿，然后离开。

接下来是瑞弗·卡特怀特的房间。这个年轻人有一头金发，白皙的皮肤，上唇还有一颗痣。他正在做某种文书工作，整理纸质或电子文件，而非参与实际行动。也许这就是屋内氛围如此沉闷的原因。虽然猫的脚步悄无声息，也并未惊扰楼里的其他人，但它的动作还是不够隐蔽。一旦它踏入屋内，瑞弗·卡特怀特瞬间就会停下手头的工作，对上猫的眼睛，直到它再也受不了这样直白的审视，率先移开目光。卡特怀特不会想到要去给猫拿牛奶，他正忙着分析它的行为，思考它到底要钻进多少扇门才能来到这里，以及它为什么会进入斯劳部门的大楼。那双眼睛背后藏着怎样的动机？还不待他想完，猫就会转身爬上最后一层楼，寻找能让它感到更舒适的空间。

这样想着，它就会来到最后两间办公室的其中一间。这里明显比刚才的房间更惬意。这是凯瑟琳·斯坦迪什的办公室，而她明显更懂得如何与猫相处：她会直接无视它。人们养猫是为了锦上添花或者寻求安慰，凯瑟琳·斯坦迪什不需要这些。开始养猫之后，一只很快就会变成两只。对于一个年近五十的单身女性而言，养两只猫几乎就相当于宣布人生结束。虽然凯瑟琳·斯坦迪什饱经风雨，但她还没打算投降。所以猫大可以在这里放松休息，但无论它如何撒娇，如何用那纤细的身体去磨蹭她的小腿，都不会得到更多优待。凯瑟琳不会把沙丁鱼放在餐巾纸上递给它，也不会给它盛一小碟奶油。竟然有人类对它爱搭不理，猫无法忍受这种待遇，于是它离开了房间，前往下一扇门……

终于，它来到了杰克逊·兰姆的巢穴。屋顶倾斜向上，百叶遮挡了窗户，唯一的光源自一盏台灯，放在一沓电话簿上。空气闻起来就像是一只狗的白日梦：外卖、烟草、昨天放的屁还有没气的啤酒。但现在可没空思索这些，因为杰克逊虽然体型臃肿，动作却异常迅速。如果他发现有猫进了房间，就会立刻行动起来。眨眼间他就会抓住猫的脖颈，拉起百叶，打开窗户，把它丢出去。虽然它肯定能稳稳地四脚着地，但也必然会落在一辆快速行驶的汽车前。毕竟，艾德门大街的施工已经结束了。接着你会听到"咚"的一声闷响，然后是尖锐的刹车声。但此时兰姆早已关好窗户，回到了自己的座位上闭目养神，香肠一样的手指黏在啤酒肚上。

所以这只猫幸运地逃过了一劫，因为它并不是真实存在的猫，也不用面对那么悲惨的结局。但即便它拥有实体，今天也是它的幸运日。因为早上发生了一件难以置信的事：杰克逊·兰姆并没有在桌前打盹儿，也没去茶水间里翻冰箱，偷吃部下的零食。甚至没有像往常那样在各个楼层间神出鬼没。只要他想，他可以不发出一丁点儿声响。他没有在办公室里跺脚，猛踩脚下的地板——也就是瑞弗·卡特怀特的天花板，然后拿出秒表开始计时，看他上楼需要多久。凯瑟琳·斯坦迪什做完他布置的毫无意义的文件工作（他本人很可能已经忘记了），把成果放在他桌上的时候他也没有刻意无视，因为他根本就不在屋里。

斯劳部门里没有人知道他在哪儿。

杰克逊·兰姆在牛津。他想到了一个崭新的构思，下次见到摄政公园总部的人可以炫耀给他们听。这个提议很简单：把新人间谍送到威尔士边境去接受抗刑讯训练需要大量资金，与其这样费钱费力，不如直接把他们丢给牛津火车站，近距离观摩学习当地员工。虽然不知道这群人受过怎样的训练，但他们个个都掌握滴水不漏的艺术。

"你在这里工作，对吧？"

"先生？"

"上周二的晚上，是你值班？"

"车站海报上贴了求助热线，先生。如果您需要投诉——"

"我不是要投诉。"兰姆说，"我只是想知道，上周二晚上是不是你值班。"

"您问这个干什么，先生？"

兰姆已经碰了三次壁，这是第四次。面前的人个子不高，头发光滑地向后梳，灰色的小胡子偶尔会抖上两下。他看起来就像一只穿了制服的黄鼠狼。兰姆很想抓住他的后腿，像抡鞭子一样把答案甩出来，但旁边还有警察。

"这么说吧，这对我来讲很重要。"

当然，他带了工作用的证件。但就算不是专业渔夫也该知道，下钩之前不能往水里扔石子。如果有人给他证件上的号码打电话，摄政公园就会响起各种提示和警报。兰姆不想被总部的人质问他在这里做什么，因为他自己也不确定。他绝对不可能暴露行踪。

"非常重要。"他补充道，然后拉了拉衣领，大衣内侧的钱包露了出来，一张二十英镑探出头来。

"哦。"

"所以你愿意配合吗？"

"您知道的，先生，我们必须要小心。尤其是在大型车站里到处问问题的人。"

真不错。杰克逊·兰姆想道，如果恐怖分子来到了这个车站，他们面对的就是一道坚不可破的防线，除非他们手里挥着钞票。"上周二，"他说，"发生了铁路故障。"

男人摇了摇头，继续道："但是跟我们无关，先生，这里一切照常。"

"一切照常，但是列车停止运营了。"

"我们这里没停，先生，停运的是其他站。"

"行吧。"兰姆已经很久没有忍受这么漫长的对话而不破口大骂了。斯劳部门的下等马肯定会惊叹不已。除了刚进来的新人，他们肯定会觉得这又是一场测试。"无论当时出了什么问题，有一群人乘巴士从雷丁到这里。因为列车停运了。"

黄鼠狼的眉头纠结起来，但终于明白了兰姆想问什么，飞快地回答道:"哦,是的,先生。是铁路代行巴士。"

"巴士是哪儿的?"

"那天晚上他们是从雷丁来的。"

这不是废话吗?杰克逊·兰姆叹了一口气,伸手去拿烟。

"先生,您不能在这里吸烟。"

兰姆把一根烟别在耳后。"下一趟去雷丁的列车是什么时候?"

"五分钟后。"

兰姆嘟囔了一句谢谢,转身就朝检票口走去。

"先生?"

他回过头来。

黄鼠狼盯着兰姆的衣领,用拇指和食指比了个手势。

"怎么了?"

"我以为您会……"

"给你点小费?"

"是的。"

"好吧,那我给你一点。"他用手指点了一下对方的鼻子,"如果你想投诉,海报上印着求助热线呢。"

然后他走进了站台,等待下一趟列车。

艾德门大街上,两个新人正在二楼的办公室里观察彼此。他们是一个月之前来的,前后隔了不到两周。两人都是从安全局的中心机构兼道德高地摄政公园被流放到这里的。斯劳部门并不是正式名称,因为它甚至没有名字。众所周知,这是总部的垃圾场,来到这里的人都干不长久,因为他们很快就会辞职。这也是斯劳部门存在的意义，给他们提个醒，把出口两个大字标出来。在这里工作的人被称作"下等马"。斯劳部门里的下等马——曾经有人这样开过玩笑，但几乎没人记得这个说法是从哪里来的。

现在两人拥有了姓名，分别是马库斯·朗里奇和雪莉·丹德尔。他们以前在总部工作的时候见过几次面，但是摄政公园的部门划分很严格，行动组和指挥员之间泾渭分明，几乎没有什么交集。和所有新人一样，他们对彼此、对部门的老员工都持怀疑态度。但安全局的圈子并不大，所以往往还未尘埃落定，谣言就已经传开。所以马库斯·朗里奇（四十多岁，黑人男性，伦敦南部出身，父母来自加勒比海）知道雪莉·丹德尔为什么会被摄政公园的通讯部门开除。雪莉·丹德尔（二十多岁，有地中海特征，祖母是苏格兰人，混有战时被俘的意大利人血统）听说过朗里奇在心理咨询时崩溃的传闻，但两人都没提起过这件事，也没怎么聊过其他的事。他们还在彼此适应，生活里只有办公室琐事，以及逐渐消逝的希望。

马库斯率先打破了沉默："话说……"

现在已经快中午了。伦敦的天气像是患了精神分裂症。一边突然阳光明媚，照亮了脏兮兮的窗户；一边又突然下起雨来，但雨水也没能把窗户冲洗干净。

"怎么了？"

"话说，这里只有我们两个呢。"

雪莉·丹德尔正在电脑旁等待重启。又一次。电脑本来在跑一个人脸识别程序，对比监控录像在撤军游行时拍到的画面和疑似圣战分子的照片。当然这些"疑似圣战分子"也可能根本不存在，虽然他们也有代号之类，但很有可能是情报工作出了差错，听信了传言捏造出来的人物。虽然那个程序的版本也落后了两年,但她的电脑更古老一些。电脑痛恨一切工作,今天早上已经罢工三次了。

她头都没抬地问道:"你是在搭讪吗?"

"我可不敢。"

"建议你不要尝试。"

"我知道。"

"那就好。"

接下来他们沉默了整整一分钟。雪莉能听到她的手表秒针在嘀嗒作响,桌面上的电脑正在挣扎着醒来。两双脚走下楼梯,是哈珀和盖伊,不知道他们要去哪里?

"所以如果我不是在搭讪,随便聊聊可以吗?"

"聊什么?"

"什么都行。"

她瞪了他一眼。

马库斯·朗里奇耸了耸肩。"反正我们都是一间办公室的同事了,聊些关门关窗以外的话题,增进一下了解也不是坏事。"

"我从来没让你关过门窗。"

"只是打个比方。"

"我更希望能开着门,这样更不像是被关在监狱里。"

"可以啊。"马库斯说,"你看,我们这不是聊起来了吗。你蹲过监狱?"

"我不想聊天。"

他又耸了耸肩。"好吧,但是今天的工作还剩六个多小时,余生的二十年都要继续这样的工作。如果你宁可保持沉默的话,我们当然可以一句话不说。但我俩肯定一个会发狂,另一个会发疯。"他回头面向自己的电脑。

楼下响起了沉重的关门声。雪莉的屏幕亮了，犹豫了一下，决定再次罢工。被打破过的沉默变得更加难以忍受，就像不停尖叫的火警。她手表的指针缓缓移动，她忍不住说道："你说得倒轻松。"

"什么？"他问。

"余生的二十年都要继续工作。"

"呃。"

"对我来说是十四年。"

马库斯点点头。虽然没表露在脸上，但他觉得自己赢得了一局。

他不会错过到手的机会。

杰克逊·兰姆找到了雷丁车站的管理员，开始扮演一个老学究式的人物。兰姆确实有可能被误认为是学者，他肩膀上散落着头皮屑，绿色的V领毛背心上沾着外卖的痕迹，磨损的衬衫袖口露在大衣外面。他有些胖，可能是因为整天都坐在图书馆里。逐渐稀疏的灰金色头发梳向脑后。脸上的胡茬是因为懒惰，而非精心选择的造型。有人说过他长得像蒂莫西·斯波[1]，只是牙口没那么好。

车站管理员说了提供代行巴士的公司名，十分钟后，兰姆再次演起了老学究的人设，只不过这一次充满了悲伤。

"他是我哥哥。"他说。

"啊，请节哀顺变。"

---

[1] 蒂莫西·斯波（Timothy Spall, 1957—），英国著名演员，在《哈利·波特》系列中扮演小矮星彼得。

兰姆谅解地挥了挥手。

"真的很遗憾。"

"我们很多年没说过话了。"

"您肯定很难过吧。"

兰姆自己倒是没什么想法,但还是同意道:"是的,是的。"他的眼眶开始湿润。他回想起虚构的童年生活:两兄弟相亲相爱,却不知岁月终将使他们渐行渐远。中年时期他们几乎没有说过话。分别时,其中一人坐在驶向牛津的巴士上,在漆黑的夜色中,静待死神……

"是心脏病发作,对吗?"

兰姆无言地点了点头。

管理员忧伤地摇了摇头,这一行真的不好做。有客人在车上去世对公司形象也没什么正面影响。但是话说回来,这也不算公司的责任。再说了,死者身上也没带车票。

"我在想……"

"什么?"

"是哪辆车?现在在这儿吗?"

停车场上有四辆大巴,另外还有两辆在车库里。经理恰好知道哪辆意外兼职做了灵车,就停在十码外的车位里。

"我可以进去坐坐吗?"兰姆说,"去看看他坐过的地方。"

"我不知道……"

"虽然我并不完全相信灵魂,"兰姆解释道,声音颤抖,"但我也不能说自己完全不信,你能明白吗?"

"我明白,当然明白。"

"如果我能在他……嗯,过世的地方坐一坐……"

他沉痛地闭上了嘴,看向围在停车场四周的砖墙,还有墙外的办公楼。两只黑雁飞向河边，嘶哑的啼叫映衬着兰姆的悲伤。

至少在车站管理员眼中是这样的。

"就在那儿，"他说，"那边那辆车。"

兰姆不再仰头望向天空，无辜地对着经理展露了一个满怀感激的微笑。

雪莉·丹德尔徒劳地用铅笔点着不情不愿的屏幕，然后放下了笔。笔碰到桌面的瞬间，她叹了一口气。

"……怎么了？"

"你刚才说'不敢'是什么意思？"她说。

"什么？"

"我问你是不是在搭讪的时候，你说：'我可不敢。'"

马库斯·朗里奇说："我听说过你的事迹。"

果然，她想道。所有人都听说过。

雪莉·丹德尔身高五英尺二英寸[①]，有一双棕色的眼睛，橄榄色的皮肤，丰满的嘴唇，但不怎么露出笑容。她的肩膀宽阔，腰肢纤细。她喜欢穿黑色的衣服：黑色牛仔裤，黑色上衣，黑色运动鞋。曾经有某个臭名昭著的阳痿男说路边的交通警示柱都比她性感。被指派到斯劳部门的那天，她去理发店剃了一个寸头，之后每周都去修一次。

但她无疑引起了某人的注意。具体而言，就是摄政公园通讯部门的四把手。他坚持不懈地追求她，甚至不在乎她正在和别人谈恋爱。他会在她桌子上留下字条，随时给她爱人的住所打电

[①]约为一百五十七厘米。

话。考虑到他的工作性质，要做到掩盖行踪易如反掌，但她却能轻而易举地追查到他。

当然，局里是有相关规定的。但你必须列举出"不当行为"和"态度轻浮"的证据，大费周章地走一遍流程。而作为一个还在试用期内、刚结束为期八周的格斗训练的新人，她几乎没有什么话语权。某天晚上他打了六次电话，第二天在食堂见到她时问她睡得怎么样，雪莉直接给了他一拳。

如果她没把他拉起来再揍一拳，还有可能逃过惩罚。

心理问题。这是人事部给出的评估。显然，雪莉·丹德尔有心理问题。

她回忆的期间，马库斯一直在说话："所有人都听过你的事迹，天哪，有人说那哥们儿的脚都离地了。"

"只有第一次。"

"幸好他们没直接开除你。"

"是吗？"

"我知道你想说什么。但是这样招惹总部的人？一般人早就被炒鱿鱼了。"

"如果是男人的话，也许吧。"她说，"如果一个女孩只是揍了个性骚扰的变态就要开除她，那才叫丢人呢。尤其是当这个'女孩'想要走法律途径解决问题的时候。"她格外强调了女孩两个字，就差把引号念出来了。"再说了，我有自己的办法。"

"什么办法？"

她两只脚搭在办公桌上，座椅发出了"吱呀"的声音。"你到底想干什么？"

"没什么。"

"你真的只是想随便聊聊吗？好奇心过于旺盛了吧？"

"也许吧,"他说,"但是没有好奇心,对话会很无聊的。"

她开始观察他。作为一个中年男性,他长得不算难看。左眼的眼皮懒洋洋地半睁着,好像总在观察身边的世界,很警觉的样子。他的头发比她长,但也没长太多,脸上留着一圈精心修理的络腮胡,而且很讲究着装。今天他穿着熨烫整齐的牛仔裤和白色无领衬衫,外搭灰色西装外套。黑紫色的尼科尔·法伊牌围巾挂在衣帽架上。她之所以能注意到这些,并不是因为她关心,而是因为这也是情报收集的一环。他没戴婚戒,但这并不能说明什么。再说了,人类要么离婚要么抑郁,一点都不稀奇。

"好吧。"她说,"但如果你敢耍我,就能亲眼见证一下我的拳头有多硬了。"

他半开玩笑地举起双手。"我只是想和同事搞好关系,毕竟咱们都是新人。"

"其他人关系看起来也不怎么好,除了哈珀和盖伊。"

"他们没必要搞好关系,"马库斯说,"他们已经拿到绿卡了。"他的手指快速掠过键盘,然后推开,把椅子转到一边。"你觉得他们怎么样?"

"作为一个团队?"

"或者个人,无所谓,我们又不是在开研讨会。"

"从谁开始?"

马库斯·朗里奇说:"从兰姆开始。"

杰克逊·兰姆坐在巴士的后座上,这里死了一个人。他看向窗外停车场龟裂的水泥地面,还有几道木质大门,外面就是雷丁的市中心。作为一个伦敦人,兰姆看到这样的景象有点不寒而栗。

有那么一瞬间,他让自己进入了角色,坐在原地回忆他的那个"哥哥"。"哥哥"的名字叫迪基·鲍——作为工作代号有点太蠢,作为真名又太刻意。迪基和兰姆当年都在柏林,但如今兰姆已经想不起迪基的样貌了,只记得他又尖又滑,像只老鼠。迪基当年确实就是一只街头老鼠,最擅长钻各种狭窄的洞穴,这也是他最关键的生存技能。现在这个技能似乎帮不上忙了。

验尸报告说他死于心脏病发作。迪基·鲍饮酒过量,又是个烟鬼,还整天吃油炸食品,会发生这种事也很正常。兰姆读完报告觉得心里很不是滋味,因为他的生活习惯和迪基半斤八两。

他伸出手指抚摸前方座椅的靠背,布料平滑,只有一处陈年焦痕。边缘的划痕看起来只是偶然为之,并不是想要留下死前信息……迪基早就离开了安全局,就算在当年,他也从来不是重要决策人员,只是一个小兵。俗话说得好,街头老鼠很可靠,因为每次他们从敌对势力手里拿了钱,第二天早上就会出现在你的门口,等着你报出更高的价。

他们之间也没什么所谓的兄弟情。如果迪基·鲍叼着烟睡着,点燃了床铺死于火灾,兰姆眼睛都不眨一下就能直接度过悲伤的五个阶段:否认、愤怒、讨价还价、漠然和早饭。但是他死在了一辆巴士上,口袋里还没有车票。且不论酒精、香烟以及油炸食物的影响,尸检报告无法解释他为什么会出现在这么远的乡下。按理说他应该正在苏活区的一家成人用品店里工作。

兰姆站起身,开始搜索头顶上的行李架,一无所获。就算能找到什么,肯定也不是迪基·鲍留下的东西,都过去六天了。于是他再次坐下,观察窗户的封胶,寻找划痕。听起来可能很好笑,但莫斯科规则下,你必须先假设自己的邮件已经被人翻过了。如果你想留下一条信息，就要用其他的方式。但封胶上的拇指印应该并不是他需要的信息。

巴士前方有人犹豫地咳嗽了一声。

"我，呃——"

兰姆悲伤地抬起头。

"我不是想催您，但是您还需要多久？"

"一分钟。"兰姆说。

其实连一分钟都不用。说话间他就把手伸向座位后方，使劲塞进坐垫间，摸到了一块发硬的口香糖，一些饼干渣，一个曲别针和一枚不值得带走的硬币。在他够不到的深处有什么坚硬的东西，他努力把手向下探去，袖子随之卷起，然后终于拿到了一个光滑的塑料壳。兰姆抓住它，使劲将手抽出来，就算划破了手腕都没有感觉。他的全部注意力都在这份来之不易的收获上：一部年代久远的基础款手机。

"兰姆啊，兰姆不就是看上去那样吗？"

"也就是？"

"浑蛋死胖子。"

"但他经历过很多。"

"那就是活了很久的死胖子。这种人最差劲了。他就喜欢坐在楼上对我们发号施令，就算员工全是……"

"废物。"

"你想说我是废物？"

"我们都是废物，不是吗？"

工作早已被抛之脑后。马库斯·朗里奇刚说完雪莉·丹德尔是个废物,就对她露出了一个灿烂的微笑。她反思了一下,她这是在干什么?不要相信任何人。踏入这栋建筑的时候她就下定了决心。剃寸头也是一种防御手段。不要相信。但她只是和马库斯在一个办公室里工作,就差点要对他敞开心扉。他笑什么笑?难道他觉得他们关系很好吗?深呼吸。她对自己说。但是在心里深呼吸,不能让他看出来。

交谈的关键就是搜集所有能搜集到的情报,但不要透露自己知道的内容。

她说:"你说谁是废物?陪审团还没下判决呢。所以你呢?你觉得兰姆怎么样?"

"嗯,他拥有属于自己的部门。"

"与其说是部门,还不如说是贫民窟。"她拍了拍自己的电脑,"首先这个东西早就该进博物馆了。我们要用这种破烂儿抓坏人?拿着调查问卷去牛津街的成功率都更高。您好,先生,请问您是恐怖分子吗?"

"先生,或者女士。"马库斯纠正道,然后又说,"总部也没指望我们抓人,就是想让我们做点无聊的工作,然后辞职去找个安保公司再就业。关键的问题是,虽然我们是来受罚的,但这些对兰姆而言都不算是惩罚。就算是,他也乐在其中。"

"所以你想说的是?"

他说:"他知道埋尸地点,甚至可能亲自埋葬过一些。"

"这是个比喻吗?"

"我语文不及格,不会用比喻。"

"所以,怎么,你觉得他深藏不露?"

"嗯,他确实有点胖,烟酒不离手,我怀疑他做过最激烈的运动就是拿起电话点一份咖喱外卖。但是既然你提起了,是的,我确实觉得他不一般。"

"可能以前是吧。"雪莉说,"但就算你身怀绝技,动作慢到根本施展不开也没什么用。"

但马库斯并不赞同。兰姆的厉害之处不止是外在,更是一种精神状态。他只要站在你面前就能让你崩溃,直到他转身离开,你都发现不了他有多么危险,还觉得奇怪是谁关掉了灯。当然了,这只是马库斯的一己之见,他的判断也不是没出过错。

"也许吧。"他说,"如果我们在这里待得够久,没准儿就有机会一探究竟。"

大巴上,兰姆揉了揉眼睛。似乎是因为悲伤,又似乎是因为眼睛痒。车站管理员有些尴尬,不知该如何安慰一个难过的陌生人,不然他肯定会发现兰姆把手臂探到了座椅下方,并开始犹豫该不该提起这个话题。

为了避免这样的事发生,兰姆说:"司机在吗?"

"嗯?你是说当时开车的司机吗?"

是的,就是我"哥哥"死的时候开车的司机。但他只是点了点头,又用手擦了擦眼角。

司机并不想和兰姆聊那位不太配合的乘客。在司机看来,只有乖乖下车的乘客才是好乘客。但是当车站管理员最后道了一次歉,快步回到自己的办公室之后,兰姆今天早上第二次暗示了钱包里的那张二十英镑,司机终于开口了。

"我实在不知道该说什么,请节哀顺变。"

但他看起来好像很开心,因为他在期待之后的潜在收入。

兰姆说:"你有看到他和其他人说话吗?"

"我们一般都要盯着路况。"

"巴士出发之前呢?"

司机又说:"我不知道,那天简直乱成了一锅粥,兄弟。几千人被困在车站,我们只是把人运走。所以,抱歉了,我没注意到。他就是个普通乘客,直到……"他发现自己把天聊死了,于是含糊地说了句"你懂的"。

"直到你开到牛津,发现后座上有人咽气了。"兰姆补充道。

"他肯定走得很平静吧。"司机说,"我都没怎么超速。"

兰姆回头看了眼巴士,公司的配色是红和蓝,车身下半部分沾了泥点子。这只是一辆普通的巴士,迪基·鲍登上车后就再也没能下来。

"你开车的路上有发现哪里不对劲吗?"他问。

司机盯着他,没说话。

"除了那具尸体。"

"抱歉了老兄,我就是,你知道的,我只负责把他们接上车,送到牛津。这趟路我跑过无数次了,没什么特别的。"

"那到了牛津之后呢?"

"大部分人很快就下车了,有趟列车在车站等着,把他们送到目的地。他们当时晚了一个多小时,雨又大,所以没人留在原地。"

"但是有人发现了尸体。"司机奇怪地看了他一眼,兰姆大概能猜到为什么。"理查德[①],"他说。他们毕竟是兄弟,不是吗?"迪基。有人发现他死了。"

"后面的人都围着他,但他已经死了。其中一个人是医生,

---

①迪基(Dicky),理查德(Richard)的昵称。

他留了下来，但其他人都去赶火车了。"他顿了顿，"你哥哥，呃，他走的时候看起来很平静。"

"他肯定也希望能这样离开。"兰姆安慰道，"他很喜欢巴士。所以你们当时叫了一辆救护车吗？"

"他已经救不回来了，但是没错，我们叫了车。我当天整晚都被困在这儿。没有冒犯的意思，只是我得做笔录，你肯定也做了吧？他毕竟是你哥哥。"

"是的，"兰姆说，"毕竟他是我哥哥。当时还发生了什么别的事吗？"

"没什么特别的，兄弟。等他们，呃，把他带走之后，我打扫了一下车里。然后回到办公室。"

"打扫车里？"

"不是大扫除那种，就是看看座位上有什么落下的东西。钱包之类的。"

"你有找到什么吗？"

"那晚没有钱包，只有一顶帽子。"

"帽子？"

"放在头顶的行李架上，在你哥哥附近。"

"什么样的帽子？"

"黑帽子。"

"哪种类型？圆顶帽？费多拉帽？"

他耸了耸肩。"就是个普通帽子，有帽檐的那种。"

"现在在哪里？"

"失物招领处。除非已经有人来取了。那就是一顶帽子，经常有人把帽子丢在巴士上。"

外面下大雨的时候还是不太可能，兰姆想道。

但他转念一想，觉得也不一定。下雨天会有更多人戴帽子，也就会有更多人把帽子落在车上。这在统计学上是成立的。

但统计学有一个问题，它有时会得出不切实际的结论。

"所以你们的失物招领处在哪儿？"他挥手指向车站管理员的办公室，"在那边吗？"

"不对，老兄。在牛津站呢。"

真是好极了，兰姆想道。

"那何呢？"

"何是个怪胎。"

"热知识：所有电脑宅都是怪胎。"

"但何比一般人更怪，你知道我第一次见到他的时候他说了什么吗？"

"什么？"

"那可是他对我说的第一句话。当时我刚到，大衣还没脱下来。"马库斯说，"上班第一天，我感觉自己被送到了间谍专属的恶魔岛，还不知道接下来会发生什么，何就端起了他的咖啡杯给我看，那上面印着克林特 伊斯特伍德的照片，然后他说：'这是我的杯子，知道吗？我不喜欢别人碰我的杯子。'"

雪莉说："确实不太妙。"

"绝对已经超过强迫症的范畴了，我敢打赌他在袜子上标了左右脚。"

"盖伊呢？"

"她和哈珀有一腿。"

"哈珀？"

"他和盖伊有一腿。"

"我不是想反驳你,但这不能算是性格特质。"

他耸了耸肩:"他们刚好上没多久,所以目前这就是他俩最显著的特征。"

雪莉说:"之前出门的应该就是他们,不知道是去哪儿了?"

"所以,公园还是不让我们进。"

明·哈珀这句话说得有些奇怪,因为他们此时就在一个公园里。但路易莎·盖伊知道他指的是什么。

"你知道吗,"她说,"我觉得可能不是我们的原因。"

他们身处的公园是圣詹姆斯公园,进不去的是安全局的总部摄政公园。两人走向白金汉宫,一个穿粉红色天鹅绒运动服的女性正沿着步道以每小时两英里的速度跑来。她脚边跟着一只毛茸茸的小狗,戴着配套的粉红色蝴蝶结。他们站在原地等她跑过去,又接着向前。

"为什么?"

于是路易莎解释了原因。她觉得和莱纳德·布拉德利有关。不久前布拉德利还是管治委员会的主席,也就是掌管安全局财政预算的人。如果不想面临预算问题(通俗点说就是缺钱),现任局长英格丽德·蒂尔尼起草的行动方案都要经过委员会的同意。但是布拉德利(如果他还没被剥夺爵位的话,就是莱纳德爵士)最近被发现涉嫌滥用职权。夏普郡一所用来缓解员工压力的"疗愈中心"竟成了马尔代夫的滨海度假村,而布拉德利的这一行为直接导致……

"你怎么会知道这么多?"哈珀打断道,"我以为他只是退休了。"

"你太天真了。做这行的，就得时刻把耳朵竖起来。"

"别告诉我，是凯瑟琳告诉你的。"

她点了点头。

"闺中密谈？还是在卫生间随便聊了两句？"

他语气轻快，心里却有些不是滋味。他觉得自己被排除在外了。

她说："凯瑟琳又不可能召开记者招待会。我跟她说总部让我们过来，她就和我说了这些，她说总部对他展开了审查。"

"她是怎么知道的？"

路易莎说："她认识一个数据部的人。"

如果你需要信息，就要去找数据部的人。他们是很有用的朋友，更是必不可少的人脉。

"审查结果呢？"

虽然总部说是审查，但其实更像是宗教审判。新任主席罗杰·巴罗比趁机清理门户，和所有员工进行了深度对谈，调查他们的经济、工作、情绪、心理、恋情和医疗史，确保所有人都清清白白，没有案底。谁都不想面对更多这样的尴尬。

"有点不要脸了吧。"明说，"明明布拉德利才是偷饼干的人，就算丢脸也丢的是委员会的脸，和总部没有关系。"

"欢迎来到现实世界，小朋友。"路易莎说道。

但也不是全无好处。"泰维纳肯定气疯了。"他沉思道。

没时间思考泰维纳的事了，因为喊他们到公园谈话的詹姆斯·韦布走了过来。

韦布是个文职人员，但今天没有穿西装。他穿着浅褐色长裤，深蓝色高领毛衣和黑色风衣。但他无论穿什么都掩盖不了那种官僚气息，你用刀划他一下，流出来的都是条纹西装。他可能觉得今天穿的是便服、休闲装，但实际上给人的印象是他去杰明街的高级定制服装店里找到店员，告知对方自己想要买一身衣服去公园散步，是精心搭配的结果。他的"便服"和刚才那个粉红女士的"运动服"同样刻意。

即便如此，他也是摄政公园总部的人，而他们则是斯劳部门的人。能接到电话本身就已经难以置信了。他向他们点头致意，他们也点了点头作为回应，然后安静地跟在了他身边。"出来时遇到什么阻力了吗？"

他可能是在问交通状况。

路易莎说："门总是卡住，必须按住把手的同时使劲踢开，出来之后就简单多了。"

韦布说："兰姆呢？"

"兰姆今天不在。"明说道，"他不能知道这件事吗？"

"他肯定会发现的，不是什么大不了的事。我要借调你们，时间不长，三个星期左右。"

他说要借调他们，好像自己是个大人物。摄政公园总部的老大英格丽德·蒂尔尼每年有一半时间都在华盛顿出差。她不在的时候，戴女士就是掌舵人。虽然她是众多二把手中的其中一位，但如果有传闻要发生政变，戴女士永远是名单最顶端的人选。至于蜘蛛·韦布，他在总部排不上名号。明和路易莎听说他是人事部的，而且和瑞弗·卡特怀特有着某种不为人知的过去，不光是曾经一起训练，而且韦布还暗算了他，所以瑞弗才会变成下等马。

也许韦布读出了明和路易莎的心思，他说："所以你们要向我汇报。"

"我们要做什么?"

"当保姆,再加上一点背调。"

"背调?"一般这种工作都是文职人员在做,确实符合下等马的工作内容,但斯劳部门没有做背景调查需要的资源。一般这种事都是由摄政公园的背景调查组负责,还需要监察部门,也就是"看门狗"的支持。

韦布以为明是没听过这个词,于是解释道:"没错。个人支票,身份信息确认,地点调查之类的。"

"哦,背调。"明说,"我还以为你说的是毙掉,还想说当个保姆怎么这么硬核。"

"任务并不复杂。"韦布说,"如果真是高难度的任务,我就不会让爱耍小聪明的人来干了。但如果你们没兴趣,随时可以拒绝。"他停下脚步,明和路易莎都又向前走了一步才发现。他们转回身面向他。韦布说:"然后你们就可以直接滚回斯劳部门,继续干你们这周该干的'重要'工作。"

明想都不想就要开口反驳,路易莎及时制止了他。"我们没什么要紧的事,"她说,"可以接这个工作。"

她瞪了明一眼。

"是啊,"明说,"听起来挺有意思的。"

"有意思?"

"他的意思是这在我们的能力范围内。"路易莎说,"我们只是不知道你为什么……要选在这里见面?"

韦布看向四周,好像刚刚才注意到他们在户外。流水、树木、鸟儿……围栏外还有往来的车辆,司机注意到白金汉宫都特地减速慢行,降低噪音。"哦,这个嘛,"他说,"出来走走总是好的。"

"尤其当家里乌烟瘴气的时候。"明忍不住说了一句。

路易莎摇了摇头,心想:我真的要跟这种人合作?

但韦布只是抿起嘴唇,说:"确实,总部现在有点乱。"

是啊,明想道,打算盘的人水深火热,但饮水机旁肯定妙趣横生。

韦布说:"每个组织都需要偶尔更新换代,等这一切尘埃落定,我们就知道结果如何了。"

就在这时,明和路易莎都意识到了一件事:韦布想通过这次更新换代在局里排上名号。

"但与此同时,局里也要开源节流。背景调查部很忙,你们肯定也能想象,要给自己的员工做背景调查,所以我们不得不,嗯……"

"请外援?"

"可以这么说。"

"这个保姆的工作,你能展开讲讲吗?"路易莎问道。

"我们要有客人来了。"韦布说。

"什么客人?"

"俄罗斯客人。"

"这不是挺好的吗,他们现在算是朋友了吧?"

韦布礼貌地笑了两声。

"他们来干什么?"

"聊一些事。"

"枪支、石油,还是金钱?"明问。

"愤世嫉俗不是什么好事,你不觉得吗?"韦布继续向前,两人在他左右两侧跟上。"HMG(女王陛下的政府)能感觉到东边的风向有变,虽然不是现在,但总要未雨绸缪。对于那些未来可能拥有影响力的人，最好伸出友谊之手。"

"原来如此，是要聊石油。"明说。

"所以访客是谁？"路易莎问。

"帕希金。"

"就像那个诗人，普希金？"

"确实很像那个诗人，是的。他叫阿尔卡迪·帕希金。一个世纪之前，他可能会成为军阀。二十年前，可能会成为黑手党。"韦布停顿了片刻，"嗯，二十年前他可能就是黑手党，但现在他是一个亿万富翁。"

"你想让我们查他的背景？"

"不，当然不可能了。他名下有一家石油公司，就算他藏了一整个乱葬场，HMG都不在乎。但他会带手下来，高层之间会有对话，这些必须顺利进行。如果哪里出了差错，总部就要有人出来背锅。"

"也就是我们。"

"是的。"他扬了扬嘴角，似乎是想要表现得幽默一点。明和路易莎都不买账。"有什么问题吗？"

"听起来是我们能处理的问题。"明说。

"希望如此。"韦布再次停下了脚步。明突然回想起带两个小儿子散步的时候，想去哪里都很费劲。那时他们还小，对路边的任何东西都感兴趣：树枝、橡皮圈、收据……每次都要浪费五分钟留在原地。"说起来，"韦布稍显刻意地随口问道，"你们那边的情况如何？"

我们那边。明忍不住想鹦鹉学舌，我们那边情况如何？

路易莎说："还是老样子。"

"卡特怀特呢？"

"没什么变化。"

"他居然会留下来,我是真的没想到。当然我没什么别的意思,但他那么心高气傲,肯定恨死那地方了,没法接触到一线行动。"

他说这句话的时候甚至都没有掩饰自己的洋洋得意。

明觉得他不怎么喜欢蜘蛛·韦布。虽然他同样不喜欢瑞弗·卡特怀特,但最近斯劳部门多了些曾经没有的共识。卡特怀特是下等马,和他一样,和路易莎一样。曾经这只意味着他们都犯过错,现在他们虽然不算团结,但也不会在别人面前说彼此的坏话——至少不会在总部的人面前说。

他说:"我会告诉他你打过招呼的,他说过很享受你们上一次的会面。"

那次瑞弗把韦布揍晕了。

路易莎说:"兰姆知道你要,嗯,借调我们吗?"

"他很快就会知道了。他不会弄出什么乱子吧?"

"这个嘛,"路易莎说,"如果他觉得不爽,肯定不会表露出来的。"

"是啊,"明说,"你知道兰姆的,他就是个天生的外交官。"

"妈的,"兰姆说,"怎么又是你?"

又等了半个小时列车之后,兰姆终于回到了牛津车站。他想找人问一下失物招领处的位置,第一个看到的就是那只黄鼠狼。那人还是一样神经质又爱管闲事,他看到杰克逊·兰姆的时候明显不太开心。

黄鼠狼本想装作看不见径直走过去。兰姆不再假装自己是个一般市民,而是抓住那人的胳膊,低声道:"借一步说话。"

黄鼠狼低头看向兰姆的手,抬头看向兰姆的脸,然后缓慢而刻意地将视线移到了一个交警身上。他就站在几码外,正在为一名漂亮的金发女郎指明方向。

兰姆松开了手。"如果你还感兴趣的话,"他说,"那二十英镑还在我手里。"某个雷丁的巴士司机也很感兴趣。"所以我们完全可以友善一些,是吧。"

他露出了一个"友善"的微笑,但黄色的牙齿把友善变成了"邪恶"。

比起友善,金钱的力量应该更大。"这次又怎么了?"黄鼠狼问。

"失物招领处在哪儿?"

"在失物招领办公室。"

"太好了,"兰姆说,"失物招领办公室在哪儿?"

黄鼠狼抿起嘴,直勾勾地盯着装在兰姆大衣口袋里的钱包。很明显,口头承诺已经不管用了,他必须要拿到真金白银才行。

结束地理课程之后,警察向这边瞥了一眼。兰姆对他点头致意,对方也点了点头。然后兰姆问黄鼠狼:"你在这儿干了多久?"

"十九年。"黄鼠狼说,好像这是什么值得骄傲的事。

"如果你不想把工龄变成十九年零一天的话,最好乖乖配合。我干这行早就超过十九年了,最擅长挖出别人不想被发现的小秘密。所以要从一个浑蛋制服嘴里问出点公开的信息并不难。你不觉得吗?"

黄鼠狼扭头想去找警察,警察走向了咖啡摊。

"别了吧,"兰姆说,"他能赶在我把你的鼻子打断之前过来吗?"

兰姆看起来并不像行动迅速的人,但他身上有一种气质,让你觉得最好不要小看他。黄鼠狼脸上闪过一丝顾虑,正左右为难时,兰姆打了一个大大的哈欠。如果一头狮子在你面前打哈欠,并不是因为它累了,而是因为它正在苏醒。

于是黄鼠狼说:"在二号站台。"

"带路吧。"兰姆说,"我要找一顶帽子。"

在圣詹姆斯公园,韦布给了他们一个被封条贴住的粉色文件夹,然后转身离开。路易莎和明也跟着打道回府,但决定先绕着湖边走一走,万一这是条不为人知的捷径呢?

"他要是再说一次 HMG,我就忍不住要笑出声了。"路易莎说。

"呃,什么?哦,是啊,说得好。"

明明显走神了。

"轮子还在转,"她说,"但是仓鼠已经死了。"

明心不在焉地应了一声,恰好印证了她说的话。

她挽起他的胳膊,因为他们永远可以自欺欺人地说这只是伪装。河中间的石头上,一只鹈鹕展开双翼,就像一把高尔夫球伞在做有氧运动。

她说:"你最近有好好吃早饭,是不是?"

"什么意思?"

"我刚才还以为你要喊他决斗呢。"

明不好意思地笑了笑。"是啊,呃,他把我惹急了。"

路易莎在心里微笑起来。过去这几个月明的变化很大,她知

38

道这都是自己的功劳。但是话说回来,换成任何一个女人都有可能做到。明又开始拥有性生活了,任何人都会因此变得更加自信。和她一样,几年前,明的人生突然急转直下。他把一张机密光碟落在了列车上,婚姻也随之破碎。路易莎则是搞砸了一次跟踪任务,让枪支流入了黑市。几个月前,两人终于从各自的龟壳中走出,开始约会。与此同时,斯劳部门也短暂地活跃了几天。事件结束后,部门里并没有什么明显变化,但大家依然心怀希望。他们怀疑现在兰姆抓着泰维纳的把柄,就算她不是他手心里的提线玩偶,也欠着他的人情。

亏欠就意味着权力。

路易莎说:"韦布就是那个被瑞弗揍趴在地的人,对吧?"

"没错。"

"他居然还能爬起来。"

明说:"你觉得瑞弗有那么厉害吗?"

"你不觉得吗?"

"不太觉得。"

她短促地笑了一声。

"怎么了?"

"我笑你呢。你刚才说那句话的时候活动了一下肩膀。"她夸张地模仿了一下,"好像在说:反正不如我强。"

"我没有。"

"你有。"她又模仿了一次,"就像这样。好像你在参加《世界大力士赛》之类的节目。"

"我没有。我只是想说,瑞弗当然不算弱,但他还是不太可能打赢戴女士的宠物狗,不是吗?"

"那就要看这只宠物狗对他做过什么了。"

他们沿着湖边前进，两只不知名的鸟在草坪上漫步，腿部细长，脚掌却很宽大。旁边一只黑天鹅滑翔而过，不知为何看起来有些烦躁。

"你觉得这份工作怎么样？"

她耸了耸肩。"当保姆，不算是什么刺激的工作。"

"至少可以不用蹲办公室。"

"办公室还是要去的，毕竟肯定会有文书工作。不知道兰姆会怎么想。"

明停下脚步，路易莎挽着他的胳膊，也跟着停了下来。他们看着天鹅巡视蜿蜒的河岸，忽然，它毫无预兆地将头探入水中，长长的脖颈仿佛水底一道黑色的光。

她说："我之前看到过黑天鹅的介绍。"

"什么，难道它上了外卖名单？有点过分了。"

"别瞎说，我是在哪家周日版的报纸上看到的。黑天鹅指的是突然发生的重大事件。但事后回过头去看，就会觉得这是可预测的。"

"原来如此。"

他们继续向前，走了一阵后路易莎又说："所以你刚才走神是在想什么？"

他说："我在想，上次我们被卷进总部的行动时，是有人想陷害我们。"

黑天鹅再次垂下脖颈，将头埋入水下。

雪莉·丹德尔拿起外卖咖啡，发现已经冷了，但还是喝了一口。她问："斯坦迪什呢？"

"尊贵的凯瑟琳女士……"马库斯用右手行了一个脱帽礼,"她偏爱酒精。"

听起来不太对劲。凯瑟琳·斯坦迪什总是一本正经的样子,她的着装风格就像是梦游仙境的爱丽丝变成一个失望的中年人后会穿的衣服。但马库斯好像很确信自己的说法。

"她现在戒酒了,可能已经戒了很多年。但我知道酒鬼是什么样,甚至认识几个。她当年在酒桌上肯定轻易就能把我放倒,当然你也不例外。"

"你把她说得像个拳击手。"

"真正的酒鬼对待喝酒就像决斗一样认真。你们之中只有一个人会胜出,而酒鬼永远觉得赢的人会是自己。"

"但现在她已经不喝酒了。"

"其他酒鬼也都是这么想的。"

"卡特怀特呢?他搞砸了国王十字车站。"

"我知道,我看过视频。"

在瑞弗·卡特怀特那场灾难性的评估测试视频中,他在交通高峰期让伦敦市最重要的车站之一陷入了瘫痪。虽然卡特怀特并不乐意,但这段视频偶尔会被用来培训新人。

"他的外祖父是个传奇人物:大卫·卡特怀特。"

"那都是我出生之前的事了。"

"他毕竟是卡特怀特的外公。"马库斯说,"他活跃时我们都还没出生,但他可是黑暗年代的间谍,而且还活着。"

"幸好。"雪莉说,"不然知道卡特怀特变成了下等马,他在坟墓里也会气活过来吧。"

马库斯·朗里奇把座椅推远,伸开双臂。他完全能挡住门口,雪莉想道。可能以前在外勤组时他就负责过类似的任务。他参与过突击搜捕，约一年前还打击过一个活跃的恐怖组织——至少大家都是这么说的。但他肯定还干过别的事，不然不会沦落至此。

他正在盯着她看，眼睛的颜色比他的皮肤还要漆黑。"怎么了？"

"你的办法是什么？"

"办法？"

"为什么他们没有直接开除你？"

"我知道你想问什么。"头顶上有一把椅子在摩擦地板，脚步声走向窗户。"我跟他们说了我是同性恋。"她终于说道。

"什么？"

"他们不可能因为一个同性恋揍了在食堂骚扰她的浑蛋渣男就把她开除，不是吗？"

"所以你才剪了这个发型？"

"不，"她说，"我想剪就剪了。"

"但我们是站在同一边的？"

"我只站在我自己这边。"

他点了点头："请自便。"

"那当然。"

她转回头，面向自己的屏幕。屏幕再次陷入了休眠，当她挪动鼠标时，电脑画面赌气般地停在了两张一点都不像的面部截图上，这个程序肯定是在开玩笑。

"所以你真的是同性恋？还是你只是跟他们说着玩的？"

雪莉没有回答。

杰克逊·兰姆坐在牛津站的一张长椅上，大衣摊开在两侧，没扣好的衬衫纽扣露出了毛发茂密的肚皮。他心不在焉地挠了挠,想要扣上扣子,最终还是放弃了努力,转而用一顶黑色的费多拉帽遮住了肚子。他专注地盯着那顶帽子,仿佛里面藏着圣杯的秘密。

一顶黑色的帽子被落在了巴士上。迪基·鲍死在这辆巴士上。

单独看似乎并无特别之处,但杰克逊·兰姆对此保持怀疑。

那天巴士开到牛津站时还在下大雨。如果你有一顶帽子,下车的第一件事就是戴上它,如果你发现帽子没了,第一件事就是回去找它。除非你不想引起注意,想要融入人群,前往站台,登上一趟列车,以最快的速度离开现场……

一位迷人的女士在盯着他看,无论如何都不可能是出于私人兴趣。然后兰姆发现,她并不是在盯着他,而是他夹在左手两根手指间的烟。他正在用这只手轻敲费多拉帽,右手翻着口袋寻找打火机,从对面看起来有点像是在挠裤裆。他冲她露出一个扭曲的微笑,张开一只鼻孔。她震惊地张开了两只鼻孔,迅速移开了视线。但他还是把烟别在了耳后。

他放弃了寻找打火机,转而摸出了在巴士上找到的那部手机。

手机是很老的款式,一部黑灰相间的诺基亚,具备的功能和开瓶器相当。就像你不能用订书机发邮件一样,你也不可能用这部手机拍照。他按下一个按钮,屏幕"哔"的一声亮了起来。他翻动通讯录,里面只有五个号码:商店,迪格斯,星辰酒吧——听起来像是附近的店;还有两个人名:大卫和丽莎。兰姆给两个人都打了电话,大卫的直接转接到了语音邮箱,丽莎的电话是个空号,对面只有虚空的电子音,永远不会有人接起。他点进短信,只发现了一条来自运营商的提醒。鲍的手机套餐里只剩下八十二便士了。兰姆不禁想道,八十二便士对鲍而言意味着什么?也许他可以给丽莎寄一张支票。他向下滚动屏幕到已发送信息,里面空空如也。

但是迪基·鲍在死之前拿出了手机,把它塞进了座椅中间,仿佛希望有专门来找的人能发现。他肯定给这个人留了一条信息。

然后他找到了,那是一条没发送出去的信息。

列车到站了,但是兰姆依然坐在长椅上。没有多少人上下车。列车再次开动时,兰姆看到那位迷人的年轻女性坐在窗边愤怒地瞪着他。他无声地放了一个屁,这是一次只有他知道的小小胜利,但令他心满意足。然后他继续低头查看手机。草稿箱。草稿箱里面有未发送的信息。他点开之后,小小的屏幕里只有一个字在等着他。

脚边,一只鸽子正装作寻找食物的样子用爪子挠着地面。兰姆没注意到,他完全被那个字夺取了心神。死者打出了这个字,却永远不会点击发送。这条信息和八十二便士的余额一样,被锁在黑灰色的电子盒里。仿佛死前的话语可以被封进玻璃瓶,再在尸体被处理干净之后放出。牛津站的站台上,三月末的太阳挣扎着发挥余热,一只胖鸽子在脚边徘徊。一个字。

"蝉。"杰克逊·兰姆念出了声,又重复了一遍,"蝉。"

然后他又说:"妈的。"

3

雪莉·丹德尔和马库斯·朗里奇回到了手头的工作上,办公室里的氛围并没有因为刚才的闲聊而改善。斯劳部门并不隔音,所以如果何感兴趣,他完全可以把耳朵凑近隔开两间房的墙壁,听见他们的谈话。但是他只听见了模糊的噪声,那两人忙着增进感情时,何正在网上更新自己的信息。他在脸书上发了新照片,说自己周末去了沙莫尼蒙勃朗,还在推特上发了最新的舞蹈混剪链接……他用的名字是罗迪·亨特,曲子是他黑进某个不知名网站的时候顺手扒来的,照片是修图过的年轻时的蒙哥马利·克利夫特[1]。只要有链接和截图,你就能虚构一个人。把这艘"纸船"放进世界的大海中,它就能一直航行下去。所有构建起这个身份的细节都是真的,唯一虚假的是人物本身。何今年最满意的成就是给自己的账号伪造工作记录。任谁查看他的电脑状态,都会发现他一直连着安全局的网络,在整理档案。

所以何对雪莉和马库斯的闲聊并不感兴趣,他们楼上的办公室是空的,因为哈珀和盖伊还没回来。如果他们在,其中一人很可能会跪下来把耳朵贴在地板上,把谈话的内容转述给另一个人。如果瑞弗·卡特怀特也在那间办公室(而不是何头顶上那

---

[1] 蒙哥马利·克利夫特(Montgomery Clift,1920—1966),美国演员。

间），他很可能也会做出同样的动作，因为他实在太无聊了。虽然他早就该习惯了，但这种感觉还是会反复出现。就像被蚊子叮了一下，痒得不行。他感觉自己像是戴着拳击手套，根本挠不到，只能蹭一蹭，却也无济于事。

几个月前，屋里还有其他同事，现在却只剩瑞弗一人。桌子还在，上面放着一台更新、更快的电脑，比他的更好用。他当然可以强占那台电脑，但安全局的每台电脑都是专属的。他必须向技术部门提出申请，把这台电脑分给他。虽然设置只需三十分钟，却要走八个月流程。可以让何帮忙缩短流程，但他还没绝望到那个地步。

他手指敲着桌面，看向天花板。兰姆听到这种噪音会跺脚，意思是快停下和快过来。虽然斯劳部门没什么工作，但这并不妨碍兰姆找点事出来。上周他派瑞弗出去搜集外卖盒，瑞弗从垃圾桶、下水道、车顶上找来这些盒子，还有一个甚至在巴比肯的花坛里，被狐狸或者老鼠啃咬过。兰姆让瑞弗把这些和他自己的外卖盒做个对比。过去六个月，兰姆下午点了许多次外卖，盒子都留着没扔。他坚信隔壁皇朝中餐厅的老板山姆·于给他的外卖盒比其他人的都小，正在"搜集证据"。谁也不知道他到底想干什么。你永远弄不明白他到底是认真的，还是单纯想找茬。不管是哪种情况，瑞弗都成了那个翻垃圾桶的人。

几个月前，有那么一段时间，斯劳部门似乎真的变了。兰姆不再日复一日地坐在楼上，享受折磨底下的可怜人，而是真的开始对其他事感兴趣。至少他很乐于给摄政公园的戴女士找麻烦。但很快他就厌烦了。他厌倦了兴奋，回到了一成不变的安逸之中。所以瑞弗还在这里，斯劳部门也还是斯劳部门。工作也一如既往地枯燥乏味。

尤其是今天。今天他的工作是录入文件。昨天他的工作是扫描。今天不能再扫描了，只能手动录入。把前数据时代的死亡记录输入数据库。死者都只有六个月大，有些甚至更年轻。当时还在执行配给制，这些孩子成了窃取身份的目标。那时你只要从墓地里找一个名字，抄下来，声称出生证明丢了需要备份，很轻易就能拿到新的。相当于一种性质更加恶劣的拓印。之后你只要虚构这个婴儿的人生，办好各种文件：社会保险号、银行账号、驾照……所有构成身份的细节都可以是虚假的，唯一真实的是那个人本身。但干过这种事的人现在肯定已经在领养老金了。时过境迁，化用过这些名字的人就算自称瑞普·凡·温克尔[①]也不奇怪。所以这些都是没有意义的工作，专门拿来给下等马做的无用功。只是填补一些史书中的空隙。说起来，杰克逊·兰姆到底去哪儿了？

干坐在这里答案也不会自己出现。瑞弗反应过来之前，身体就自动站了起来。他任由双脚将他带出办公室，走上楼梯。顶层总是漆黑一片，即便打开门，兰姆的办公室也拉着窗帘。凯瑟琳的办公室在大楼背面，笼罩在另一栋办公楼的阴影中。比起明亮的顶灯，凯瑟琳更喜欢台灯。这是她和兰姆之间唯一的共同点。但台灯微弱的光并不能驱散黑暗，反而使之变本加厉。无尽的黑暗横亘在两道孤零零的昏黄灯光之间。她的电脑屏幕亮着灰白的光。瑞弗走进她的办公室时看到的就是这样一幅景象：在灰色的光照下，有一位苍白而睿智的妇人。仿佛出自某个童话故事。

[①]《瑞普·凡·温克尔》(*Rip Van Winkle*)，美国作家华盛顿·欧文(Washington Irving, 1783—1859)创作的著名短篇小说。某天瑞普于附近的山上打猎，喝了仙酒后睡了一觉。醒来后下山回家，才发现时间已过了整整二十年，人世沧桑，一切都十分陌生。

瑞弗在一堆颜色各异的文件夹旁坐下。虽然全世界都在电子化办公，但兰姆依旧坚持用纸质文件。有一次他甚至提出要按产出文件的"重量"来评选每个月的优秀员工。如果他能集中精力，手上还有一杆秤，瑞弗觉得他肯定会付诸行动的。

"让我猜猜，"凯瑟琳说，"你已经结束了手头工作，想要更多？"

"很好笑。他在干什么，凯瑟琳？"

"他没和我说。"瑞弗以为兰姆会把行踪告诉她，这让她觉得很有趣。"他想做什么就做什么，不需要我的许可。"

"但你和他离得最近。"

他的表情丝毫没有动摇。

"我是说你们的办公室离得近。而且你帮他接电话，处理日程。"

"他的日程是空的，瑞弗。大部分时候他都一边盯着天花板一边放屁。"

"那场面肯定很养眼。"

"他还在屋里抽烟，这可是政府的办公楼。"

"我们可以把他逮捕归案。"

"最好换个小一点的目标。"

"真不知道你是怎么忍受他的。"

"哦，是我主动要求来帮忙的。"瑞弗的眼中闪过一丝惊恐。"开玩笑的。再说了，就算是圣人也会被他逼疯。总之，无论他在干什么，我只觉得幸好他不在办公室。"

"他也不在总部。"瑞弗说。每次兰姆要去总部都搞得尽人皆知。也许他是想看到他们崩溃，求他带他们一起去。"肯定出了什么事，他最近很奇怪，不像平时的他。"

兰姆的异常行为就是别人眼中的正常。如果电话响起，他就会接。他让何帮忙修复了浏览器，现在他能上网了。事实上，他看起来就像是在工作。

"而且他什么都没说。"瑞弗说。

"是的。"

"所以你也不知道他到底为什么会出去。"

"我可没说过不知道。"凯瑟琳说。

瑞弗观察着她。凯瑟琳是个守旧的人，甚至会戴帽子，苍白的肤色说明她鲜少外出。她看起来五十岁左右。去年发生那件事之前，他很少关注她。瑞弗这种不安分的年轻人一般不会注意到她这种背景板一样的中年女性，但祸从天降时她并未惊慌，她甚至和瑞弗一样，用枪指过蜘蛛·韦布。这种共同经历让他们成了秘密盟友。

她在等待他的反应，于是他说："愿闻其详？"

"兰姆需要帮助时一般会找谁？"

"何。"瑞弗答道。

"没错，你也知道这栋建筑物隔音很差。"

"你听到他们说话了？"

"没有，"凯瑟琳说，"正是因为没听到所以才有趣。"

因为兰姆不是一个会控制音量小声说话的人。"所以无论他问了什么，都不想让我们知道。"瑞弗说。

"但是罗迪知道。"

这也是一个有趣的事实。凯瑟琳会用昵称喊何的名字。没人会喊他昵称，也不会想和他闲聊，因为除非你在网上，否则他是不会对你感兴趣的。

"那我们就去问问罗迪吧。"他说。

＊　＊　＊

"不错。"明说。

"就这样?"

"很壮观,太壮观了。这样好点了吗?"

这是伦敦市某栋新建成的摩天大楼,共有八十层高。他们在第七十七层。这栋楼就像一根巨大的玻璃针,高耸入云。房间也同样奢华,大得离谱。长度不可置信,宽度简直吓人。落地窗面向首都的西北方,眺望着远处的郊区,那里不再有高楼大厦,只剩下一片澄澈的天空。路易莎觉得自己可以在这里不吃不喝地看好几天,静静地欣赏窗外的景象。领略每一种不同的天气,不同光线下景色的变化。壮观还是不足以描述她的感受。

甚至连电梯都更高级,比她坐过的电梯更安静、丝滑和快速。

明说:"挺酷的,不是吗?"

"电梯吗?"

"前台的那些保安。"

明觉得那些保安检查他们的安全局证件时露出了敬畏和羡慕的神色。路易莎觉得那是普通学校的学生看公学学生的目光,是一种平头百姓对精英阶层的嫉恨。她自己也是平民出身,真是讽刺。

她将手放到玻璃上,然后把额头也贴了上去,不由得感到一阵舒适的眩晕。虽然知道自己是安全的,眼前的景色也很美,但她的腹中还是翻腾不已。明双手插兜站在旁边。

"这是你去过的最高的地方吗?"她问。

他缓缓看了她一眼。"怎么可能,不是还有飞机吗?"

"我说的是最高的楼层。"

"帝国大厦。"

"嗯，我也去过。"

"双子塔呢？"

她摇了摇头。"我去的时候已经没有了。"

"我也是。"他说。

两人陷入了沉默。他们看着脚下繁华的伦敦市，不约而同地想到了同一件事。某个上午，在另一座城市，一栋更高的大楼中，人们坐在窗边欣赏相似的景色，却不知道自己的双脚永远无法再踏上大地。通向他们未来的道路被美工刀裁断了。

明伸手指向某处，路易莎顺着看去，发现远处有一个小黑点。是一架飞机。不是从希斯罗机场起飞的客机，而是一架更小的私人飞机，自顾自地飞着，发出嗡嗡的噪声。

明说："不知道他们能飞到多近？"

"你觉得这个会面有那么重要吗？"路易莎说，"重要到可能会重演……？"

她没说具体会重演哪个事件。

过了一会儿，明说："应该不会那么夸张吧。"

不然这份工作也不会委托给他们了。无论总部是不是在忙着审查所有员工。

"但还是要好好干的。"

"方方面面都要考虑到。"她赞同道。

"不然就算什么都没发生，我们也会给总部留下不好的印象。"

"你觉得这算是某种测试吗？"

"什么测试？"

"测试我们的能力。"她说，"看我们能否完成工作。"

"如果通过了测试，就能回到总部？"

她耸了耸肩。"谁知道呢。"

他们都知道,从未有人成功地从斯劳部门回到总部。但是和之前所有的下等马一样,明和路易莎心底也暗暗期待自己的命运会有所不同。

终于,她转过身来观察房间,这里依然长得不可置信,宽得简直吓人,几乎占据了整个楼层的一半。另一间套房同样无人使用,窗户面向东南方。两间套房中间有一个共用的大厅,大厅里有两部高级电梯。另一部货梯位于楼梯间背面。楼梯间下方望不到尽头,穿过一层又一层高级办公室,还有一些楼层是空着的。韦布提供给他们的名单中包括银行、投资公司、游艇商、钻石商以及一个军备承包商。底部楼层则属于一家酒店,预计在下个月举办开业仪式,但客房在接下来的五年内都已经订满。

为了给几周后的会议定下这个场地,蜘蛛·韦布肯定求了不少人情,或者翻开过一些机密档案。任何人都会对这样宽阔的房间、这么高的楼层叹为观止。且不论厨房和卫生间,这就是专为会议设计的房间。摆在正中央的是一张优雅的椭圆形红木桌,大到足以摆下十六张椅子。若非这张桌子比她的公寓还大,路易莎肯定会垂涎不已。但就和窗外的风景一样,桌子也是专属于有钱人的。虽然她干这行并不是为了赚钱,但有钱总比没钱好。而他们要确保某个富豪的安全,对方的零花钱肯定比他们两人的工资加起来还多。

别想了,她对自己说。这些都是无关信息。但她还是忍不住说道:"这个秘密会议,场地倒是选得挺张扬的。"

"是啊,"明说,"不过应该不会有人从窗外偷看。"

"你觉得这些玻璃要怎么擦?"

"用吊车之类的？最好查一查。"

这还只是开始。他们需要定好日程和待办事项，调查俄罗斯人居住的地点，确定从酒店到这里的路程。还要查餐饮供应商和司机。为了调查更加深入，他们还要仔细读一遍韦布提供的笔记。因为韦布根本不值得信任，他就像一条毒蛇。他们还需要检测仪，排除房间里装了窃听设备的可能。可能还需要一名技术人员帮忙屏蔽信号。但她很怀疑有人能在旁边的楼顶上进行窃听，距离这里最近的大楼相较之下就像一个侏儒。

明碰了一下她的肩膀。"肯定没问题的。就是个自命不凡的俄罗斯寡头过来买几个足球队。就像韦布说的：咱们只负责当保姆。"

她知道。但俄罗斯寡头在这颗星球上不怎么受欢迎，总有发生意外的可能。反过来想想，一切都顺利进行的概率简直微乎其微。

她再次想道：这可能是一场测试。但她突然又想到了一件更令人毛骨悚然的事：如果他们成功了，却只能得到一张回家的票该怎么办？如果只有一个人能回到总部该怎么办？如果是她，她会接受吗？换成是明呢？他很可能会接受，她也不怪他，因为她也会。

无所谓了。她耸了耸肩，把他的手甩开。

"怎么了？"

"没什么，但现在是工作时间。"

明说："好吧，对不起。"但他的声音里有一丝嘲讽。

他走向门口，外面就是电梯间，然后是另一间套房，之后是楼梯间。路易莎紧随其后，中途拐向了厨房。厨房整洁如新，一尘不染，配有全套专业设备，包括一台餐厅级的冰箱，但是里面什么都没有。墙上挂着一个灭火器，旁边是被玻璃罩住的灭火毯和一把小斧头。她打开橱柜，又合上，然后回到了会议厅。窗外有一架救护飞机，悬停在金融区的上空。但对里面的乘客而言，这架直升机摇摆得就像一个刚离婚的人。她再次想到了黑天鹅，还有它所预示的重大事件。只有当事件发生之后你才能看清全貌。

她离开房间去找明的时候，直升机仍悬停在空中。

何不喜欢有人入侵他的空间，尤其不喜欢被瑞弗·卡特怀特入侵。如果没有什么要紧的事找他帮忙，瑞弗·卡特怀特这种人根本不会搭理罗德里克·何。一般都是遇到了技术上的难题，因为这超出了卡特怀特的能力范围。有一段时间，何把国王十字车站那场大混乱的监控影像存成了电脑屏保，直到路易莎·盖伊说瑞弗如果发现了可能会打碎他的肘关节。

但是凯瑟琳·斯坦迪什和瑞弗一起来了。虽然何也没有那么喜欢斯坦迪什，但也找不出讨厌她的理由。这意味着她和其他人不一样，在一个特殊名单上，所以他决定在声称自己很忙之前先看看他们想说什么。

瑞弗清开一张备用桌子的角落，撑住桌面。凯瑟琳拉开一张椅子坐下。"今天怎么样，罗迪？"

他怀疑地眯起眼，她之前也喊过他罗迪。他对瑞弗说："别动我的东西。"

"我什么都没动。"

"你刚刚动了那张桌子上的东西，那是我的。我所有的东西都有固定位置，你弄乱了我就找不到了。"

瑞弗张嘴想要反驳,但是凯瑟琳瞪了他一眼,于是他改口道:"抱歉。"

凯瑟琳说:"罗迪,你能不能帮我们一个忙?"

"什么忙?"

"我们需要你的专业支持。"

"如果你们想要连宽带,"何说,"直接交钱买个套餐怎么样。"

"让你帮忙连网?太大材小用了,就像请一个外科医生帮忙治疗甲沟炎。"

"是啊。"瑞弗说,"或者让建筑师帮忙擦玻璃。"

何怀疑地看着他。

"或者让驯兽师帮忙喂猫。"瑞弗补充道。

凯瑟琳又看了他一眼,显然他是在帮倒忙。

"之前在兰姆的办公室里……"她开口道,但是何拒绝让她说下去。

"绝对不行。"

"我还没说完。"

"你没必要说完,你想知道兰姆说了什么,对吧?"

"一点提示就行。"

"他会杀了我的,他真的能做到。他以前也杀过人。"

"那是他想让你这么以为。"瑞弗说。

"你是说他没杀过人?"

"我是说他不能谋杀手下员工,那是违反健康安全条例的。"

"我又不是说他真的会动手杀了我。"何面向凯瑟琳,"他会让我生不如死,你知道他能干得出来。"

"他没必要知道这件事。"她说。

"他总会发现的。"

瑞弗说:"罗迪?"

"别这么叫我。"

"好吧。但是几个月前那件事,我们干得还不错,对吧?"

"算是吧。"何犹疑道,"那又怎样?"

"那是真正的团队合作。"

"也许吧。"何承认道。

"所以——"

"但那次所有的主意都是我出的,我没记错的话你只是在外面跑腿。"

瑞弗忍住了反驳的冲动。"我们各有所长,"他说,"我的意思是,当时斯劳部门是作为一个团队在行动,而且把事情办成了。你明白我想说什么吗?只要我们彼此配合,就能做到。"

"所以你要再来一次?"何说。

"如果可以的话,是的。"

"但这次你甚至都不用跑腿,只要坐在这儿看着就行了。把所有的工作都交给我。"他再次转向凯瑟琳,"然后被兰姆发现,我就完蛋了。"

瑞弗说:"好吧,那要不这样:你可以什么都不说,但我们会用其他方法找出答案,然后跟他说是你告诉我们的,你照样完蛋。"

凯瑟琳说:"瑞弗——"

"不,说真的,兰姆从来不锁电脑,我们都知道他的密码是什么。"

兰姆的密码就是"密码"。

何说:"如果你真是这么想的,早就去查了,根本不会来烦我。"

"是吗？我是刚刚想到这个办法的。"瑞弗看向凯瑟琳，"团队合作的反义词是什么？"

她说："他不会这么干的，罗迪，他是在开玩笑。"

"听起来可不像是在开玩笑。"

"但他确实只是在开玩笑。"她看向瑞弗，"对不对？"

他投降了："随便吧。"

她转而对何说："如果你不想说的话，也不用勉强。"

瑞弗心想，作为一种审讯手段，这句话说得太温和了。

何咬住嘴唇，看向自己的屏幕。瑞弗从这个角度看不到屏幕上的内容，但是能看到何眼镜上的反光。黑色的背景上闪烁着绿色的光，像蛛网一样。他可能正在突破国防部的防火墙，也可能是在玩《超级战舰》。无论如何，此时他的注意力都不在这里。

"好了。"片刻之后他说道。

"看吧，"瑞弗说，"也没有那么难，不是吗？"

"我没跟你说话，我只告诉她。"

"得了吧，何，就算你不想告诉我她之后也会——"

"你们说的这个'她'是谁？"凯瑟琳问，"猫妈妈吗？"

两人都被噎得说不出话，罕见地达成了共识。

"总之，"他指向瑞弗，"你，现在出去。别废话。"

他确实有很多想要反驳的话，但并没有说出口。

瑞弗回到楼上，顺便看了一眼哈珀和盖伊的办公室，但是他们还没回来。他问起的时候，哈珀说是去"开会"。当然他们有可能是去开会，也有可能只是趁着兰姆不在去忙着谈恋爱。在公园散散步，看个电影，或者在路易莎的车后座上亲热。说到公园……他们该不会是去了摄政公园吧？想到这里瑞弗不由得愣了一秒。应该不太可能。

他回到自己的办公室，花了五分钟重新熟悉死亡数据库，又花了十分钟盯着印有W.W.亨德森律师事务所，承接公证业务标语的窗户向外看。对面的公交车站有三个人，车到站后把他们都接走了。很快又来了第四个人，开始等下一趟车。如果她知道自己正在被情报局的人盯着看，会有什么反应？如果她得知自己的工作比他的有趣得多，又会是什么反应？

瑞弗将视线移回电脑屏幕，在数据库里输入了一个化名和相应的日期，思考了片刻，又把这些都删掉。

凯瑟琳敲了敲门，走了进来。"你现在忙吗？"她问，"忙的话就待会儿再说，我不着急。"

"你是在开玩笑吧？"

她坐下了。"兰姆想调看一份局里的人员档案。"

"何也没有权限。"

"哈哈，别这样。那份档案在八十年代的列表里，是一个叫迪基·鲍（Dickie Bow）的人。"

"迪基·鲍？这个人的名字叫领结（bow）？你真的是在开玩笑吧。"

"他的真名是博夫（Bough），但父母想不开，非要给他取名叫理查德。所以你没听说过他？"

瑞弗说："让我想想。"

他靠回座椅上，回想起老家伙说过的话。"老家伙"指的是他的外公，这是他妈妈起的外号。瑞弗可以说是外公一手带大的。老人家一辈子都在做情报工作，退休后，他大部分时间都在给自己唯一的外孙讲当年的故事。瑞弗·卡特怀特选择成为一名间谍也是因为外公。有一些职业是永远不会成为过去式的,即便退休了也一样。大卫·卡特怀特是一个传奇,但是根据他的说法,间谍干的事和卑微的商贩没有什么两样。你可以换边站,出卖秘密,把自己的回忆录卖给出价最高的买家。然而一旦你做了间谍,就永远是间谍,其他的一切都成了伪装。所以那个戴着傻兮兮的帽子,一脸和善地在花田里工作的老人依然是帮助安全局度过冷战的战略家。瑞弗就是听着这些故事长大的。

瑞弗还不到十岁,老家伙就把这句话刻进了他的脑袋:细节决定成败。瑞弗眨了一下眼,又眨了一下,但什么都没想到。迪基·鲍?这个名字很荒唐,但瑞弗从来没听说过。

"抱歉,"他说,"我没有印象。"

"上周有人发现了他的尸体。"她说。

"现场很可疑吗?"

"他在一辆巴士上。"

瑞弗把手托在脑后。"请讲?"

"鲍乘上了一趟前往伍斯特的火车,但列车因为信号问题在雷丁被取消了。代行巴士会从雷丁把乘客带到牛津,那边的铁路还在正常运行。所有人都在牛津下了车,除了鲍。因为他在路上去世了。"

"是自然死亡吗?"

"尸检报告上是这么说的。最近他没干什么值得一提的事,所以就算他曾经干过重要的工作,现在也不太可能成为暗杀对象。"

"你很确定他没干过什么?"

"你知道的,局里的档案事无巨细。机密档案都会做加密处理,任何超出日常情报交换的行为都会被标记为机密。但是鲍的档案几乎就是一本摊开的书，除了退休之前的某次醉酒事件，全都一览无遗。他做过不少街头工作，比如贩卖信息，主要是谣言和八卦。他在一家夜店工作，所以听到了不少。"

"这些谣言也有可能被用来勒索别人。"

"当然。"

"所以不排除复仇的可能性。"

"但这都是很久之前的事了。就像我刚才说的，报告上写着他是自然死亡。"

"那兰姆为什么会感兴趣？"瑞弗沉思道。

"不知道，也许他们共事过吧。"她顿了顿，"一条注释说他很有'漫步'的才能，这肯定不是字面上的意思，对不对？"

"确实不是，应该是指他很擅长尾随跟踪。"

"如果是这样的话，也许兰姆只是听说他的死讯之后觉得有些伤感吧。"

"你是认真的吗？"

凯瑟琳说："鲍身上没有车票。他本来应该在工作的，不知道他是要去哪儿。"

"直到两分钟之前我都没听说过他，不太可能猜出来他想干什么。"

"我也是。但他让兰姆走出办公室了，所以肯定有什么特别之处。"她陷入了沉默，似乎正在脑海中思索什么。瑞弗第一次发现，她的头发并不是全灰的。在特定的光线下，发丝看起来近乎金色。她的鼻子又长又尖，平时还会戴帽子，所以会给人一种灰色的印象。如果她不在面前，你回想起她的时候就会想到灰色。过上一段时间，就算她站在你面前你也会这么觉得。她身上有一种女巫般的气质，偶尔甚至会让人觉得性感。

为了打破魔咒，瑞弗开口道："不知道他有什么特别之处。"

"做好最坏的打算吧。"凯瑟琳说。

"也许我们应该直接问他。"

凯瑟琳说："这可能不是一个好主意。"

这确实不是一个好主意。

几个小时后，瑞弗听到了兰姆上楼的声音，就像一只气喘呼呼的棕熊。他等了一会儿，心不在焉地盯着自己的电脑屏幕。也许我们应该直接问他。兰姆不在的时候倒是说得轻巧，回来之后就另当别论了。但如果他不去问，就只能面对一堆枯燥的文字。再说了，如果瑞弗此时退缩，凯瑟琳就会觉得他是个胆小鬼。

她就站在四楼的楼梯口，看到瑞弗后扬起了一边眉毛：你确定要这么干吗？

当然不确定。

兰姆的办公室敞着门，凯瑟琳轻轻敲了一下，两人走进了屋内。兰姆正在试图开机，身上还穿着大衣，嘴里叼着一根没点燃的香烟。他像看弱智一样看着两人，说："怎么，你们这是要造反了？"

瑞弗说："我们只是好奇发生了什么。"

兰姆困惑地盯着瑞弗，把烟从嘴里抽出，又开始盯着烟。最后又把烟放回了嘴里，再次看向瑞弗。"啊？"

"我们只是——"

"我听见你说什么了。我只是想问你在我这儿抽什么风？"他看向凯瑟琳，"你是个酒鬼，所以不知道每天发生了什么很正常。他的借口又是什么?"

"迪基·鲍。"凯瑟琳说。兰姆的恶意中伤并没有影响到她,她毕竟已经在这行干很久了。在查尔斯·帕特纳还是局长的时候,她曾经担任他的私人秘书。虽然她的职业生涯确实因为酗酒问题受到了影响,但她还是一直担任局长秘书,直到发现帕特纳死在自家的浴缸里。这些年来,她学会了如何隐藏自己的情绪。"他之前在柏林工作,那时你也在。上周在牛津郊外,他死在了一辆巴士上。所以你去找他了,对不对?你要去查清楚他的行程。"

兰姆不可置信地摇了摇头。"怎么回事?有人来敲门帮你把胆子缝回肚子里了?我都说过了,不要随便给陌生人开门。"

"我们不想被排除在外。"

"你们一直是被排除在外的,真正的核心远在千里之外。你们离得最近时,就是等有人给安全局拍个纪录片,你们才能在历史频道上看一眼。我还以为你们早就明白了呢,天哪,怎么又来了一个?"

马库斯·朗里奇出现在了几人身后,手里拿着一个文件夹。"我应该把这个给——"

兰姆说:"我忘记你叫什么了。"

"朗里奇。"马库斯说。

"我又没问你,我的意思是别跟我说话。"兰姆从混乱的书桌上拿起一只沾满污渍的马克杯,扔向了凯瑟琳。瑞弗在杯子砸伤她的头之前接住了。兰姆说:"很开心跟你们聊天,现在快点滚蛋吧。卡特怀特,把杯子给斯坦迪什。斯坦迪什,给我接杯茶。还有你,我又忘记你叫什么了。去隔壁给我把午餐拿过来。告诉山姆我要每周二的套餐。"

"今天是周一。"

"我知道今天是周一。如果我想要周一的套餐就没必要强调了,不是吗?"他眨了眨眼,"怎么还不快点?"

凯瑟琳瞪了回去。瑞弗发现这成了他们两个之间的问题,他最好不要在这里碍事。有那么一瞬间,他以为兰姆会最先移开目光,但是兰姆没有。相反,凯瑟琳像放弃了一般耸了耸肩,转身离开了房间。她拿走了朗里奇手中的文件夹,回到了自己的办公室。瑞弗和马库斯一起下了楼。

这场谈话进行得和预料中一样"顺利"。

但是瑞弗回到办公桌前还不到二十分钟,楼上就传来了一阵惊人的噪音。就是那种电脑屏幕从很高的桌面上掉下,在地面上摔得粉碎的声音。紧接着就是塑料和玻璃碎片飞溅的声音。瑞弗不是唯一一个被吓到的人。楼里所有的人都听到了接下来那句咒骂:"妈的!"

之后,斯劳部门陷入了短暂的寂静。

视频是黑白的,质量不佳,全是噪点和频闪。画面里大雨滂沱,一辆列车停在夜晚的车站。虽然车站有顶棚,但雨水还是从错位的排水沟里滴落下来。几秒钟过去了,什么都没有发生。然后人群蜂拥而至,仿佛画面外有人放出了一群焦躁的乘客。视频有些掉帧,可以从人们的动作中看出来:突然从口袋里伸出来的手、收起的雨伞……乘客们看起来都十分烦躁不安,想要快点离开这里。瑞弗很擅长认人,但画面中没有他能认出的面孔。

他们在何的办公室里,因为何的设备最高级。兰姆刚才往主机里插入CD时不小心把电脑屏幕弄翻了。瑞弗愿意献出一个月的工资，只为目睹那个场面。之后兰姆在屋里生了半个小时闷气，然后若无其事地下楼，好像一切都在计划之中。半晌，凯瑟琳·斯坦迪什也跟着下来了。也许是因为觉得丢人，其他下等马聚在这里时兰姆并没有反对。但瑞弗对此表示怀疑。杰克逊·兰姆根本不知道丢人两个字怎么写。他把CD递给何，现在正在屏幕上播放。显然他是想让大家一起看，看完后还要回答问题。

画面没有声音，也没有能表明地点的线索。人们上车，列车开动，但依然没有更多线索，火车就这么驶出了画面。余下的只有空荡荡的站台和铁轨，雨哗啦啦地下着，同样的画面持续了四到五秒。因为是快进，所以现实世界中应该过了十五分到二十分钟，然后屏幕黑了下去。整个录像只有不到三分钟。

"再放一次。"兰姆说。

何按下键盘，他们又看了一遍。

这次播完之后，兰姆问："怎么样？"

明·哈珀说："这是监控录像。"

"好极了，还有谁要补充一些充满智慧的见解吗？"

马库斯·朗里奇说："这是一趟向西行驶的火车，从帕丁顿车站开到威尔士和萨默塞特郡，还有科茨沃尔德。那是在哪儿来着，牛津吗？"

"是的，但我还是记不住你的名字。"

瑞弗说："我会给他做个名牌的。说回录像，那个光头呢？"

"什么光头？"

"一分半左右时，其他人都挤上火车，但他只是沿着站台走到了监控死角，从那里再向前。所有人都要躲着雨，但是他没有。而且他也没带雨伞。"

"或者帽子。"兰姆说。

"就像你拿回斯劳部门的那顶。"

兰姆停顿了片刻,然后说:"是的,就像那顶。"

"如果那是牛津,"凯瑟琳说,"那么人群就是刚从迪基·鲍去世的那辆巴士上下来,对不对?"

兰姆看向何,说:"你倒是没闲着,你还公开了什么信息?我的牙科记录?银行账号?"

何觉得自己成了放映员,愤愤不平地说:"让我干这种事,就跟请外科医生治疗甲沟炎一样。"

"希望你没有觉得我是在侮辱你。"兰姆和善地说道。

"我——"

"因为如果我真的想这么干,你一定会知道的,你这个黄皮浑蛋。"他面向其他人。"好吧。"他说,"虽然我不经常这么说,但卡特怀特说得没错。那个光头,我们暂且叫他 B 先生。上周二晚,他登上了一趟开往牛津的列车。列车的终点站是伍斯特,但是中间还会停不少站。那么,B 先生会在哪里下车?"

"你是在让我们猜答案吗?"明问。

"是的,因为我对毫无根据的猜测非常感兴趣。"

瑞弗说:"这个录像是从牛津站拿到的?"

"没错。"

"其他的站台应该也会有录像。"

"现在是不是列车内部也有监控了?"路易莎补充道。

兰姆鼓了鼓掌。"好极了,"他说,"简直就像是有小精灵来替我思考了,虽然傻子都能用一半的时间想明白,但既然你们已经想到了这里,咱们就赶快切换到下一个更重要的问题吧:你们谁能去查清这些监控,回来告诉我答案?"

"我可以。"瑞弗说。

兰姆无视了他。"哈珀,"他说,"这不是你擅长的领域吗?而且也不用运送东西,所以你也不用担心把什么弄丢。"

明看向了路易莎。

"哇哦。"兰姆说,他转头面向何,"你看到了吗?"

"看到什么?"

"哈珀刚和他的小女朋友交换了一个眼神,不知这又是什么意思?"他靠坐回何的椅子里,指尖点着下巴,"所以你不能去?"

"我们接到了一个任务。"哈珀说。

"我们?"

"我和路易莎——"

"叫她盖伊,这儿又不是迪厅。"

所有人都默默地闭上了嘴,最好还是不要浪费时间问他为什么喊名字就会让这里变成迪厅。

"还有,"兰姆又说,"什么任务?"

明说:"我们被借调了,韦布说你现在应该已经知道了。"

"韦布?莫非是那个著名的蜘蛛?他不是在负责数别针吗?"

"他还负责其他工作。"路易莎说。

"比如为了某个'任务'借调我的员工?这是个什么任务?请一定说你不能告诉我细节。"

"给某个来访的俄罗斯人当保姆。"

"我还以为他们有专家负责这种任务呢。"兰姆说,"就是那种真的知道自己在干什么的人。哦,天哪,别告诉我,都是因为莱爵爷那档子事,对不对?简直是胡闹。如果我们不想让他做假账,为什么不在几年前就制止他?"

"因为当时我们还不知道他在做假账？"凯瑟琳提议道。

"我们可是该死的情报机构。"兰姆指出，"好吧，你们被借调了。看起来我也没有什么发言权，是吧？"他露出了饿狼一般的微笑，似乎在诉说当年的好日子。当他有发言权时，他一定会明明白白地说出来。"所以我就只能用这群傻子了。"

"我可以去。"瑞弗再次说道。

"这里可是军情五处，不是幼儿游乐场。任务不是先到先得，我来决定谁去。"兰姆从右侧开始点人，"点兵点将，骑马打仗，点到是谁，跟着我走。"最后，他的手指向了瑞弗，于是他把手指移回到雪莉身上，"骑马，你负责这次工作。"

瑞弗说："你点到的明明是我！"

"我说过，任务的指派不能用小孩的游戏来决定，你忘了吗？"他按下弹出键，CD弹了出来。"我手滑指错了。把这个拿起来再看一遍，然后去找B先生。"

"现在吗？"

"不，等你方便的时候就行——当然是现在！"他看向四周，"我还以为你们都有工作没干完。"

凯瑟琳对瑞弗扬了扬眉毛，然后离开了。其他人像是松了一口气一样，也跟着走出了房间，只留下瑞弗跟何。

兰姆对何说："我知道卡特怀特应该会想继续刚才的谈话，但我实在不明白你为什么还留在这儿。"

"这是我的办公室。"何解释道。

兰姆无言地等待着。

何叹了一口气，离开了。

瑞弗说："你总是要这样，对吗？"

"哪样？"

"说让他们去烧水,帮你买午餐外卖,都只是在挑衅。你需要我们,必须要有人帮你跑腿。"

"说到腿,"兰姆抬起了腿,放了个屁,"我本来就打算这么干。"他说着把脚放回了地面。"你看,也不是多此一举。"

无论你对兰姆有什么意见,都无法指责他放的屁不够响亮。

"总之,"他丝毫不受毒气的影响,继续道,"要不是因为斯坦迪什多嘴,也没这么多事了。还说什么'不想被排除在外',天哪。她那把年纪了,总不可能是更年期吧?除非那么多年的酗酒帮她保持了青春,你觉得呢?"

"我觉得挺奇怪的,尸检报告上的死因明明是突发心脏病,你却这么肯定鲍是被谋杀的。"

"你还是没回答我的问题,但是无所谓了。我换一个问题。"兰姆翘起了二郎腿,右腿在上,左腿在下。"如果你想毒杀一个人,但不想被发现,你会怎么办?"

"我对毒药没什么研究。"

"谢天谢地,看来你也不是什么都懂。"兰姆有个独门绝技,他能从几乎任何地方掏出烟。上一秒他刚从衣服口袋里顺出一根烟,下一秒就能从对面的兜里摸出打火机。虽然瑞弗可以表示反对,但烟只会改善屋里的气氛。兰姆不可能没意识到这一点。"朗里奇还没把我的午饭买来,希望那个浑蛋没忘记。"

"所以你记得他叫什么。"

话刚说出口他就后悔了。

兰姆说:"天哪,卡特怀特,现在咱们两个尴尬的是谁?"他深深地吸了一口烟,半英寸的烟头亮起橘色的光。"明天我会晚点来。"他说,"有事要办,你知道的。"烟雾缭绕,他眯起了眼睛,"下楼时别把脖子摔断了。"

"是上楼。"瑞弗说,"这儿是何的办公室,记得吗?"

"卡特怀特。"

瑞弗在门口停住了脚步。

"你不想知道迪基·鲍是怎么死的吗?"

"你真的会告诉我吗?"

"只要你仔细想想,答案其实很明显。"兰姆说,"杀手用了无法追踪的毒药。"

4

无法追踪的毒药。瑞弗想道。

太傻了!

他在地铁上,旁边坐了一个漂亮的棕发女郎,她坐下的时候短裙向上卷起。两人几乎一拍即合,在同一站下了车。他们站在电梯旁犹豫着,要不要交换彼此的电话号码。接下来一切都水到渠成:红酒、比萨、床、度假。第一间共同公寓,第一次周年纪念,第一个孩子。五十年后,他们欣慰地回顾幸福的一生,然后去世。瑞弗揉了揉眼睛,对面的座位空了出来,女郎坐了过去,握住了旁边男性的手。

瑞弗从伦敦桥前往外公的家:汤布里奇。对于外公而言,那里就像是奋战了一生后赢得的领地。老家伙会去附近的商店买报纸、牛奶和其他日用品。对着肉铺、面包房和邮局的女店员调皮地眨眼,任谁也不会猜到,那双手葬送过数百人的生命。那个老人下达的命令甚至有可能改变历史进程,但更多的时候是确保一切如常。他表面上的职位在交通部,并且大度地担下了当地居民对巴士问题的种种不满。

瑞弗有的时候会想,要投入多少心血和努力,才能确保一切都维持原样?

吃完饭后,他们拿着威士忌来到了书房。壁炉里火光跃动。

这些年来，老人的扶手椅像吊床一样适应了他的身体；另外一张椅子则渐渐适应了瑞弗。就他所知，没有其他人会坐这张椅子。

"你有事想问我。"外公说。

"我不只是因为这个才来看你的。"

外公没有理会他的这句话，两人都知道其他的理由并不重要。

"是兰姆。"

"杰克逊·兰姆，他怎么了吗？"

"我觉得他可能疯了。"

瑞弗能看出来，老家伙喜欢听这种话。他不会放过任何探索精神洞窟的机会，尤其喜欢瑞弗直言不讳。"而你得出这个结论，是因为你接受过严格的医学训练。"

"他的被害妄想症越来越严重了。"

"如果他是最近才开始变得多疑，他不可能活这么久。但你是想说他比以前疑心更重了，所以他的具体症状都有哪些？"

"他觉得有克格勃的人在暗中投毒。"

老家伙说："但是克格勃已经不存在了，冷战也结束了。如果你还记得的话，我们赢了。"

"我知道，我去谷歌上查了。"

"但是另一方面，虽然克格勃现在变成了俄罗斯联邦安全局，但本质依然不变。克格勃有一个专门负责研发'无法追踪的毒药'的'特殊机关'，也就是大名鼎鼎的制毒工厂。三十年代的时候，有个叫迈罗夫斯基——还是迈兰诺夫斯基的人，一生都在致力于开发无法被追踪的毒药。结果他变得太精于此道，他们不得不杀了他灭口。"

瑞弗低头看向自己的玻璃杯，跟外公一起喝威士忌，也许这已经变成了某种仪式。"你是说，这也是有可能的？"

"我是说，如果杰克逊·兰姆担心有人在暗中开展莫斯科风格的行动，我肯定会多留个心眼儿。你对利特维年科这个名字有印象吗？"

"我印象中他不是被无法追踪的毒药杀害的。"

"确实，因为那是一次黑色行动。只要他们想，就能把现场弄得像意外死亡，不是吗？"老家伙最喜欢玩这样的把戏，用你自己的话来反驳你，而且还不给你重新组织语言的机会。"受害者叫什么名字？"

"博夫，理查德·博夫。"

"天哪，迪基·鲍还活着？"

"你认识他？"

"听说过，他当时在柏林。"老家伙放下酒杯，摆出了一副智者的姿态。肘部撑在扶手上，双手指尖相触，仿佛握着一个看不见的球。"他是怎么死的？"瑞弗解释过细节之后，他说："他向来不怎么机灵。"仿佛已故的迪基·鲍会死在巴士上是因为他的迟钝。"从来不是参加甲级联赛那块料。"

"现在叫英超了。"瑞弗纠正道。

外公厌恶地挥手赶走了恶俗的现代用语。"他就是个在街上拉客的角色，我记得他对夜店也有过兴趣，或者在一家夜店里工作过。总之，他曾经负责提供各种小道消息，哪个官员又背着自己的老婆或者男友出轨了，诸如此类。"

"然后这些就会被写进档案。"

老家伙说："俗话说得好：法律和香肠，没人想看到这两种东西的制作现场。情报工作也是一样。"他放下手中的隐形球，再次拿起酒杯，若有所思地晃动着杯子，琥珀色的液体沿着杯壁旋转。"然后他就擅自离职，偷偷跑到了东边，迪基·鲍也因此一举成名，警报从柏林一路响到了……巴特西。抱歉，压了头韵，我的坏习惯。从柏林响到了白厅。因为他虽然只是个无名小卒，但谁也不希望看到一个英国间谍出现在敌人的电视上胡说八道。"

"这是什么时候的事？"瑞弗问。

"一九八九年九月。"

"啊。"

"没错，就是那年。所有参与游戏的人，至少所有在柏林的人都知道有大事要发生。虽然他们怕乌鸦嘴，所以没人大声说出来，但他们想到这件事时都会看向柏林墙。而没有人、没有一个人想看到历史进程被打断。"晃动的速度变快，威士忌从杯中洒了出来。他把杯子放在旁边的桌上，舔掉了手上的酒。

"你说'没有一个人'的意思是……"

"哦，当然不是字面意义的'所有人'，我说的是我们这边的人。"他看着自己的手，好像忘记了为什么会把手抬起来，又放回了腿上。"历史进程很脆弱，确实有可能被打断，迪基·鲍很可能就是压死骆驼的最后一根稻草。所以你可以料到，局里迫切地想要把他带回来。"

"你们最后也确实做到了。"

"我们是找到了他，或者说是他自己出现了。正当我们准备把所有跟他沾过边的行动都打包封上黑色缎带时，他想办法跑回了伦敦。虽然我说'跑回了'，但他其实连路都走不稳。"

"他被拷问了？"

老家伙哂笑了一声。"他喝得烂醉。虽然他声称并非出于自愿，说他们按住他，往他嘴里灌酒，他还以为他们想淹死他。当然了，用酒灌醉迪基·鲍这种人简直轻而易举，何乐而不为呢？"

"'他们'指的是谁？东德的人？"

"眼光放远点，瑞弗，不是东德人。迪基·鲍说他是被货真价实的俄罗斯人抓走了，莫斯科那伙人，还不是普通的小兵。"

老人停顿了片刻，享受着这个瞬间。瑞弗有的时候会想，老家伙到底是怎么忍住倾诉欲的？他每天去肉铺、面包房、邮局，怎么忍住不对着店员高谈阔论的？这些年来，老家伙最爱的就是听众。

"不。"老人继续道，"迪基·鲍说他是被亚历山大·波波夫本人绑架了。"

如果瑞弗听说过这个名字的话，这句话可能会更具冲击性。

把圣人逼疯，凯瑟琳·斯坦迪什想道。

看这话说得！简直像是被她母亲附身了一样。

之前她母亲这么评价杰克逊·兰姆，说就算是圣人也会被他逼疯。她从未想过这种话会从自己嘴里说出来，但她确实这么说了。事实就是，你要么渐渐变成自己的母亲，要么变成自己的父亲。当生活磨平那些特殊的棱角，你就会变成这样。

凯瑟琳曾经也拥有锋利的棱角。年复一年，她过着浑浑噩噩的人生。早上醒来她甚至不记得昨晚发生了什么。唯一的线索是性爱和呕吐的痕迹，还有胳膊和大腿上的淤青。她觉得自己好像被吃干抹净后又吐了出来。她和酒精有一段久远的历史，但就像任何虐待关系一样，它最后也暴露了本性。所以现在凯瑟琳的棱角已经被磨平了，她独自在这栋伦敦北部的公寓里泡了一杯薄荷茶，开始思考监控里的光头男。

她的人生中没有过光头的男性。但是话说回来，她的人生中就没有过男性，或者有过的都不能算数。职场上确实有男性同事，她最近也开始喜欢瑞弗·卡特怀特了。但她的生活中没有真正的"男人"，杰克逊·兰姆尤其如此。无论如何，她正在思考光头男的事，也就是监控录像里一闪而过的那个人。他没有上车避雨，而是抬头看了一眼摄像头，然后走向了站台的另一端，走进瓢泼大雨之中。两分钟前，他刚把帽子落在了巴士上，所以也没戴帽了。

她还在想（因为她经常这样想），如果能打开一瓶红酒，浅酌一杯，是不是就能证明她并不需要酒精？只喝一杯，其他的都倒进水池里。一瓶冰镇夏布利，或者如果酒商没有放进冰箱，常温的也可以。如果他们没有夏布利，换成长相思、霞多丽、三倍拉格，或者两升装的苹果酒也行。

深呼吸。我叫凯瑟琳，我有酒精依赖症。客厅里，匿名戒酒会的蓝皮书就放在字典和西尔维娅·普拉斯[①]的诗集中间。她完全可以把薄荷茶放在手边，坐下来读一读，直到这阵颤动消退。"颤动"也是她母亲会说的话，是母亲独有的密语，指无法抗拒的冲动。考虑到凯瑟琳的工作性质，这甚至有些好笑。

如果母亲现在还活着，会怎么看她呢？如果母亲能看到斯劳部门，看到那栋建筑里斑驳的墙壁，古怪的居民……凯瑟琳不必去问，她已经知道答案了。母亲只消看一眼那破旧的家具、剥落的墙皮、黯淡的灯泡还有墙角的蛛网就会明白，她的女儿确实属于这个地方。一个不必背负"期望"的安全之所。人最好不要把期待定得太高，最好不要攀比炫耀。

[①]西尔维娅·普拉斯（Sylvia Plath，1932—1963），美国的自白派诗人的代表。

也最好不要去思考未来的事。

所以她拿起薄荷茶,走到客厅,第无数次抗拒了出去买酒的冲动。她没有阅读蓝皮书,更别提西尔维娅·普拉斯的诗集,而是坐在椅子上思考那个光头男,以及那个雨夜他在站台上的所作所为。她试着不要去想自己的母亲,或者被生活磨平的棱角,或者未来的事。

因为无论未来会发生什么,都要做好最坏的打算。

从七十七层的摩天大楼到这个破地方,路易莎·盖伊想道。落差真大!

最近报纸上的美丽家装专栏说,只要一点想象力加上少许资金,世界上最小的公寓也能化身便利高效的梦想之家。很可惜,报纸上写的少许资金已经超过了她能够承担的范围。如果她能拿得出那么多钱,还不如搬去一个更大的地方住。

和往常一样,今夜屋里的主角也是刚洗完的湿衣服。虽然晾衣架是可折叠的,不用的时候能收起来,但它并没有空闲时刻,就算有她也没处可放。所以晾衣架倚靠在书架上,上面挂满了湿漉漉的内衣。自从明·哈珀进入她的生活,她就淘汰了之前的内衣,对衣柜进行了更新换代。放眼望去,洗好的上衣见缝插针地挂在晾衣杆上,还有一件潮湿的毛衣躺在桌子上烘干,沉甸甸的袖子垂向两侧。路易莎则坐在餐椅上,电脑放在膝头。

她在用谷歌搜索蜘蛛·韦布那个会议的相关信息。虽然只是基础的调查,但也算是一个立足点。她查到了一个在伦敦政经学院举办的国际高级冶金工艺研讨会,一个在伦敦大学亚非学院举办的亚洲文化研究会以及一场阿巴乐队重聚演唱会的售票信息

(将会在两分钟内售空)。市中心会比往常更疯狂,因为牛津街上有一场抗议游行,预计会有二十五万人参加。地面交通、地铁,还有日常生活都会陷入停滞。

没有一项活动与俄罗斯人的来访有关。这些只是背景资料,但背景也很重要。自从斯劳部门上次被卷入摄政公园的烂摊子之后,她就不再相信韦布提供的信息了。但她很难集中精神,她总是想起那根巨大的"针塔"中,会议厅有多么宽敞。她从没在室内见过那么开阔的景象,对比起来,自己在南岸租的小屋就显得无比逼仄。

现在一周里有两到三天,明也会过来。这算是好事,但也有其弊端。明不是个不讲个人卫生的人,但他还是会占地方。他喜欢洗干净再上床,这意味着她必须腾出卫生间宝贵的储物空间,放置他的个人用品。他早上醒来需要穿干净的衣服,所以也需要衣柜空间。屋里多了 DVD、书籍和 CD,无数拥有实体的东西堆了进来,房间却不会变得更大。当然还有明本人。虽然他并不邋遢,但他只要坐在原地就会让屋子变得更加局促。虽然能待在他身边也不错,但如果能换一个有独处空间的地方就更好了。

外面有邻居狠狠撞上了门,声音回荡在走廊里,又穿过门缝。伴随着一阵像积雪滑落房顶的声音,一件上衣从晾衣杆落到了地面。路易莎盯着它看了一会儿,好像不去捡它,现状也会自行改善,但什么都没有发生。所以她闭上眼睛,努力想象自己在一个不同的地方。当她睁开眼后,还是什么都没有变。

这是一间潮湿的出租公寓。除此之外,还有另一个可怕的事实:虽然它有这样那样的坏处,但也已经比明住的地方要好多了。

如果他们想一起找个更好的地方,就需要更多的钱。

* * *

现在是十一点半，还有六个半小时。

太煎熬了！

若要问起卡尔·芬顿印象中的私人警卫，他肯定会说这是个刺激的工作。他们会有格斗训练、多功能腰带、防弹背心、电击枪，当然还有追逐战，漂移过弯，橡胶摩擦沥青发出刺耳的尖叫。他会戴上那种无线耳麦，这是在充满肾上腺素的警卫工作中必不可少的道具。你永远不知道下一秒会发生什么。这是他入行之前的想法：这是份危险又激动人心的工作。真正入职之后，现实却灰暗无比。

他的制服尺码不合适，太小了。因为上一个穿这身衣服的员工是个矮子。公司配的手电筒电量已经快要耗尽，梦中的机枪和武装豪华轿车也不见踪影，取而代之的是枯燥乏味的夜间巡逻。他每晚沿着六条走廊上下来回，每个小时整点汇报工作，并不是为了告知管理层一切正常，而是为了证明他还醒着、在工作，对得起他们发的工资。但他拿的钱只比最低工资高一点点，两者的差值除以二还不到一英镑。他母亲总说，再差的工作也是工作。但卡尔·芬顿在这颗星球上活了十九年，多少也积累了些人生智慧，终于知道该怎么反驳这句话了：有的时候垃圾工作就只是垃圾。尤其是在晚上十一点半，他还有六个小时二十九分钟才能走出大门的时候。

说到门……

卡尔在一层，巡视大楼东侧的走廊时，最尽头的门是打开的。并不是明晃晃地敞开，而是没有关好。要么是有人在卡尔上次巡逻之后打开了门，要么就是卡尔吸过烟之后忘记关门了。

因为这里只有卡尔,晚班只有一个人当值。

他走向门口,轻轻推了一下。门"吱嘎"一声打开了。外面是铁丝网围起的停车场,空无一人。铁丝网外,通往城西高速的路面坑坑洼洼,消失在阴影中。对面的建筑物曾经是一个酒吧,可能还盼着某天能再次开业,但现在只能留在原地污染视线。被木板封起的窗户上,印着当地 DJ 广告的海报已然脱落。卡尔盯着门外看了一会儿,然后关上了门。他站在一片寂静中,意识到自己的心脏正在狂跳。外面没有人,除了他自己,屋里也没有人。现在是晚上十一点三十四分,他离开了门边,回到办公室。

办公室、设施,如果你没有直面过现实,当然可以用这种词来描述。

但实际上,所谓的办公室也没比储物间好多少。而"设施"也不过是"仓库"的高级说法。一层的砖墙上没有窗户,二层变成了木板,仿佛这栋楼盖着盖着砖块就不够用了。二楼比一楼稍微新一点,但除此之外实在夸不出口。就像街对面那个曾经的酒吧,这个地方也在等着时来运转的那天,但天下没有免费的午餐。数据锁公司只能不停地削减经费、以次充好,你得到的永远不如看到的——尤其是你看的是公司的产品目录的话。

卡尔挥着手电,照向各个角落。办公室里没有人,更没有巡逻犬。虽然大门上挂着警示牌,说建筑内一周七天、一天二十四小时都有恶犬巡逻,但警示牌只要四英镑九十九便士,比真正能二十四小时看门的狗要便宜多了。

北边的走廊传来了声音,像是人在走路,鞋底踩上地砖的声音。

卡尔的心脏怦怦直跳,声音比往常响了两倍,速度快了四倍。

还有二十四分钟他就要汇报工作情况了,当然如果他害怕,也可以提前打电话。

但谈话的内容只会是：

"我觉得我听到了噪声。"

"你觉得你听到了噪声？"

"对，在走廊那边。好像有人在，但我还没过去看。哦对了，大门也打开了，但也有可能是我之前出去抽烟的时候没关好。你们可以派增援过来吗？"

最好是受过格斗训练，配备多功能腰带和防弹背心的那种。

但就算是垃圾工作也比没工作要好。卡尔也不希望因为一只溜进来的松鼠丢掉饭碗。他把手电筒放在掌心掂了掂，感觉挺结实的，像根警棍。他稍稍安下心来，走出办公室，前往北边的走廊，走廊的尽头就是楼梯。

走廊在建筑的外侧，楼下是轮岗保安（他和一个年近七十岁的前警察布莱恩）放东西的地方。楼上是技术部门，负责处理新入情报。剩下的就是迷宫一样的储存室，除了每个房间的标号不同，其他的全都一模一样。房间里发出的声音也是一样的嗡鸣，这就是那些待人取用的信息发出的噪音。

这是他之前听一个技术人员说的。

他沿着走廊走了一半，灯忽然熄灭了。

"从来没听说过这个人。"

"胡说！你怎么可能不知道？"

这不太像老家伙会说的话。瑞弗想道，也许是因为他喝了三杯威士忌。

瑞弗说："这么多年你对我讲了许多间谍故事，但是从来没提过亚历山大·波波夫。"

老人瞪了他一眼。"我可不是在讲故事，瑞弗，我是在言传身教——至少我的初衷是这样。"

如果外公知道自己变成了一个爱八卦的老大爷，他内心深处肯定有什么东西会碎掉的。

瑞弗说："我就是这个意思，但是波波夫从来没进过我的课程表。我猜他是莫斯科的大人物？某个在幕后运筹帷幄的魔法师？"

"不必在意帘子后面那个男人。"老家伙引用了《绿野仙踪》里的一句话，"你说得对也不对。波波夫只是一个幻影，是烟雾和流言，仅此而已。如果情报是硬通货，我们手里关于波波夫的情报就是一张欠条。没人真正接触过他，因为他并不存在。"

"那为什么——"瑞弗开口道，却又突然停下。他很早就学到了：问问题是好事，但在你问出口之前，先试着自己去想一想。于是他说："所以烟雾和流言是被故意散布出来的，他是被捏造出来的人物，为了转移我们的视线。"

老家伙赞同地点了点头。"他是个虚构的间谍首脑，手下有一整个虚构的间谍网络。这个项目的本意是要让我们去水中捞月，陷入一团乱麻。战时我们也对敌方干过类似的事，也就是'绞肉行动'。我们从中学到的一个教训就是：别人喂给你的信息，必定暗藏杀机。你知道安全局是怎么工作的，瑞弗。比起真相，背景调查部的孩子们更青睐逸闻轶事。真相走直线，但他们喜欢挖掘角落里的秘闻。"

瑞弗已经习惯了从外公的只言片语里解读真正重要的信息。"就算他们喂给你的是假情报，也不意味着无法从中得到有用的信息。"

"如果莫斯科情报局的人说看这里,最聪明的做法就是看向反方向。"老家伙同意道,"这是一场游戏,不是吗?"他说着,仿佛在揭露隐藏许久的秘密,"就算在其他一切都变得唾手可得时,他们也还在继续这场游戏。"

炉火噼啪作响,老人的注意力转向了壁炉。瑞弗看向外公,眼中充满温情。每当这种时刻,他都希望自己能活着见证当年的情景。希望自己也能参与游戏。这份心愿正是他留在斯劳部门,乖乖地为杰克逊·兰姆跳火圈的动力。他说:"所以就算都是童话故事,亚历山大·波波夫也有自己的档案,里面写了什么?"

老家伙说:"天哪,瑞弗,都过去好几十年了。让我想想。"他再次看向壁炉,好像能在火焰中看到当年的画面。"都是东拼西凑的,就像老妇人缝的被子。但我们得知了他的出身地,或者只是对方想让我们相信的……但这个问题先暂且搁置。据说他来自其中一个封闭城市,你听说过吗?"

大概听说过。

"里面主要是军事研究基地,当地平民也会在那里工作。他来自格鲁吉亚,那个地方没有名字,只有一个代号:ZT/53235之类的。人口大概有三万左右。科研人员位于中心,周围是支持他们日常生活的服务业,还有维护治安的军队。和很多这类地方一样,这座城市也是战后军备竞赛开发核武器的时候建成的。它就是为此而建的……并不是自然形成的,而是人工搭建起来的。一个专门生产钚元素的基地。"

"ZT/53235?"瑞弗重复道,记下了这串数字。

外公看向他:"我的记忆可能并不准确。"他再次转回头,看向燃烧的火焰。"它们都有类似的代号。"然后他坐直身体,站了起来。

"外公?"

"我只是……没事的,没事。"他把手伸到旁边放柴火的筐里,从一堆点火用的干柴中拿出了一根长长的树枝。"来吧,"他说,"我现在就救你出来。"他把树枝伸向火焰。

瑞弗看到了一只甲虫,还是一只潮虫?它盲目地在燃烧金字塔的顶端攀爬。热浪滚滚,外公倾身向前,稳稳地将树枝的尾部对准顶端,这样濒死的甲虫下次绕到这里,就能像抓住从直升机上垂下的绳索一样爬上来,逃离死亡的命运。甲虫的语言里有"救世主"的说法吗?但是甲虫没有语言,无论哪种语言都没有,它无视了救援路线,转而爬向最高的那根木柴,在上面停留片刻,然后被烧成了灰烬。外公沉默着,将手中的树枝丢进壁炉,坐回到扶手椅上。

瑞弗想说些什么,但最后话语还是化作了一声咳嗽。

老人说:"都是以前的事了,当时查尔斯还是局长。他最后也厌烦了,说:你们都没注意到吗?战争还没打完,却要把时间浪费在玩游戏上。"老家伙说这句话的时候语气发生了变化,他在模仿一个瑞弗从未见过的人。

那时查尔斯·帕特纳还是军情五处的一把手。

"所以迪基·鲍说,波波夫就是那个绑架了他的人?"

"是的。但平心而论,迪基想出这个借口时,我们还不能确定那是个虚构的人物。无论他当时去干了什么,波波夫都算是个不错的托词。估计就是酗酒和嫖娼吧。当他发现自己的失踪引起了官方注意时,他就编了这个故事,说自己是被绑架了。"

"他有说波波夫想要什么吗?绑架一个街头混混能有什么好处?"

"他对所有愿意听,还有一些不愿意听的人都说了,说自己被折磨拷问，被强行灌醉，但这个说法很难为他赢得同情。说到酒……"

但瑞弗摇了摇头，再喝下去他明天早上就该宿醉了，而且他也该回家了。

他惊讶地看着外公又给自己倒了一杯，然后说："那个封闭城市，波波夫的出身地。"

瑞弗等待着下文。

"一九五五年，那个地方从地图上消失了。或者说，如果它曾经出现过的话，就是在那时消失的。"他看向瑞弗，"封闭城市在官方记录中并不存在，所以没有太多相关文件，不需要修改照片，或者替换百科页面。"

"发生了什么？"

"钚反应堆发生了事故。应该有几个幸存者，但当然也没有官方数据，因为理论上这件事从未发生过。"

瑞弗说："三万人全部遇难？"

"就像我刚才说的，应该有几个幸存者。"

"他们想让局里相信波波夫也是遇难者之一。"瑞弗说。他脑海中已经浮现出了漫画书一样的场景：复仇者浴火重生。但如果那只是一场事故，他又该向谁复仇呢？

"也许当时他们是这么打算的吧。"外公说，"但已经来不及了。柏林墙倒塌之后，收集情报变得易如反掌。如果他真实存在，肯定会有大人物迫不及待地把他供出来。我们就会拥有他的一切信息，不遗巨细。但关于他的消息还像个没搭好的稻草人一样，只有只言片语。某只黄鼠狼在做简报时提到了他的名字，但没人当真，因为已经没人相信这回事了。"

说罢，老家伙再次看向壁炉。火光照亮了他脸上的沟壑，让他看起来像一个部落的老首领。瑞弗忽然意识到，这样的夜晚已经不多了。他可以努力维持现状，却无力阻止岁月的流逝。虽然理智上能够明白，但感情上接受就是另一回事了。

他尽量不让这些情绪流露出来，说道："波波夫的名字是怎么来的？"

"好像和某种暗号有关，我已经记不清了。"老人看向自己的玻璃杯，"有时我也会想，我到底忘记了多少东西？但可能也不重要了。"

他平时并不会这么坦白地承认弱点。

瑞弗放下了手中的杯子。"已经很晚了。"

"你该不会是在跟我客气吧？"

"当然不是，除非我穿着防弹衣。"

"要小心，瑞弗。"

瑞弗愣了一下，问："为什么这么说？"

外公说："街尽头的灯坏了，从那边走到车站的路上太黑了。"

他说得没错，街边的灯确实坏了。但瑞弗并不觉得这是外公当时最关心的问题。

卡尔·芬顿很庆幸没有人听到他像个小姑娘一样在黑暗中尖叫。

"吓死我了！"

但他其实很担心可能真的有人在。

灯熄灭了，但并不是发电机故障。主机依然在运转，所有信息都安全地储存在电子茧房中。灯是由另外的电路连接的，可能只是临时断电。但就在这个想法出现时,理智告诉他如果真的是停电,两分钟前他就不会发现大门被打开,也不会听到有人走路的声音。

前方走廊空荡荡的,只有一片阴影。墨色似乎比以往更浓重,也更加暗潮汹涌。楼梯上方是更深沉的黑暗,卡尔看着暗处,呼吸越来越急促,捏紧了手电筒。他不知道自己在原地站了多久:十五秒,还是两分钟?无论是多久,这份沉默都被一个突如其来的嗝打断了。一团气体从他的腹腔深处升起,变成了尖锐的打嗝声。卡尔最不希望的就是侵入者听到后被吸引过来。他转身,身后的走廊也空无一物。他向前走了两步,身体突然就像刚才愣住时一样,不由自主地狂奔起来。这就是卡尔遇到紧急情况时的反应:遵从身体的本能。僵在原地、挥动手电、奔跑。

危险、刺激,能依靠的只有自己的体能……

回到办公室后,他按下电灯开关,但是什么都没发生。电话挂在对面的墙上,他把手电换到左手,伸出右手去拿电话。听筒紧贴着他的手心,他握住光滑的塑料,就像握住一只奶瓶。但安心的感觉转瞬即逝,因为他耳中听不到声音,甚至连断线的嘟嘟声都没有。他愣住了,无措地拿着手电。敞开的门,无端的噪声,熄灭的灯,还有电话……这些线索加在一起,他此刻肯定不是孤身一人。

他小心翼翼地将电话挂回去。他的大衣就挂在门后,手机在大衣口袋里。但是它消失了。

卡尔又检查了一遍口袋,这次动作更快,然后是第三次,更仔细一些。与此同时,他的大脑飞速运转,一边回忆着上班的路上把手机放在了哪里,一边想着他对这所设施的了解。技术人员管这些叫弃置情报。如果你手头有无穷无尽的情报,而且除非要打官司，没人想再看一眼，你就会将这些情报弃置。如果不是还能用来处理法律问题，这些储存的数据文档肯定早就被删除了。但他听技术人员用的词并不是删除，而是释放。他脑海中浮现出一个画面，情报像鸽子一样被放飞，伴随着掌声冲向天际……

哪儿都找不到手机。有人在卡尔的看守下侵入了设施，熄灭了电灯，掐断了电话线，还偷走了他的手机。如此大费周章，对方肯定不会轻易离去。

手电的光开始闪烁，预示着它将是下一个失灵的东西。卡尔口干舌燥，心脏怦怦直跳。他必须走出办公室，巡逻走廊，上楼去看看黑暗迷宫中的数据是否安全。但他的脑海里不停地回荡着一句可怕的警告：

有的时候，人是会为了情报杀人的。

走廊的阴影处忽然传来了橡胶鞋底踩在油毡地毯上的声音。

如果人会为了情报杀人，卡尔·芬顿想道，那么总有人要牺牲。

夜晚就要独自在家安静地度过，明·哈珀想道。

怎么可能！

他给自己倒了一杯酒，观察着这间屋子。

没什么可看的。

他坐在沙发床上，但严格来说这件家具也不属于他，是随房附赠的。整个公寓呈 L 形，L 的顶端是厨房，包括一个水池、一台冰箱，冰箱顶上是微波炉，烧水壶放在架子上。两扇窗户骄傲地挂在最长的那面墙上，窗外就是隔壁楼。自从搬进这个单间，明又开始吸烟了。他不会在公共场合吸烟，但晚上他会靠在自家窗边吞云吐雾。对面的一栋房子里，有个男孩也会做同样的事。他们抽烟时如果碰巧看到对方，就会挥手打个招呼。那男孩看起来才十三岁，和明的大儿子差不多年纪。想到卢卡斯也可能会抽烟，他左边的胸腔里突然一阵抽痛，但看到邻居家的孩子这么干他就没什么感觉。如果他还住在家里，还有些责任感的话，可能会去找那孩子的家长聊聊。但如果他还在家，他就不会在窗边吸烟，也就不会遇到类似的事。想着想着，他喝完了杯中的酒，于是又给自己倒了一杯，靠在窗边抽了根烟。今晚凉飕飕的，像是要下雨。邻居家的小孩不在。

抽完烟，他回到了沙发上。沙发不算舒适，但它展开的床也不舒服，所以至少在这一点上它做到了始终如一。狭窄又凹凸不平的床只是明不带路易莎来的其中一个理由。其他理由还包括做饭之后的油烟味会弥漫整晚，走廊尽头的浴室里掉皮的地板，还有住在楼下的神经病。明应该搬家，重新站稳脚跟。几年前，他把一张机密光盘落在地铁上，第二天早上在广播四台听到了相关讨论，自此人生一落千丈，一个月内就被发配到了斯劳部门。很快他的家庭也随之破裂。他有的时候会反思，如果自己的婚姻更美满一点，是不是就能撑过事业上的失败？但后来他发现，真相比他想得更现实：如果他自己更坚强一些，他就能拯救自己的婚姻。但无论如何，他的婚姻都早已结束。他已经有路易莎了。克莱尔肯定不乐意看到他交女朋友，但她很可能已经知道了。女人是天生的间谍，背叛还未发生就能感知到其存在。

他的杯子又空了。明伸手去倒酒，恍然意识到现状也许永远不会改变。他会被永远困在这个绝望的房间，困在斯劳部门这座职业坟墓里。他知道自己不能这样下去。他已经为过去的错误赎过罪了，每个人都应该有一次犯错的机会，不是吗？他只要抓住摄政公园递过来的这根橄榄枝，办好蜘蛛·韦布的这次峰会，就能上岸。如果这是一场测试，那么他一定要通过。凡事不能只看表面，这是他的信条。一切都有隐含的意义，只要你挖得够深就能将其揭露。

不要相信任何人。这是最重要的。谁都不能相信。

当然，除了路易莎，他全心全意地相信路易莎。

但这并不意味着要对她知无不言。

瑞弗离开了，房间再次陷入寂静，让大卫·卡特怀特得以回顾两人刚才的对话。

失算了！

他说了 ZT/53235 的代号，瑞弗敏锐地发现了这一点，还重复了一遍。瑞弗不会忘记这串数字，他一向擅长记忆电话号码和车牌号、比赛分数，往往过了几个月都还能背出来。卡特怀特觉得外孙是继承了自己的天赋，当然也少不了他的用心栽培。所以瑞弗迟早会觉得奇怪，为什么外公把这串代号记得一字不差，却要装作记不清了？

但人老了就要学会接受有些事情你无力改变的现实。所以大卫·卡特怀特把这段插曲锁进了记忆抽屉，决定不再因此烦恼。

壁炉中的火快要熄灭了。刚才那只潮虫慌乱地攀爬着，最后却纵身一跃被大火吞没，好像宁可立刻死去也不愿经历漫长的等待。这还只是一只潮虫，众所周知，人类在类似的境遇下也会做出同样的选择。大卫·卡特怀特不愿再思考这些，他的脑海中全是封闭的记忆橱柜。

亚历山大·波波夫就是其中之一。就像他对瑞弗说的那样，他之所以从未提起过波波夫，是因为他已经十多年没想过这件事了。他不去想这件事的理由也和他说的一样，因为波波夫只是一个传说，并不是真实存在的人。至于迪基·鲍，显然这个酒鬼发现自己对安全局已经没了用处，声称被绑架是他为了确保养老金的最后手段。卡特怀特并不觉得他没带车票死在巴士上有什么奇怪的，相反，电影开头早已预示了这样的结尾。

但杰克逊·兰姆却不这么认为。这个老特工的问题并不是他总在想方设法地折磨手下的人，而是和其他所有老特工一样，一旦他开始在意某件事，一定会追根究底。大卫·卡特怀特见过许多类似的案例，已经分不清楚哪件是哪件。

他再次拿起酒杯，发现杯子空了之后又放下。再喝一杯他就会睡死过去，一个小时后醒来，睁着眼直到天明。如果问他最怀念年轻时的什么，那就是像婴儿一样酣然入眠的能力。沉沉地睡去，慢慢地醒来，精力充沛，就像一只盛满水的水桶。失去之后你才会发现，这是一种宝贵的天赋。

衰老会让你习惯自身的无力，也会让你明白事物绝非恒定不变，有时不经意间就会变得面目全非。

亚历山大·波波夫是一个传说，亚历山大·波波夫并不存在。

但现在依然如此吗？

他盯着渐渐熄灭的炉火。就像逐渐逝去的火光，很多事也悄然消散。思绪沉滞，跃动的光线也无法带来更多启发。

5

温特沃斯语言学校有两处校区。首先是介绍手册上的那个，一栋漂亮的乡村庄园，就像BBC每周日晚间节目里播的那样。这栋令人叹为观止的建筑总共有四层楼高，墙顶带有锯齿状的雉堞，包括整整三十六个房间。除此之外，还有开阔的草坪、鲤鱼池、网球场、槌球场和一个鹿苑。第二处校区就相形见绌了，它唯一的优点是真实存在。学校位于霍本高街一家文具店楼上三层的两间办公室中。如果它也有介绍手册的话，肯定不能漏掉沾满水渍的天花板、破损的窗户、被电暖气烤焦的墙壁和一个正在呼呼大睡的俄罗斯人。

兰姆出现在门口时暖气已经关了，他默默地站在原地，观察着眼前的景象。书架上摆满了同样的宣传手册，壁炉架上方的墙上挂着三张裱起来的学位证书。裂开的窗外只有一面砖墙，俄罗斯人趴着的桌子上摆着两台拨号盘式座机，一台是黑色，另一台是乳白色。它们被淹没在成堆的文件下面，当然文件只是委婉的说法，其实更像是一堆垃圾和废纸。账单、附近比萨外卖和廉价出租车的传单，还有为初来乍到者提供服务的广告。一张行军床被塞在书桌下，但没能完全藏起来，床上还有只又脏又破的枕头。

确定了那人不是在装睡之后，兰姆把一沓手册扫到了地上。

"啊!"

尼古莱·卡廷斯基突然惊醒,好像做了个噩梦。他跳起来,从桌上抓了什么,但那只是一个眼镜盒,一个连接他和现实世界的锚点。他刚要起身就停下了动作,瘫回椅子上。椅子发出了危险的嘎吱声,他放下眼镜盒,咳嗽几声,然后问:"你是?"

"来收钱的。"兰姆说。

卡廷斯基欠了钱,这是个合理的推测。既然欠了钱,早晚都会有人上门讨债。

俄罗斯人若有所思地点了点头。他有些秃顶,两鬓斑白,好像憋着一口气,心里藏着情绪。十八年前,兰姆看他的录像时也有同样的感觉。当时他在摄政公园的"奢华套房"里——开玩笑的,那是一间装着双面镜的审讯室,位于总部的地下,是专门用来审问特殊人员的。但他比当年消瘦了许多,好像突然减了肥,却没来得及更新衣柜。他下颌的肌肉僵硬,其他地方的皮肤十分松垮。他点完头之后问:"你来收贾马尔的钱,还是德梅特里奥的?"

兰姆在脑子里抛了个硬币,然后说:"德梅特里奥。"

"果然。你告诉那个希腊浑蛋,让他去死,别想钻空子。都说好了,每个月一号交钱。"

兰姆拿出了烟。"嗯,我会略过叫他去死的部分。"他说着走进屋里,用脚踢歪一张椅子,把上面的帽子、手套和《卫报》腾到地上,然后坐下。他解开大衣扣子,在口袋里寻找打火机。"你这冒牌学校能骗到人吗?"

"原来你还想聊天?"

"我得多待一会儿,德梅特里奥才会相信我们充分探讨了你的财务问题。"

"他在外面呢?"

"在车里。偷偷告诉你,他可能真的会同意一号再来。"他找到了打火机,点燃香烟,"你不在今天的名单上,我们只是路过。"

他驾轻就熟地脱口而出,连自己都觉得惊讶。看来他宝刀未老,还是能当场编出一个背景故事。十分钟之后,卡廷斯基的人生就会像外卖一样摊在桌上,任君挑选。一旦兰姆把骨头摘出来,就可以直奔主菜了。

针对卡廷斯基的问询并不重要。苏联解体,一众底层间谍出逃,迫切想要用手头的那点信息换些银子,而卡廷斯基就是其中一人。这些人并非A级人选,但若想踏入英国边境也都必须通过问询,有一些甚至被遣送回国,为了证明天底下没有免费的午餐。

被允许留下的人会得到一小笔资金,和一张为期三年的签证,每逢截止日期将近,他们都要费尽心思更新在留时间。兰姆的导师查尔斯·帕特纳曾说,在手边留一群俄罗斯炮灰会很方便。因为你永远不知道历史的车轮什么时候会再次开始转动,把世界带回原点。没有人质疑原点这个词,在他们眼中,冷战才是世界的自然状态。

总之,卡廷斯基是留下来的幸运儿。看看他现在的样子吧:曾经的底层间谍,现在都开始经营自己的"学校"了……他外表六十多岁,将近七十。颤颤巍巍的双臂缩在一层层的袖子里:慈善商店买的粗花呢外套、破洞的灰色V领毛衣还有皱巴巴的白色无领衬衫。就算不看他身上的二手衣服、沾满污渍的墙壁,还有这个惨不忍睹的地址,也能感觉到好像有哪里不太和谐,差了点什么。就像牛奶包装盒上写的保质期,和实际上变质的时间总是差了一点。

"我们比看起来更忙。"他回答了兰姆关于学校的问题,"有不少人来咨询,都是网上的外国学生,你肯定会大吃一惊的。"

"你要是知道我完全不惊讶,肯定也会大吃一惊。我们又是谁?"

"只是个便利的人称代词。"卡廷斯基咧嘴一笑,露出灰色的牙齿,"现在学生已经招满了,但好在我们还能提供远程教育,这样就能录取更多的人。"

兰姆用大拇指沿着最近的书架摸向那叠厚厚的硬卡纸,取下了最上面的那张。那是一张学位证,写着:

_____ 学

高等学历

下划线上的内容有待填写。一个玫瑰形状的纹章表明此证书已经委员会认证,却没写清楚是哪个委员会,又是如何认证的。

卡廷斯基说:"当然偶尔也会有对课程不满的学生,但你想想他们从哪儿来的就明白了,对吧?前两天来了一封投诉信,那王八蛋甚至连王八蛋三个字都不知道怎么写,蠢成这样,我难道还要在乎他的意见吗?"

"我还以为教会这些王八蛋怎么拼写是你的工作。"兰姆说。

"只要他们在支票上好好签字。"卡廷斯基说,"德梅特里奥肯定等得不耐烦了吧。"

"怎么会,他肯定在一边看报纸一边抠鼻屎,你知道的。"

"知道得不如你清楚。"

"也许吧。"

"奇怪的是，我才是那个捏造了他的人，结果你比我还了解他。你玩够了吗，杰克逊·兰姆？如果玩够了，能告诉我你来干什么吗？"

好几个小时之前，飞机云交错在淡蓝的天空上，雪莉·丹德尔在荒凉的乡村，周围只有羊群、农田和一股不容忽视的粪臭。路边零星立着几间村舍，其中一间的门口甚至还有只孔雀。雪莉盯着它跨过马路，走向树篱。在乡下养鸡她还能理解，但是养孔雀？简直像是理查德·柯蒂斯[①]拍的电影。

虽然花了不少时间，但至少她知道自己要去哪儿。前往伍斯特的列车故障后，杰克逊·兰姆要找的光头男B先生在莫顿因马什下了车。虽然听起来很偏僻，但其实这地方比想象中更大，有一条可观的购物街，还有个雪莉觉得可以逛一逛的奥特莱斯。但这些店都没开门。现在才刚刚七点，而她已经忙了一夜。

车站还有一个停车场，和一片专门辟给出租车的地方，目前也没人。雪莉坐在遮阳棚下，看着车站逐渐醒来。穿居家服的人开着轿车，一脸不耐烦地握住方向盘，把进城上班的伴侣送到车站。更大胆一些的人则是骑自行车来，把车锁在附近的栏杆上，或者叠成复杂的四边形。一些可怜人甚至是走过来的。一辆出租车出现，走下来一个金发女郎。雪莉看着女郎微笑着付了钱，给了小费，下车，然后抓准时机，趁着司机发现她之前溜进了后座。

"你错过火车了？"

---

①理查德·柯蒂斯（Richard Curtis, 1956—），英国导演、编剧。代表作有《憨豆先生》《诺丁山》《时空恋旅人》等。

"没有。"她说,"你是只开早班,还是早晚都开?"

司机朴实的脸上露出了纠结的表情。她打了个响指,变出一张十英镑纸币。这张钱原本藏在她的手表带内侧,以前服务员的态度还没这么差时,她经常玩这个小把戏。

"比如上周,你上周开过夜班吗?"

"男朋友不听话,嗯?"

"我看起来像是会遇到这类问题的人吗?"

他伸出一只手,她把纸币放进他手中。然后他开着车离开了这个车站,很快另一辆出租车就占据了他们刚才的位置。司机带她快速游览了一下村庄,她也问了更多有关当地出租车业务的问题。

一个体型非常非常巨大的女人缓缓路过。她看起来二十岁出头,但每年至少增重了一英石①。她一下子就吸引了路易莎的注意力,也许是引力使然。"不知道那是什么感觉?"

他们坐在一根石柱的底座上,手中拿着外卖咖啡。人群从他们身边匆匆而过:走进利物浦街车站、消失在拐角处,或者进入商店和办公楼。

"不光走起路来费劲,"她继续道,"肯定还有很多不方便的地方。而且这样的身材怎么找男朋友呢?"

"俗话说得好,"明说,"各花入各眼。"

明看向路易莎,又看向自己。

"我可不敢说,我认识不少孤单一人的女性。"

---

①约为六点三五千克。

"嗯，如果你非要提高择偶标准的话……"

路边的行人对他们的谈话毫无兴趣。但蜘蛛·韦布给他们安排了一场会面，所以迟早会有人凑过来。

"对方有两个人。"韦布说，"基里尔和皮奥特。"

"他们是俄罗斯人吗？"明问。

"我们怎么认出他们？"路易莎迅速补充道。

"你们肯定能认出来的。"韦布说，"帕希金过几周才会到，你们可以先和他们对一遍日程。顺便一提，他们只知道你们是能源部的人。还有，看着点他们，别让他们糟蹋家具。但也别看得太紧，把大猩猩惹怒了可不好。"

"大猩猩？"明问。

"他们个头不小，"韦布承认道，"是雇来的打手。不然你觉得他会带什么人来？一对迷你双子星？"

"他们为什么来得这么早？"路易莎很好奇。

但韦布也不知道为什么。"他很有钱。不是劳斯莱斯级的有钱，而是登月级的有钱。如果他想提前几个星期找人把枕头拍松软，那也是他的特权。"

所以在见到那两人之前，明的脑海中就有了大猩猩的画面，但就算韦布没提起，这幅画面也迟早会浮现。因为他们此时正像银背大猩猩一样走来。两人都肩宽体阔，西装紧贴着身体摩擦，所以走路的姿态有些别扭。其中一人就是皮奥特——灰色的板寸紧贴头皮，让他的头就像一颗毛茸茸的网球。基里尔的发色更深，头发也更蓬乱一点。

"就是他们吧。"路易莎说。

真的？你确定？明还没傻到真的把这两句话问出来。他站在原地，挺胸收腹，等待着。

两人走到他们面前，皮奥特说："你们就是韦布先生介绍的人，对吧？"他的声音低沉，带着明显的东欧口音，但英语说得很流利。他们互相介绍了一番，那两人坐了下来。路易莎向旁边的咖啡摊招手，又点了两杯咖啡。阳光正好，四人在大都市里坐下来等着咖啡，谈谈生意，这本该是很惬意的一件事。在这个地方，你随便扔出一颗石头都能砸中某个正要去开这种会的人。但要砸中两个配枪的人就比较难了——至少明是这样希望的。

"帕希金先生是下下周到吗？"路易莎问。

"他到时会飞过来。"皮奥特点头道，"他现在在莫斯科。"

基里尔似乎不太喜欢说话。

"也许我们应该在他来之前先明确一下基本规则，这样大家都方便。"

皮奥特认真地看了她一眼。"我们是专业的，"他说，"当然，这是你们的地盘，你可以告诉我们规则，没问题。我们会尽力遵守。"

明思考了片刻，觉得自己永远无法用另一种语言如此文雅地表达去你妈的意思。他说："是啊，嗯，如果你们有哪里听不懂，随时跟我们说，我会去找个翻译来的。"

路易莎没法直接踢他的小腿，于是瞪了他一眼。"都是些很基本的规定。就像你说的，这是我们的地盘。我们这里不能随意持枪进出，相信你们肯定能理解。"

皮奥特文质彬彬地问："枪？"

"就像你们现在佩戴的那种。"

皮奥特对基里尔说了句什么，明猜是俄语。基里尔回了一句，然后皮奥特说："不，我们没有带枪，我们怎么会带枪呢？"

"这也是为了你们好。如今的伦敦不比以往，市民也很警觉。

只要一通举报电话就有可能出动武装警卫。"

"啊,武装警卫。是的,我听说过伦敦在这方面的名声。"

果然,明想道。都是因为七月连环爆炸案时警方枪杀了一个无辜的电工①。

"但我可以保证,"皮奥特继续道,"没有人会把我们错认成恐怖分子的。"

"嗯,但如果他们真的误会了,"路易莎说,"哈珀先生和我就必须负责善后。你们倒好,一死了之,清净得很,但我们可就惨了。"

皮奥特蓝色的眼睛冷冷地看着她,没有一丝笑意。然后乌云忽然散去,他露出了一个灿烂的微笑,白晃晃的牙齿反着光,比起俄罗斯人更像是美国人。"我们可不想这样,是吧?"他开怀大笑道,又转身对基里尔说了几句。明数了数,大概说了三句话。基里尔也笑了起来,声音像碰撞的弹珠。停下后,他掏出了一袋没有商标的烟,烟卷粗短,没有滤嘴,看起来相当危险。但在这里打出危害健康警告就像给黄片打字幕一样——毫无必要。

明摇了摇头,喝完最后一口咖啡。今天天气不算暖和,但胜在晴朗干净,所以早上他骑车去上班的时候感觉神清气爽。他是最近才开始骑车的,为了抵消吸烟带来的负面影响。在路易莎面前接受基里尔递来的烟几乎相当于承认自己对未来没有长久的打算。

路易莎说:"那就这么说定了。"

皮奥特耸了耸宽阔的肩膀,一边思考路易莎的提问,一边环

---

① 指琼·查尔斯·德梅内塞斯(Jean Charles de Menezes)案,他是巴西公民,他于二〇〇五年七月二十二日被便衣警员在伦敦地铁斯托克韦尔站枪杀。当时警方认定他跟七月二十一日发生的伦敦连环爆炸案有关,但事后证明他是完全无辜的。

顾四周高耸的建筑，头顶的天空，繁华的伦敦市。"不带枪。"他说。

"那么，我们可以聊正事了？"

他亲切地点了点头。

没有人记笔记，他们聊了时间和地点：帕希金什么时候抵达，会搭乘哪种交通工具前来。"车。"基里尔突然说。这是他说的唯一一句英文：车。然后他们聊了针塔，也就是会议召开的地点。

"你肯定也看到了，对吧？"路易莎问。

"当然。"

事实上，那栋建筑就在她肩膀后方，从他们坐的位置就能看到它的顶端。

"很……壮观。"

"是的。"

他微笑起来，眼角的笑纹加深。

天哪。明想道，他在搭讪路易莎。

"你们住在哪儿？"明问。

皮奥特礼貌地转向他："抱歉，你刚才说？"

"你们要住在哪儿？"

"大使馆那里，在海德公园。"

"现在？"

皮奥特看起来疑惑万分。

"我是说，"明继续道，"我能理解你们的老板想住在那里，但他竟然会提前十四天让你们也住进去吗？"

基里尔饶有兴趣地看着他。明不由得想道：他能听懂我说的每一个字。

100

路易莎说:"这个老板不错,我们的老板肯定不会这么大方。"

"老板还行。"皮奥特说,"但是不,我们还没住进去。"他对明点了点头,"我误会了,我以为你是在问帕希金先生抵达后我们会住在哪儿。"

呵呵,当然了。明想道。"所以你们住在……?"

"在皮卡迪利附近,沙夫茨伯里大街,叫什么名字来着?"

他对基里尔嘟了几个单词,基里尔也回了几句。然后他说:"埃克斯塞尔西,还是埃克斯卡利伯?很抱歉,我不擅长记名字。"他的歉意只针对路易莎,"也许我之后可以给你打电话,确认酒店名称。"

"好主意。"她说,"可不能让你们迷路了。"她从包里拿出一张名片,递给他。

会面似乎结束了,因为俄罗斯人站起身,伸出了手。皮奥特握住路易莎的手,说:"这样很好,两国之间能交易石油,对我们好,对你们也好。"

"对环境也好。"明补充道。

皮奥特大笑起来,却没有松开路易莎的手。"你,"他说,"我喜欢你,你很幽默。"

路易莎挣脱了手。"等你们到酒店,记得说一声。"

"当然,我们能在这里打到车吗?"

"在那边。"

基里尔严肃地对明点了点头,两人离开了。明看到人群为他们让开了路,路易莎说了什么,但是他没听见。"拿着这个。"他脱下外套,扔给她。

"明?"

"待会儿见。"他说。但是她不太可能听见,因为他已经在二十米外了。

她又花了十英镑。早上七点十五分,雪莉·丹德尔已经得到了所有车站出租车司机的电话号码。等到了七点半,她已经惹怒了其中三人,七点四十的时候开始和第四个人对话,上周二晚上他正好开晚班,那天向西的列车晚点了。是的,他确实接了一个光头男性。不,他不是常客。这是在干什么,恶作剧吗?

这是一次机会。雪莉对他说。她会请他吃早饭。

昨晚入侵数据锁公司的亢奋还未消退,列车公司的车内监控视频就存在那里。搞定那个负责安保的巨婴并不难,而且现在早班的同事肯定已经帮他松绑了。那孩子还以为她要杀了他。找到正确的文件花了些时间,但存储系统不难破解,毕竟她在摄政公园的通讯部门干过四年。她把所有数据都上传到昨天建立的网站,然后将网站下线。回家后她叫醒了恋人,几乎强迫对方和她一起滚了床单。之后恋人累瘫在床上,雪莉吸了一口可卡因,然后开始筛查资料。她只花了几分钟就解码了归档系统:日期、时间、列车号、目的地、车厢。录像每七秒卡顿一下,但也可能只是可卡因的作用。想到这里她又吸了一口。如果要花一整晚看监控,她肯定要充分利用手头的资源帮自己保持清醒。

但实际上她只花了两个多小时。

反正看表是两个小时,但此时她的大脑在超高速运转,普通的时间已经跟不上她的速度了。确实有可卡因的作用,但也有夜袭数据存储公司之后肾上腺素飙升的影响。屏幕上每七秒一次的跳动呼应着她的心跳。她记下了很多光头男性,如今光头对男性而言已经不仅仅是悲剧,也成了一种时尚潮流。但她还是能准确地找出 B 先生。他就坐在车座上,对车厢尽头的摄像头毫无察觉,但他几乎位于镜头正中,就差对着摄像头说"茄子"了。他身边没有其他人,面无表情地看向前方,甚至没有眨眼。但其实他可能眨眼了。正在可卡因劲头上的雪莉·丹德尔纠正道。他可能眨眼了,就在每七秒卡顿中间的那六秒。但即便如此,还是很奇怪。他周围那么热闹,其他旅客一会儿翻出来报纸,一会儿掏出手绢,像变魔术一样。只有 B 先生一动不动,甚至不会随着列车的摇摆而晃动,像个硬纸壳做的人形立牌。他一直保持这样的姿势,直到在科茨沃尔德的莫顿因马什站下车。这个地方除了其他观光地,还有一家温馨的小咖啡馆,大清早就开始营业。

原来肯尼·马尔登是个狂热的早餐爱好者:香肠、培根、豆子、番茄,还有成吨的热茶。他点的吐司可能铺满一整个谷仓。雪莉没什么胃口,她的血管中还流淌着纯粹的能量。但距离她上次吸可卡因已经过去好几个小时了。她给自己订了一个规矩,永远不能带毒品离开家。她知道自己就快撑不住了,回家的路程很远,她还得开车。所以她努力往嘴里塞了一块吐司,用一整杯茶把它冲下去,又倒了一杯,然后说:"上周二晚上,你接到了一位光头先生,是不是?"

"与其说是先生,不如说是糙汉。"

"细节不重要,你是在哪儿接到他的?"

"你是遇到了什么恋爱问题吗?"肯尼·马尔登把"问题"这个词含在嘴里,就像在咀嚼一根香肠,"干爹卷款逃跑了?"

雪莉出其不意地夺走了肯尼手里的叉子,刺穿他的手掌,然后又狠狠地向下一压,感受到叉子的尖端摩擦、穿过软骨,看着血液像番茄酱一样喷在他的英式全餐上。

"嘿，走神了。"肯尼说。

雪莉眨了眨眼，叉子还在肯尼的手中。她说："差不多吧，你还记得他去哪了吗？"

肯尼·马尔登垂下眼，显然不准备将情报拱手相让。出租车司机，雪莉想道，把这些人和伦敦市的银行家放在同一个盒子里，扔下悬崖都没人会阻止你。她手表下早就没了纸钞，于是她又从口袋里拿出一张十英镑，说："我怎么不知道乡村生活成本这么高呢。"

"你们城里人真是身在福中不知福啊。"他说着放下了刀，拿过钱，塞进自己的口袋里，然后又拿起刀。"我当然记得了，"他说，仿佛刚才的贿赂从未发生，"忘不了的，那哥们儿一直大惊小怪的。"

"比如说？"

"他不知道自己要去哪儿。先说想去水上伯顿，开到半路，突然像被绑架了一样大喊大叫，吓得我差点把车开沟里去，是吧？下着那么大的雨，翻车了可不是闹着玩的。"

显然他还对这件事耿耿于怀。

"他为什么要喊？"

"哼，结果他想去的不是水上伯顿，是吧？他想去的是阿普肖特。还狡辩说自己一开始说的就是阿普肖特，说是我脑子进水了没听清，我都在这行干了多少年了，怎么可能没听清？"

她一点也不在乎。"十五年？"

"二十四年还差不多。给你友情附赠一条信息：我从来不会听错地名。"

既然如此，能不能给她找点钱？"那你怎么办了呢？"

"我还能怎么办？只能掉头送他去阿普肖特，他还让我重新打表计费。因为他根本就不想去水上伯顿，所以也不打算付路费。"肯尼·马尔登摇着头，感慨世界的不公，"所以你也能猜到他给了多少小费，是吧？"

雪莉用食指和拇指比了一个零，司机忧郁地点了点头。

"阿普肖特有什么特别之处吗？"

"阿普肖特？就是一座小村庄。百来户人家，还有家酒馆。"

"也没有火车站？"

马尔登像看外星人一样看着她。倒是不能怪他，因为她也觉得自己像个外星人。

他说："那地方什么都没有，但我把他送到了那儿。他一句谢谢都没有，只给了十二镑路费。有的时候我都奇怪，我到底为什么要干这行？"

他插起最后一块香肠，粘上盘子里剩下的蛋黄，送进嘴里。看他的表情，他对命运的安排似乎还算满意。

"那是你最后一次见到他吗？"

"我直接开车走了，"肯尼·马尔登说，"没有回头。"

伦敦市内，高速交通规则对不同的人有不同含义。对轿车司机而言，这是必须遵守的规则；对出租车司机而言，这是一种建议；对骑自行车的人而言，这只是有点麻烦。明没有减速，直接拐进城市大道，一辆向南行驶的卡车和他擦身而过，间隔一米，但还是按响了车喇叭。明无视了卡车，穿过一群正在过马路的游客，游客带着红色的小包，慌忙跑向安全的人行道。

他之前把自行车拴在了布罗德门广场，现在脱了外套、戴着头盔，这是明最接近完美伪装的时刻。如果俄罗斯人看向出租车的后窗，肯定认不出来，他只是又一个骑自行车的疯子。

你为什么要这样？

因为我不相信他们。

但你本来就不该相信他们，这是游戏的一环。

很奇怪，他脑海中常识的声音听起来很像路易莎。

出租车驶向老街环形路口，通往许多不同的方向，车有可能拐进其中任何一个出口，但现在它停在前方一百米左右等待信号灯变绿。明拼尽全力骑车，这是他人生中骑得最快的时刻，甚至还在加速。他想超过一辆正在减速的公交车，却忽然卷进气流，手肘狠狠地撞了上去。有那么一瞬间，他仿佛停在了半空中。公交车疯狂地鸣笛，红绿灯就在眼前，无数车辆在他的身后，前方二十米处，一辆出租车正在靠边停车，那辆该死的公交车追了上来，明只能狠狠地踩下刹车，不然就会被撞在车头或车尾，变成一摊肉泥。自行车胎在马路上留下了橡胶划痕，他咬紧牙关，甚至感觉不到自己的牙齿。

是因为他看我的眼神，对不对？

别傻了，是因为他不想告诉我们他们住在哪里。

所以你就要骑着一辆自行车追过去？

公交车开了过去。明推着自行车，像牵着一匹不听话的野马，绕过停在路边的出租车，冲着司机的窗户喊了句脏话，然后继续向前。他的腿像煮熟的意大利面，自行车就像某种酷刑工具，直到"咔嚓"一声，他们再次合二为一。人与自行车，明与自行车。他飞速驶入老街的环形路口，眼前出现了更多红绿灯。一辆黑色的出租车排在四辆车前面，明几乎可以确定后座上交谈的那两人是皮奥特和基里尔。他加快速度，轮胎鞭打着地面。前方老街还有整整四百米长，还有人行横道……在此之前，他从未意识到畅通的道路会面临这么多阻碍。如果出租车没有突然闯黄灯开向克勒肯维尔的话，他甚至会觉得庆幸。

当然了，如果有什么比当一个自私自利的浑蛋更糟糕的话，就是当了浑蛋却还是空手而归……

明甚至没有减速，他穿过路人的时候撞到了谁的包，购物袋里的东西在他身后散落一地：苹果、玻璃罐，还有一袋袋意人利通心粉。有人大声尖叫起来，出租车已经远远地把他抛在了身后，甚至可能都不是同一辆车。他脑海里的路易莎已经准备好了再次发起语言攻击：你把自己害死能证明什么吗？就在这时，一辆白色的大货车突然出现在他的左边，直直地冲了过来，明的心跳也随之停止。

俄罗斯人打开抽屉，翻出了一包烟草，包装上用棕色装饰体写着商标。他把一小撮烟草卷成一根细长的烟，问兰姆："你是来杀我的吗？"

"我还没想过这个。"兰姆说，"你值得我杀吗？"

卡廷斯基想了想。"最近的话，不值得。"他终于说道，"布鲁尔大街上有一家店，你能在那儿买到俄罗斯香烟、波兰嚼烟还有立陶宛鼻烟。"他划亮一根火柴，把火焰凑近卷好的圆柱体，点燃后迅速吸了一口气，火光暗去。"无论什么时候过去，那地方一半的客人都当过间谍。我听说过很多你的事。"火柴熄火，他把木棍放回火柴盒里收好。"所以你为什么来找我，杰克逊·兰姆？"

"聊聊过去的事，尼克。"

"过去的事早就过去了。你没看新闻吗？回忆大街已经拆了，他们要在那儿盖一家购物商场。"

"就算你把俄罗斯人带离故土,他还是会觉得自己是个该死的悲剧诗人。"兰姆评价道。

"你可能觉得很好玩吧。"卡廷斯基说,"不久之前 Mall 这个单词还是林荫大道的意思,是女王骑着马闲逛的地方。但现在却变成了购物商场,放眼望去到处都是,每一家都有曲奇店、汉堡店。你知道最有趣的是什么吗?最有趣的是你们还觉得美国征服的国家是红色俄罗斯。"他朝废纸篓吐了一口唾沫,不知是为了表达不屑还是因为嘴里抽的烟。"你想拉着我去回忆大街,"他继续道,"你这是在强人所难,知道吧?"

兰姆说:"是吗?我倒是觉得让你闭嘴才是最难的。"

他等着卡廷斯基锁好门,跟着他下楼来到街上。卡廷斯基带着兰姆路过了六家酒吧,终于遇到了一家让他满意的。进店后,他先是观察了下周围,然后走向了一个角落里的座位。也许他是第一次来这家店,也许他只是想让兰姆觉得他是第一次来。他点了红酒,要不是兰姆根本不在乎别人的饮酒习惯,肯定会感到惊讶。

兰姆在吧台给自己点了一大杯苏格兰威士忌,因为他想给卡廷斯基留下自己是个酒鬼的印象,也因为他确实想喝大杯威士忌。回忆是把双刃剑,他需要喝一杯。他的威士忌先上来了,于是他两大口喝光了杯中的酒。酒保在倒红酒时,兰姆又点了一杯威士忌,然后拿着两杯酒回到了座位。

"蝉。"他说着把红酒滑到卡廷斯基面前。

卡廷斯基的反应慢了一拍。他拿起酒杯,晃动着杯子,仿佛里面装的是什么琼浆玉液,而不是廉价的酒吧红酒。他抿了一口,然后问:"什么?"

"蝉。你在摄政公园做口供时提到了这个词。"

"是吗?"

"是的,我看过录像。"

卡廷斯基耸了耸肩。"所以呢?你觉得我会记得二十年前某次审讯时说过的话?我这辈子都在努力忘记,兰姆。而这些,你说的这些都是陈年往事了。熊已经睡着了,为什么还要拿树枝戳它?"

"有道理。所以你的签证什么时候更新?"

卡廷斯基疲惫地看了他一眼。"哈,所以光是把人榨干还不够,你还得回来把骨头也碾碎。"他喝了一大口红酒补充水分。喝得很豪爽,像个真正的酒鬼。喝完后他擦了擦脸颊。"你被审讯过吗,杰克逊·兰姆?"

这是个愚蠢的问题,兰姆直接无视了他。

"他们觉得我是敌人,也是这么对我的。我听到的、看到的一切,他们都想知道。过了一段时间,我都不知道他们是在找把我送回去还是留下来的理由了。就像我说的,他们会把你榨干。"

"你是想说,你当时是在编瞎话?"

"不,我是想说,所有我知道的,或者自以为知道的,甚至连我自己也不明白的信息,我全都说了,毫无保留。如果你看过录像,你就知道的和我一样多。甚至更多,因为我全都忘得差不多了。"

"蝉的事也忘了?"

卡廷斯基说:"不,这件事我还记得。"

明在那个瞬间距离死亡有多近?谁也说不清楚。货车司机用力踩下脚刹,没有撞到明,取而代之的是湍急的气流。然后他扬长而去,只留下身后的一片狼藉。后面传来了鸣笛声,但是明管不了那么多了。濒死体验在伦敦的街道上一毛钱两次,过不了几分钟你就全忘了。

至于现在,他追求的东西早已变成速度本身。明的双腿轻松地蹬着踏板,拳头和车把手逐渐融为一体,轮下的道路渐渐消失,劫后余生的感觉就像一杯龙舌兰,在他的身体中流淌。他情不自禁地发出了一声介于大笑和大喊之间的吼叫,像一只野兽。路人盯着他,有些人在此之前从未见过骑得这么快的自行车,他们很幸运。

前方就是克勒肯维尔的路口了,路边出现了更多红绿灯,堵在路上的黑色出租车至少有三辆。明已经练就了不死之身,他停下蹬车的脚,滑向等待信号灯的车流。

就算你现在追上了,又能怎样?

基里尔能听明白他说的每一个字。

他当然能听明白,那又如何?

他顺着自行车道遛到第一辆出租车旁,冒险侧头看了一眼。车里只有一名女性乘客,正在打电话。第二辆车里的景象如出一辙,一名男性乘客把手机对准另外一只耳朵正在通话。没准他们是在给彼此打电话。明现在已经快到队伍前排了,他停在了一辆公交车旁,可能就是刚才遇到的那辆。现在他和最后一辆出租车之间只隔了两辆车,出租车正在不耐烦地等待信号灯变绿。忽然间,视线模糊起来,过了一会儿他的视野终于恢复清晰,看到了那两人的后脑勺:皮奥特和基里尔,两人都面朝前方,对后方骑着自行车、灰头土脸的明毫无兴趣。

现在他追上了,接下来怎么办?

灯变绿了,出租车开始向前。他几乎立刻就想到了答案,但只来得及记下车牌号的前半部分:SLR6。然后车就驶过路口,开向克勒肯维尔路。与此同时,那种觉得自己可以永远骑下去的信心也消失了。就像一盏点燃的孔明灯,慢慢升上天空,燃烧殆尽。每喘一口气都像是用火柴在砂纸上摩擦。他能尝到嘴里的血腥味,这不是什么好事。等他通过交叉路口的时候,出租车已经消失了,很可能早就开出去了好几英里……当他发现自己被行人超过时,明停下了自行车,出于习惯对后面的司机比了个中指,然后从裤子口袋里掏出了手机。他拨号的时候手都在发抖,自行车直接摔在了人行道上。

"喂?"

"你在监控中心有人脉吗?"

"我很好,明,谢谢你关心我。你今天过得怎么样?"

"天哪,凯瑟琳——"

"人脉说不上,但以前在'黑暗时期',我和他们的一个管理层一起上过通讯课程。你想干什么?"

"有一辆出租车,正沿着兑勒肯维尔路向西行驶,车牌的一部分是——"

"出租车?"

"帮我问问他们能不能查一下,好吗,凯特?"他将半个车牌号脱口而出:SLR6。

"我试试吧。"

明把手机放回口袋里,弯下腰,对准下水道,"哇"地一声吐了出来。

* * *

这次卡廷斯基喝光了杯中的酒。兰姆低头看了看,发现自己的杯子也空了。他抱怨了一声,回到吧台。吧台后站着两个老妇人,好像把整个衣柜里的衣服都穿在了身上。她们此时正聊得火热,一个穿环卫工人制服、梳着马尾辫的男人点了一品脱拉格。兰姆点的酒来了,他还没把酒杯递过去,卡廷斯基就继续道:

"在摄政公园,他们说我提供的都是过时的情报。好像刚举办了一场大甩卖,他们已经买到了所有需要的东西。他们让我说点新鲜的,说点没听过的,不然就要把我扔回去,兰姆。"他像条件反射一样打了个响指,"当时克格勃的特工并不受欢迎。呵呵,告诉你一个秘密吧:我们从来都不讨人喜欢。但那时我们已经不能再对此视而不见了。"

"你猜怎么着?"兰姆说,"现在也没人喜欢你们。"

卡廷斯基思考了片刻。"但是我手头只有低级情报,办公室八卦,唯一的亮点是所谓的'办公室'就在莫斯科总部。我能提供的信息都已经被精心包装反复说过上百次了,提供这些情报的人忘记的机密比我知道的还多。"他像是要透露什么秘密一样倾身向前,"我当时是一个破译员,但你已经知道了。"

"我看过你的简历,没什么特别的。"

俄罗斯人耸了耸肩。"我会安慰自己:至少我比那些知道更多情报、更成功的同事活得更久。"

"他们是被你无聊死的吗?"兰姆也倾过身,"我不想听你的人生故事,小尼,我只想知道当年关于'蝉'的事,你还有哪些没说出来过?为了防止你拖上一整晚,这是我请的最后一杯酒。明白吗?"

尼古莱·卡廷斯基一脸困惑,然后突然开始咳嗽。不是兰姆熟知的那种清一下嗓子的轻咳，而是喉咙里有什么东西想要挣脱一般的剧烈咳嗽。换作寻常人，可能就要去帮他接杯水，甚至叫救护车了。但兰姆只是淡定地喝着杯中酒，直到卡廷斯基控制住自己。

等卡廷斯基看起来能说话了，兰姆便问："你经常这样吗？"

"潮湿的时候更严重。"卡廷斯基喘息道，"有的时候我——"

"不，我是说如果你还要再来一次的话，我就先出去抽根烟。"说着他挥了挥手里的打火机，"如果让我发现你是在作秀，回避问题，我就会把你拽出来，用上这个。"

卡廷斯基哑然地看着他，整整十二秒都没有说话，然后将目光移向了桌面。当他再次开口的时候，气息已然平复。"蝉这个名字是我不经意间听到的，杰克逊·兰姆。我还听到了另一个名字，你肯定也很熟悉：亚历山大·波波夫。当时我还不知道这个名字意味着什么，但我听他们谈论这个人的语气……怎么说呢？他们的语气充满了……敬畏，是的，敬畏。"

"你在哪儿听到的？"

"在厕所里，也可以说是屎坑。毕竟我就是去拉屎的。那就是个普通的工作日，不久之后柏林墙就会倒下，所以回过头来看也不能叫'普通'。我听他们说过无数次，说什么墙突然就塌了，大家都措手不及，但你我都知道，事实根本就不是这样。都说动物能在地震之前感知到危险，间谍也是一样的，不是吗？我不知道你们摄政公园怎么样，但在莫斯科，办公室里的氛围就像在等一份医疗体检报告。"

"所以你当时在屎坑里。"兰姆说。

"我肚子疼，所以去蹲厕所，腹泻。当时我就在一个厕所隔间里，两个人进来小便，一边尿一边聊天。其中一人说：'你觉得这事还重要吗?'他的同伴说:'亚历山大·波波夫觉得重要。'第一个人又说:'他当然会这么想了,那些蝉可是他的宝贝。'"卡廷斯基停顿片刻,然后说,"他没有用'宝贝'这个词,但我只记得大概。"

"就这样?"兰姆说。

"他们尿完之后就离开了,我在原地留了一会儿。比起他们说的话,我更关心自己的肠胃问题。"

"那些人是谁?"兰姆问。

卡廷斯基耸了耸肩。"如果我知道早就供出来了。"

"他们聊天的时候没检查一下周围有没有人在听吗?"

"是吧,毕竟我就在那儿,他们照聊不误。"

"这么巧。"

"你说是就是吧。但我没觉得有什么,直到去了摄政公园的审讯室,我才又把这件事从记忆里挖出来。"他皱起眉头,"我那时甚至不知道他们说的'蝉'是什么,还以为是一种鱼。"

"结果是一种奇怪的昆虫。"

"奇怪的昆虫,是的,还有一个很奇特的习性。"

兰姆说:"饶了我吧,你以为我不知道吗?"

他听起来真的很不耐烦。

"蝉在地底蛰伏十七年始出,"卡廷斯基继续道,"破土而出后,就会开始鸣唱。"

"如果这是个真实的代号,"兰姆说,"就只能意味着一件事。"

"但它不是真实的。"

"对,你被骗了。你只是一个给我们提供假情报的炮灰。亚历山大·波波夫并不存在,我们却要为一场骗局忙得团团转,试图找出另一个并不存在的秘密组织。"

"那为什么要让我留在英国，杰克逊·兰姆？为什么不直接把我扔回去？"

兰姆耸了耸肩。"他们可能觉得留下你也花不了多少钱，值得赌一把，以防万一。"

"万一我偷听到的内容是真的。"卡廷斯基终于从刚刚的咳嗽发作中缓了过来，句子与句子之间的停顿消失，他又拿出刚才的烟丝，开始卷一根烟。卷好后他小心翼翼地把烟放在桌面上，仿佛那不是一根烟，而是一件神圣的遗物。他接下来的话都是对着那根烟说的："如果真是那样的话，亚历山大·波波夫就不是一个稻草人，而是真实存在的。他手下的间谍网络也是。柏林墙倒塌后这么多年，真相终于大白于亲切的英国老家？"

兰姆说："谢了。这么听你说出来，确实挺扯的。"

"当然。"卡廷斯基垂下头，"很明显，没有过类似的先例。"

"很好笑。"

"但全世界都知道，先例确实存在。这就是你来找我的原因吗，杰克逊·兰姆？你看了去年的报纸，害怕同样的事还会再次发生？"他开始享受这次谈话了，"这会让你们显得很粗心，不是吗？这么轻易就让两股敌方间谍势力在西方世界安家落户，一待就是好多年。"

"现在应该没人关心他们的政治倾向了，"兰姆说，"苏联很久以前就解体了。"

"确实。如今的工人天堂是资本家和黑帮的天下，和你们西方世界很像。"

"怎么，想念过去的好日子了，尼克？我们随时都能把你运回去。"

"我可不回去，杰克逊·兰姆。我看你们这片富饶葱郁的土地挺好，我喜欢你们的做法。你来找我是因为你开始思考那个'万一'了，对不对？就算蝉是真的又怎样？他们要为谁卖命？肯定不是苏联，因为苏联已经不存在了。"他对着光举起空酒杯，斜过杯壁，淡淡的红色波纹就像一道道伤疤。"想象一下吧，在地底蛰伏那么多年，等着那个可以开始歌唱的信号，但发出信号的人又是谁？"

兰姆说："亚历山大·波波夫只是一个稻草人，一顶帽子、一件大衣加上两根木棍，仅此而已。"

"都说魔鬼最得意的把戏就是让人们相信它并不存在。"卡廷斯基说，"但所有间谍都相信恶魔的存在，不是吗？在最黑暗的夜晚，所有间谍的内心深处都相信这个世界上有恶魔。"

他笑了起来，笑声又变成了咳嗽。兰姆看着他喘了一分钟，然后摇了摇头，在桌子上留下了五英镑。"真希望我能说你帮上了忙，尼克。"他说，"但总的来说，我觉得我们还是应该把你送回去。"

兰姆走到门口，回头看去，卡廷斯基还在痛苦地喘着气，但桌上的五英镑已经消失不见。

早些时候，肯尼·马尔登坐在车里，看着雪莉·丹德尔坐进自己的车，戴上墨镜，然后离开了莫顿因马什站的停车场。她开得很小心。当地人不喜欢莽撞的司机，警察则是最地道的当地人。但这些都与他无关。他拍了拍胸前的口袋，里面装着她给的钱，又拍了拍肚皮，里面盛着她请的早餐。总的来说，今天早上的收获不错，而且还远未结束。

他从杂物箱里拿出一张纸，上面潦草地写着一个电话号码。他大声把上面的号码念出来，然后拨通。

一辆列车正在出站，里面装满了通勤的上班族。

电话响了起来。

一个女人站在桥上，手里抱着一个婴儿。她在让孩子对着离开的列车挥手。她把孩子的小手举起来，左右挥动着。

电话继续响。

一对年轻情侣穿着鲜艳的外套，背着书包，站在月台上看时刻表。他们似乎在吵架，其中一人指着消失的列车，仿佛想证明什么。

电话接通了。

马尔登说："我是马尔登，那个出租车司机。你给了我这个号码。"

他又说："是的，但来的是个女人。"

"是的，我就是这么跟她说的。"

"所以我什么时候能拿到钱？"

挂断电话之后，他将手机丢到了副驾驶座，把那张纸揉成一团，扔在了脚下，然后同样离开了停车场。

过了一会儿，那对穿着鲜艳外套的情侣走到站台上，开始等待下一趟列车。

6

罗德里克·何生气了。

罗迪·何觉得自己被背叛了。

他不禁想道：如果你不能相信男同胞，也不能相信女同胞，究竟还能相信什么？如果女同胞对你说了谎，误导了你，实际上根本不是她说的那样……

普通人在这种情况下可能会哭。

因为你真的对这段关系全情投入，结果呢？你发现这个喜欢嘻哈音乐，爱看动作大片，热爱滑雪，《末日团伙》打到了第五级，而且还在夜校上二十世纪历史课的性感金发妹完全不是那么回事。起因是她提到了自己开的车，还说她订阅了天空电视台的高级会员，这让他起了疑心，不得不反过来追查她的真实身份。总之，如果她真的喜欢滑雪，就得注意着点，因为很少有保险公司愿意给一个五十四岁女性上滑雪保险。到了五十四岁，你的骨头就开始变脆，你必须小心着凉，因为感冒很可能发展成更顽固的疾病。天哪，她甚至不需要上二十世纪历史课，只要回忆一下就行了。罗迪·何自己的妈妈都不一定有五十四岁，这个贱人。

反正都是过去的事了，他已经重新设置了邮箱，任何来自老年病房女士的信息都会被屏蔽。如果她想知道自己干了什么惹到了罗德里克·何,不,罗迪·亨特——那个顶着蒙哥马利·克利夫特头像的明星DJ,她真的应该好好照照镜子,就这么简单。夜校该教教她不要打虚假广告。何一般不会被轻易冒犯到,他很平易近人,所以他心怀厌恶和悲伤,将半死不活女士的信用积分清零。他只希望她能学到教训,以后好好地留在代沟的另一边,不要过来。

上天好像觉得他这个下午还不够烦,又喊来了凯瑟琳·斯坦迪什,手里还带着礼物。

"罗迪。"她说着把一罐红牛放到了他的桌子上。

何怀疑地点了点头,把易拉罐往左挪了几英寸。每个东西都有自己的位置。

凯瑟琳在另一张桌子后坐下,她还带了一杯咖啡,捧在手里。"你怎么样?"她问。

他说:"你只在需要我帮忙的时候来。"

某种他不熟悉的表情从她脸上一闪而过。"也不完全是这样。"

他耸了耸肩。"无所谓,反正我很忙。再说了……"

"再说了?"

"兰姆说过了,我不能再帮你了。"

兰姆的原话是:如果再让我抓到你接活儿,我就把你扔到技术支持部门的复印小组。

"兰姆没必要知道。"凯瑟琳说。

"你这么跟他说过了吗?"她没有回答。这似乎证明了何是对的,于是他拉开红牛罐,喝了一大口。

凯瑟琳看着他,抿了一口咖啡。

何心想:又来了。又有一个老女人有求于他。虽然凯瑟琳需要的只是他的技术,不是他的身体,但归根结底都是剥削。好在他技术方面确实有两把刷子。他看了看屏幕,又看向凯瑟琳,她还在看他,于是他又转回头面向屏幕,盯着看了三十秒,实际上的感觉却要漫长得多。于是他又冒险看了她一眼,她依然没有移开视线。

"怎么了?"

她说:"档案库建得怎么样了?"

档案库指的是安全局的线上档案系统。一个"连接当今事件与历史事件"的道具。理论上具有强大的战略意义,至少几年前某个大臣是这么说的。新的政策一旦出台就很难再撤销,这在公务员系统中很常见,所以那位大臣早上的突发奇想就这么留了下来,甚至他卸任之后都还在继续。摄政公园很少做这种上面强行安排的工作,也不想在这种事上浪费人力,所以档案库的维护和更新都由罗德里克·何负责。

"还行吧。"

凯瑟琳一只手拿着杯子,另一只手拿起纸巾擦了擦嘴。太过分了。这是他的办公室,他的地盘。每一样东西都有自己的位置,就算无知的人类只能看到一片混乱。屋里有备用的数据线和鼠标、装CD用的信封,还有厚厚的手册,讲解早就被淘汰的操作系统。一摞摞堆起来的比萨盒和能量饮料罐是不可避免的连带伤害。电脑风扇发出轻微的嗡嗡声。凯瑟琳·斯坦迪什不能就这么走进来,把这里当成自己的地方。

而且她看起来也没有要离开的意思。

"肯定会花掉你很多时间吧。"她说。

她指的是维护档案库的工作。

"我的时间几乎都花在这上面了。"他说,"这是我的首要任务。"

"你写的那个假的进程监控肯定能派上用场吧。"凯瑟琳继续道,"你知道的,就是那个无论什么时候,只要有人查看你的电脑使用状况就会看到你在努力工作的程序。"

他呛了一口红牛。

路易莎说:"你差点把命丢了。"

"我只是在骑车,每天都有无数人这么干,大部分人不会死。"

"大部分人都没去追汽车。"

"我很怀疑。"明说。

"所以你跟到了哪里?"

只跟了一点五英里,考虑到伦敦的交通状况,已经不错了,但话说出口就变成了:"我追到了克勒肯维尔路,接下来就让监控中心的人去查了,他们追踪了——"

"你让监控中心的人去查了?"

"好吧,好吧。是凯瑟琳让监控中心的人去查了。"他说的是伦敦市的监控中心,也叫特罗卡罗德。"他们追踪了那辆出租车,车往西边开了,那两个人去的不是埃克斯塞尔西、埃克斯卡利伯,也不是埃克斯皮亚力多修斯酒店[①]。他们直接往艾奇韦尔路去了,应该是住在那边。他们住的才不是什么西区的豪华饭店呢,只是普通的廉价出租屋。"

[①]此处明说的三个单词分别是 Excelsior(精益求精)Excalibur(王者之剑)和 Expialidocious(非常好),Expialidocious 出自单词 Supercalifragilisticexpialidocious,因电影《欢乐满人间》中的歌曲《超级酷紫宇宙霹雳无敌棒》而广为人知。

121

路易莎说:"韦布不是应该能查到这些吗?我是说,查到那两个保镖住的地方。他们都来了多久了?这么长时间都不拴绳满地乱跑?"

明觉得他重新给那两人拴上了狗绳,理应受到更多褒奖。至少他弄清了他们的狗窝在哪里。他说:"韦布说了,现在总部都在忙着把自己的口袋翻出来给打算盘的人看,没时间干这些琐碎的工作。"

"这不是琐碎的工作,这是安保工作。他们还带着枪呢……难道我们就让他们揣着家伙满大街晃吗?说到底,他们是怎么携带武器通过海关的?"

"他们来的时候应该没带吧。"明说,"虽然我也不太确定,但伦敦还是有地方能弄到违禁枪械的。"

"真是多谢了。"

"就是那种治安比较差的地方。东边一大片,还有北边,西边也有一块。"

"你说完了吗?"

"显然还有泰晤士河以南的任何地方。不如说他们其实是在捉弄我们,路易莎。咱们之前坐在那儿聊细节时,他们满嘴好的、没问题,但脑子里想的却是去你妈的。我们不能相信那两个人,他们表面上会答应我们提的要求,但实际上还是爱干什么干什么。韦布也说了,如果出了问题,都算在咱们头上。"

"我知道。"

"所以……"

"所以我们就要确保不出问题。"

他们在巴比肯中心的露天平台,靠坐在其中一个花坛旁边的石栏杆上,面对着艾德门大街。车流从下方街道上驶过,身后传来了音乐声,是古典音乐。马路对面就是斯劳部门,透过窗户,能看到凯瑟琳在罗德里克·何的办公室里,坐在空闲的那张办公桌后。何的后脑勺就像一颗静止不动的黑色球体。这两个人不像会凑在一起密谋的类型。

明的手放在路易莎的膝头,她把手叠在明的手上。"好吧,就算他们说了谎,实际上并不是住在高级酒店里,也只是因为不想让我们觉得他们只是临时雇来的打手。虽然实际上就是这样,咱们也不可能因此改变看法。或者,帕希金真的付了高级酒店的钱,但差价被他们压下来装进自己的口袋了。无论是哪种,我都觉得跟咱们没什么关系。我比较担心的是背景资料的匮乏。无论总部是不是在搞内部审查,都应该查清楚他们住在哪儿。"

"但至少我们现在知道了。"

"是的。"

"多亏了我。"

"嗯,嗯,多亏了你。"

"我就当你是在夸我了。"

"嗯,真了不起。"路易莎说。

"你觉得他们会把枪收起来吗?"

"我觉得他们带枪只是因为,如果他们没带枪的话,我们会忍不住怀疑他们把枪放在哪儿了。所以,嗯,我觉得他们暂时不会持枪外出。但等老板来了,他们就会带上,保镖都是这样。"

"你很擅长这个嘛。"

"在你假装自己是兰斯·阿姆斯特朗[①],差点把脑花洒在老街上的时候,我可是真的在动脑子的。"

[①] 兰斯·阿姆斯特朗(Lance Armstrong,1971—),美国职业自选车运动员。

"你是对我的自行车有意见吗？"明说，但她没反应过来。

对面斯劳部门的办公室里，凯瑟琳还在对何说话。马库斯·朗里奇正面对着电脑，看不到他的表情。马库斯之前在外勤组，没人知道他为什么会被赶出来，也没人和他关系熟到可以开口问这个问题。但话说回来，也没人真的在意，所以这不算是个大问题。

路易莎说："说话的那个人，皮奥特，你觉得他是在跟我搭讪吗？"

"想得美。他在出租车里胳膊一直搂着基里尔，他们在接吻。"

"哦。"

"真的，吻得可激烈了，法式深吻。"

"哦。"

"你真的得好好检修一下自己的同性恋雷达了。"

"你知道吗？"她说，"我需要检修的不是那个。"

她给了他一个暗示的眼神，他再熟悉不过了。

"啊。"他说，"嗯，原来如此。"

"今晚在我家？"

明站了起来，音乐已经停止，或者调小了音量。他伸出一只手，路易莎拉住了他。

"求之不得。"明说。

凯瑟琳放下杯子，继续说道："不要误会了，罗迪。这个想法不错，但你不觉得你应该放一些工作以外的内容进去吗？没人会整天坐在电脑前，除了工作什么都不干的。"

何发现自己的嘴巴张开了,于是他闭上了嘴。然后又张开,但只是喝了一口红牛。

"但是也许,"凯瑟琳说,"你在想,我是怎么知道这些的。"

事实上,他并没有在想。他已经认定这是魔法了。

虽然凯瑟琳·斯坦迪什知道键盘哪面朝上,可能还有张能证明自己打字速度的证书,但任何比浏览旅游网站更复杂的操作对她而言,难度系数都不亚于和……任何人约会。就算她晚上偷偷跑进来,用他的账号登录电脑,也不可能发现他写的那个程序。如果罗迪真的要藏什么东西,连他自己都不可能找到。

他说:"我不知道你在说什么。"

凯瑟琳看了一眼自己的手表。"如果你想要做出令人信服的反应,就要再快三十秒左右。但这恰好证明了我说得没错。"

这次何真的不知道她在说什么了。

"罗迪,"她说,"你根本不懂人心,对不对?"

"什么意思?"

"你不懂人们的运作方式。"

他"哼"了一声,这可是他的老本行。他在脑子里丢了一枚硬币,选到了明·哈珀。就拿他当例子吧。明·哈珀是个什么样的人?做好被震撼的准备吧,女士,因为罗迪·何能告诉你哈珀的工作档案、工资、他家的房贷、他那间一居室的租金、他的信用卡记录、自动付款记录、他手机上的家人和朋友、超市积分卡记录,还有他收藏过的网页。他可以告诉你,虽然哈珀总在浏览亚马逊页面,但是很少下单。他会定期给《卫报》的板球栏目写邮件。何刚打算开口把这些告诉凯瑟琳,就被她抢先了。

"罗迪,"她指着他面前的电脑,"我们都很佩服你能驯服这些机器,也知道你最不想干的就是那种实习生都能在二十分钟内干完的数据处理工作。我们更知道,通讯总部有一堆人盯着局里员工的上网记录,以防有人捣乱,你能跟上我的思路吗?"

他不由自主地点了点头。

"所以,考虑到这些情况,我问自己:如果我拥有你的技术水平,又喜欢游荡在网络世界的黑暗面,我会怎么做?而我想到的就是这个:我要写一个程序,骗过任何查看我电脑记录的人,程序会显示我在干该干的工作,这样我就能随便想干什么干什么了。"

他感觉好像有液体流到了手指上,低头一看才发现,原来他不小心把还没喝完的红牛罐捏扁了。

"与此同时,我开始想,如果我是一个有强迫症的完美主义者,就不会想到要给造假系统做个上班摸鱼的空闲时间。但只有那样才会看起来像一个真人,而不是——抱歉,罗迪——一个机器人坐在键盘前。所以我才说你不懂人类的运作方式。"凯瑟琳向后靠坐,说完后拍了一下手,"所以,我说得有错吗?"

"有错。"他说。

"不,我是说真正的错误,而不是你拒绝承认才强行安上去的错误。"

过了一会儿,何说:"你从天花板塞了一根光纤下来,对吧?"

"罗迪,我根本分不清楚那个东西的两头有什么区别。"

面对如此夸张的无知,何无言以对。

凯瑟琳站起身,拿过自己的咖啡杯。"那么,"她总结道,"很开心我们能这样聊一聊。"

"你要告诉兰姆吗?"

或者看门狗。他们如果发现一个底层特工这么欺骗局里的系统,肯定不会放过他的。

"当然不。"她说,"兰姆没必要知道,还记得吗?"

他木然地点点头。

"但我希望你以后在帮忙查东西时可以更灵活一点,而且不只是在帮我的时候。"

"但是兰姆——"

"嗯?"

"没什么。"

"这就对了。"凯瑟琳在门口停留了片刻,"哦,还有一件事。你但凡动一下歪脑筋,试图用你这些网络技术给我的生活制造困难,我就会把你的心脏喂给恶犬,明白了吗?"

"明白。"

"下午愉快,罗迪。"

然后她就走了。

只留下罗德里克·何在原地,他感觉自己被人背叛了,既生气,又受伤,还有一点……敬畏。

去年冬天的某个黑夜,杰克逊·兰姆和戴安娜·泰维纳在安琪尔附近的运河边约见。她之所以会同意,是因为兰姆手里捏着她的把柄。戴女士想成为安全局的一把手,但这个位置目前属于英格丽德·蒂尔尼。她为了提高自己的地位耍了些手段,结果弄得一团糟。兰姆的介入并未让事态好转,但间谍界和政界、商界,还有体坛一样,就算闹出了天大的乱子,身居高位的人都不会被动摇。摄政公园总部的高层人员也一如既往,戴女士对无法爬上顶端的怨念也并未消散。兰姆手里的把柄足够把她钉上两次十字架：一次是被媒体，用墨水和像素；第二次是被英格丽德·蒂尔尼，用木板和钉子。

所以当兰姆小声说"在老地方见"的时候，她没有太过抗拒。她来晚了，但这种宣誓主导权的行为并不会影响到兰姆，因为他来得更晚。他从安琪尔方向过去，看到她坐在长椅上，低头望着运河。河对岸泊着几艘船屋，其中一艘的顶端装有自行车架，另一艘用木板封住了窗户，门也上了锁。她肯定在想，兰姆会不会在其中一艘船上安装了监控摄像，如果他在她的位置就会这么想。但他很确定她没有干类似的事，一方面是因为他很怀疑她会希望留下任何电子记录，但主要是因为她没有足够的时间。兰姆今天一直坐在这张长椅上，如果她动了手脚，他肯定会注意到的。

和所有特工一样，他也有最喜欢的地点。和所有特工一样，他平时不会去那些地方。他会不定时地去看一眼，如果人太多、或者太少，都会将其抛弃。但是和所有特工一样，他也需要一个可以思考的空间，一个没人知道他会去的地方。这条运河就很合适。河对岸能看到一排建筑的背面，偶尔会有骑自行车或者慢跑的人。午餐时间，商店和公司职员会下来吃个三明治。有时河面上会驶过一艘窄船，钻进伊斯灵顿长长的隧道中，游步道在那里就中断了。这个地方如此典型，简直是教科书一般的间谍交头地，受过基础训练的间谍都觉得不可能会有人傻到选择在这里碰面。

兰姆就是在这张长椅上给戴女士打的电话。他坐在这儿对她发出了邀请，消磨下午的时间，像个因为个人卫生问题被裁员的上班族。他连着抽了七根烟，思考着雪莉·丹德尔去科茨沃尔德收集到的情报。接着他又点上了第八根，突然浑身战栗，像那个俄罗斯人一样疯狂地咳嗽起来。他努力稳住自己，不得不把刚点燃的烟扔进运河，等这阵咳嗽终于消退，他觉得自己好像刚跑了一公里。黏腻的汗水包裹着身体，视线一片模糊。这事真的得有人来管一管了。他想着离开了长椅，这样戴女士就可以先他一步到来。

此时她无视了接近的兰姆，甚至他坐下的时候都没什么反应。她的头发比上次见面的时候更长了，也更卷了，可能是为了配合新的长度。她穿着一件黑色风衣，和长袜的颜色一样。然后她终于开口道："如果这张椅子把我的大衣弄脏了，我就把洗衣费的账单寄给你。"

"你还能洗大衣呢？"

"洗大衣、整牙，还能洗头发。我知道，你肯定是第一次听说。"

"我最近很忙，可能有点放任自流了。"

"有点。"她面向他，"你去找尼古莱·卡廷斯基干什么？"

"看来我不是唯一一个忙碌的人。"

"你要是去骚扰前顾客，他们就会来告状。我现在真的没工夫处理这种问题。"

"因为局里的烂摊子？"

"你最好别瞎管闲事。你到底为什么去找他？"

"他是怎么说的？"

戴安娜·泰维纳说："说你想让他讲讲审问时说过的故事。说你想让他重复一遍他对'牙医'说过的话。"

兰姆"哼"了一声。

"说真的，你到底是去干吗的？"

兰姆说："我想让他重复一遍对牙医说过的话。"

"直接看录像不行吗？"

"差别还是很大的，不是吗？"他已经快要忘记刚才咳嗽的感觉了，仿佛那是发生在别人而非自己身上的事。于是他又点燃了一支烟，忽然想起来，对着泰维纳挥了挥烟盒，但她摇了摇头。"而且他可能会记得不一样。"

"你有什么目的，杰克逊？"

他漫不经心地做了个无辜的手势：他？他能有什么目的？

他甚至不用说话，只要挥一下手里的烟。

"卡廷斯基就是个无名小卒，"泰维纳说，"一个破译员，他能提供的信息，我们都有其他来源能提供更详细的版本。我们留着他只是为了以防万一，需要交换人质的时候能派上用场。你是真的对他感兴趣？"

"所以你也查了他的背景。"

"我听说你在骚扰'黑暗时代'的虾兵蟹将，当然要去查一下是怎么回事。是因为他提到过亚历山大·波波夫，对不对？天哪，杰克逊，你已经无聊到要开始追查神话人物了？无论当时莫斯科的目的是什么，现在都不重要了。都是过去的事了，跟磁带一样被时代淘汰了。我们赢了那场战争，正忙着输掉下一场，为了再来一次对决。回去你的斯劳部门吧，不用在这种时代站在前线，你就心怀感激吧。"

"站在前线，就像你？"

"你以为当局里的二把手很轻松吗？虽然不是冷战时期的东柏林，但你试试被捆住双手来干我的工作，你就会发现真正的压力是什么，我敢保证。"

她盯着他，仿佛在强调刚才说的话千真万确。但他轻松地接住了她的目光，甚至没想掩饰逐渐爬上嘴角的笑容。兰姆出过外勤,也坐过办公桌。他知道晚上一有风吹草动就让你惊醒的是哪份工作。但他认识的所有文职人员都觉得自己是个武士。

泰维纳移开了视线,两个慢跑的人沿着对面的步道跑过,遇到一个推着婴儿车的女士,绕过了她继续向前。等那两人跑远,推着婴儿车的女性离开河岸,她才继续道:"蒂尔尼都进入战时状态了。"

兰姆说:"她的工作就是这个,如果她不舞刀弄剑,隔壁的老爷们就会觉得她是不是无法胜任这份工作。"

"可能她确实无法胜任。"

兰姆将胖胖的手指插入油腻的头发。"我可不想参与政治话题,我强调过很多次了,我根本不在乎你们总部谁要往谁的后背捅刀。"

但泰维纳正发泄到一半,也没打算中途停下。"莱纳德·布拉德利不只是她的后盾,还是她在威斯敏斯特的内应。用你的话说,现在她在隔壁失去了盟友,你也能想到她现在有多焦躁。所以她不想看到一丁点儿风吹草动,任何改变她都不想看到,无论好坏。就算你把本·拉登的头放在盘子上送给她,她也会担心你的盘子是从哪儿来的,是不是超支了财政预算。"

"那她肯定会喜欢我的提议。"

"什么?"

"我打算组织一次行动。"

泰维纳等着下文。

"你不说话,就是默认了?"

"不,我不说话是因为我不敢相信自己听到了什么。你刚才有在听我讲话吗?"

"没太听,我只是在等着你说完。"他把烟头弹到水里,一只鸭子改变了航道前去查探。"波波夫是个传说,卡廷斯基是个废柴,迪基·鲍曾经是个兼职间谍,现在成了全职尸体。但他死的时候,手机上还有一条没发出去的短信,只有一个字:蝉。同样的名字也被卡廷斯基听到了,跟并不存在的亚历山大·波波夫策划的行动有关。你想说这都不值得好好调查一番吗?"

"一条死前留言?你是认真的。"

"非常认真。"

泰维纳摇了摇头。"你知道吗?你的整个团队里,我从来没想过你会是第一个崩溃的。"

"帮你保持警惕,不是吗?"

"兰姆,蒂尔尼不可能允许斯劳部门擅自行动的。尤其在总部被经济封锁的现在,但平时也不可能。"

"幸好我还有你,不是吗?"兰姆说,"毕竟你无法拒绝我提出的要求。"

在这个四月的下午,春天的气息弥漫在斯劳部门中。虽然偶尔会被楼下的汽车尾气污染,但依旧春意盎然。阳光反射在巴比肯塔楼的玻璃上,偶尔还能听到戏剧学校的学生高声歌唱。他们不怕丢人,很乐意在去地铁站的路上演一段。这些细节都让明感觉到了春天的临近。

刚才自行车骑得太猛,他现在还浑身酸痛,但也觉得十分畅快。这么多年他都被困在办公桌前,但到了关键时刻还是能奋起的。今天早上他就证明了这一点。

不过眼下他又回到了办公桌前,做着无趣的工作:统计潜在恐怖袭击地点附近的停车票,以防有携带自杀炸弹的家伙想开车来踩点，还忘了要付停车费。明已经快统计完二月的部分了，只有一个车牌重复出现了两次。路易莎也在忙同样无聊的工作，两人很久没说话了。

时间过得很慢。

据说他们之所以会分到这种工作，是因为这样他们就会无聊致死，从而主动辞职。安全局就不用费劲辞退他们，也不必冒风险吃官司。所以他现在干得还不错，早上做了些真正的工作，未来也有了盼头。艾奇韦尔路上的廉租房。皮奥特和基里尔窝在那儿，等待着老板出现。多了解一些他们的背景总没有坏处。他们的习惯、常去的地点。这样在对峙时，明就能获得一些优势。情报总是不嫌多，除非是关于停车票的情报。

楼上很安静。自从听过雪莉·丹德尔的报告之后，兰姆就消失了。她应该是追查到了 B 先生的下落，至少明是这么猜测的。

他说："不知道雪莉查到了什么。"

"嗯？"

"雪莉，不知道她是不是查到了那个光头。"

"哦。"

看起来路易莎没什么兴趣。

一辆巴士驶过窗外，顶层的座位上一个人都没有。

"我只是觉得，兰姆好像很关心这个。"他说，"好像有什么私人恩怨。"

"只是一时兴起吧，毕竟是兰姆。"

"瑞弗肯定很郁闷吧，雪莉能出去玩，他却只能待在办公室。"说着明忍不住露出了笑容。他还记得自己在老街上飞速骑行的感觉，与此同时，瑞弗却只能在办公桌前坐着。

路易莎在看他。

"怎么了？"

她摇了摇头，继续工作。

又有一辆巴士驶过，这次里面装满了人。怎么会这样？

明用拇指敲着铅笔。"可能她搞砸了，你觉得呢？我是说，她手头也没什么线索。"

"无所谓吧。"

"而且她以前是通讯部门的，对吧？你觉得她出过外勤吗？"

路易莎又开始看他了，她狠狠地瞪着他。"你怎么总是提她？"

"什么？"

"你要是想知道她查到了什么，直接去问她啊，祝你好运。"

"我不想去找她聊天。"

"听起来可不是。"

"我只是好奇她查得怎么样，我们是一个团队的，不是吗？"

"嗯，是吧，没准你还能指点她一二。毕竟你早上刚玩过一次追逐战。"

"也许吧，我也觉得我表现得还不赖。"

"你可以手把手教她。"

"对。"

"给她指明方向。"

"对。"

"如果她淘气，就打她的屁股。"路易莎说。

"对。不对！"

"闭嘴吧，明。好吗？"

他闭嘴了。

外面依旧春意盎然，但屋里不可避免地变成了寒冬。

* * *

"幸好我还有你,不是吗?"兰姆说,"毕竟你无法拒绝我提出的要求。"

他说着笑了起来,露出蜡黄的牙齿,生怕泰维纳忘记他们是多么"好"的朋友。

"杰克逊——"

"我需要一个能用的假身份,戴安娜。我当然可以自己搞一个,但那样要花上一两个星期,而我现在就需要用。"

"所以你不光想组织行动,还想立刻开始?你觉得这听起来像个好主意吗?"

"我还需要行动资金。最少几千镑,还要借几个人,现在斯劳部门人手不足,都是因为你那个小蜘蛛非得从我这儿招人。"

"韦布?"

"我还是觉得蜘蛛这个名字更合适。每次看到他,我都想用报纸拍他。"他揶揄地看了她一眼,"你知道他来挖人的事,对吧?"

"没有我的许可,韦布连桌子上的东西都不敢动。我当然知道了。"运河上突然传来"哗啦"的水声,原来是那只鸭子一头扎进了水下。"我肯定不能让你借走总部的人。罗杰·巴罗比还在局里数汤匙呢,要是丢了一个大活人,他肯定会发现的。"

兰姆什么都没说。风向逐渐改变了。很快泰维纳就会意识到,她的态度已经从"绝对不可能"变成了讨价还价。

"啊,该死。"她嘟囔道。

看吧。

他静静地把烟递了过去,这次她拿了一根。她凑过来点火的时候，兰姆闻到了她身上的香水味。火光闪烁，然后熄灭。

泰维纳靠回长椅上，已经不在乎会不会弄脏大衣了。她闭上眼睛，深吸了一口气。"蒂尔尼不喜欢卧底行动。"她仿佛在继续说一个脑海中重复过无数次的话题，"一有机会，她就会削减外勤部，把通讯总部扩张两倍。全都变成远程情报收集，职业安全及健康部门最爱的那种模式。"

"不是挺好的吗？就不会有那么多特工死亡了。"兰姆说。

"因为根本不会有特工了。别假装维护她，她会在听证会面前把你们这代人拉出来游街示众，为所有你们参与过的黑色行动道歉，然后对着镜头跟你们的敌人热情拥抱。"

"镜头。"兰姆重复道，"天哪，你是认真的。"

"你知道她最新的备忘录是什么吗？所有可能晋升到三把手的人，都要接受内部公关培训。这样他们就能随时准备好面对客户了。"

"面对客户？"

"面对客户。"

兰姆摇了摇头。"我认识一些人，我们可以把她做掉。"

她碰了碰他的膝盖。"多谢了，但这个还是当成保留方案吧。"

然后他们沉默地坐在原地，她抽完了手里的烟，用鞋底踩灭烟头，然后说："好了，不兜圈子了。除非你要告诉我你是在开玩笑？"她看了一眼兰姆，知道自己没那么容易脱身，于是看了看表。"说吧。"

兰姆对她说了自己的计划。

他说完之后，她问："在科茨沃尔德？"

"我说了要组织行动，又不是说要去铲除基地组织。"

"如果你反正都要这么干,为什么还要跟我说?"

兰姆严肃地看着她。"我知道你觉得我不靠谱,但就算是我,也没傻到在家附近组织行动却不跟总部汇报。"

"不,这个不算理由。"

"因为你迟早也会发现的。"

"你说得没错,我肯定会发现的。你发现是哪个新人在跟我汇报情况了吗?"

兰姆的表情没有任何变化。

她说:"别弄成一场闹剧就行。"

"闹剧?咱们可是死了一个人,如果就让这件事这么过去,不彻底调查一番,不弄明白是谁?干了什么?为什么?那我们就不只是在渎职,而是辜负了同伴。"

"鲍已经不是我们的人了。"

"你明明知道不是这么回事。"

她叹了口气。"是的,我知道。就是没想到你还会演讲。"她思考了片刻。"好吧,我可以给你弄一个之前有人用过的身份,应该不会引起注意,但肯定也不是万无一失。不过话说回来,你又不是要把人送到危险区域,所以也没什么大不了的。你填个22·F表格,我回去递交申请。我们可以说是档案开销。说白了,你是在挖掘过去的历史,如果这都不算档案工作,我都不知道什么算了。"

兰姆说:"你就算从零用钱里出资金我都不在乎,关我屁事。"

仿佛为了强调这句话一样,兰姆挠了挠屁股。

"真是看不下去了。"戴安娜·泰维纳说,"我帮你这次,我们就算扯平了,对吧?"

"当然。"

"记住不要在工作时间找我,杰克逊。"

兰姆罕见地没有回嘴,而是看着她走远,然后缓缓露出了一个胜利的微笑。他现在有了局里的卧底身份,甚至还有行动资金。

如果他和她说了实话,就不可能拿到这些。

他从口袋里拿出手机,播了斯劳部门的号码。

"你还在呢?"

"当然,所以我才能接电话——"

"把你的屁股挪到白十字街去,记得带上钱包。"

他"啪"的一下挂断电话,看着那只鸭子游回来,忽然停在了河中间。波动的河水反射出破碎的天空,但很快水面就恢复了平静。天空、房顶、电线都回到了原本的位置。

何看到了肯定会很开心。

7

"你倒是不慌不忙的。"兰姆说。

虽然瑞弗才是那个先到的,但他早就猜到兰姆会这么说了。"你为什么让我带钱包?"

"这样你就能给我买一顿下午饭了。"

因为距离午饭已经过去了一段时间,瑞弗推测道。

集市里的人多了起来,但还是能在一些小摊上买到足够喂饱一整个军队的咖喱和米饭,还能往他们肚子里塞满蛋糕,直到他们无法行军。瑞弗买了泰式咖喱鸡配烤馕,两人走向圣卢克斯,找了一张长椅坐下。鸽子满怀期待地凑了过来,但很快就放弃了。可能是因为它们认出了兰姆。

"你和迪基·鲍很熟吗?"瑞弗问。

兰姆吃了一大口鸡肉,说:"不熟。"

"但你还是愿意为他点上一根蜡烛。"

兰姆一边看着他一边咀嚼嘴里的食物,嚼得时间太长,甚至变得有点讽刺。然后他终于咽下食物,说道:"你是个废物,卡特怀特,咱俩都心知肚明。不然你也不会变成下等马,但是——"

"我被人暗算了,这两者是有区别的。"

"只有废物才会被人暗算。"兰姆解释道,"能让我说完吗?"

"请讲。"

"你是个废物,但你也是我们的一员。如果你哪天死了,我又不忙,我也可能会到处问问,看看有没有可疑情况。"

"我感动得要哭出来了。"

"别急着哭,我只是说'可能'。"他打了个嗝,"但迪基当时也在柏林前线,如果你和谁上过同一个战场,你得确保他们不要被埋错地方。如果是被敌人陷害,就不能当成自然死亡。怎么,你外公没教过你这些吗?"

瑞弗想起来,去年的某个时刻,他确实短暂地瞥见了那个上过战场的兰姆。所以即使他现在是个又懒又胖的浑蛋,瑞弗还是愿意相信他。

但是另一方面,瑞弗并不喜欢兰姆提起外公的口吻,于是他说:"他可能提过吧。但他主要是在讲迪基·鲍的事,说他是个酒鬼,还声称自己被一个并不存在的俄罗斯间谍绑架了。"

"老家伙是这么跟你说的?"兰姆歪了歪头,"你是这么喊他的对吧,老家伙?"

确实是,但兰姆是怎么知道的?

兰姆看出了瑞弗的心思,露出了跟踪狂的笑容。"亚历山大·波波夫是个稻草人,确实。"他说,"外公还跟你说了什么?"

"说总部给他建立了一份档案。"瑞弗说,"想看看能不能推测出莫斯科的目的,但只能收集到一些碎片信息,出身地之类的。"

"是哪儿?"

"ZT/53235。"

"我怎么一点都不惊讶你记住了这串数字呢?"

"那里好像发生了什么意外。"瑞弗说,"整个小镇都被摧毁了,这种细节真是忘都忘不掉。"

"确实,"兰姆说,"如果真是意外的话。"他把剩下的咖喱从锡纸盒里刮出,送进嘴里,无视了瑞弗看他的目光。"还不错,"他说着,熟练地翻动手腕,把勺叉扔进了附近的垃圾桶里,用最后一块馕吸满剩下的酱汁。"我觉得可以打七分。"

"那不是一场意外?"

兰姆扬起了眉毛。"你外公没说吗?"

"我们没聊那么细。"

"他可能也有他的理由吧,"他若有所思地咀嚼着嘴里的馕,"你外公做事总是有原因的。不,那确实不是一场意外。"他咽下食物,"你还没到能抽烟的年纪,对吧?"

"我只是没傻到会去干这种事。"

"等你开始过真正的人生之后再来跟我说吧。"兰姆点燃烟,吸了一口。他脸上的表情说明他并不觉得这对身体有害。"那个Z什么东西,是个研究机构。核武器竞赛时期的产物,都是我之前那个年代的事了。"

"我都不知道你之前的年代就有核武器了。"

"多谢了。总之,根据我们的推测,莫斯科觉得那里藏了一个间谍。有人在里面向敌人通风报信,泄露苏联核计划的细节。敌人指的就是我们,或者我们的盟友。"兰姆停住了,在那个瞬间,唯一飘动的只有夹在他指间的一缕青烟。

瑞弗说:"所以他们就打算炸毁那个地方?"

兰姆说:"外公给你上了那么多堂历史课,他没跟你说过当时事情变得多严重吗?是的,他们直接摧毁了小镇,把整个地方都烧成灰烬,就能永远埋藏那里的秘密。"

"连着整整三万居民一起？"

"也有几个幸存者。"

"人还住在那里，他们就——"

"这样更高效。他们就能确保那个间谍再也无法行动，最好笑的当然是：根本没有间谍。"

"完全笑不出来。"瑞弗说。

如果这是笑话，结尾也太讽刺了。

"这是克拉内最喜欢的故事之一。"兰姆说。

阿莫斯·克拉内活跃的时候瑞弗还没出生，他也是局里的传奇人物，但名声不太好。因为他相当于从偷猎者变成了守林人，或者从狐狸变成了鸡舍管理员。

"克拉内以前总说，这一集里凝聚了整个间谍界的精髓。他们建了堡垒，担心我们会将其烧毁，于是自己先把它烧了，就为了确保我们无法得逞。"

"而波波夫本应是那座小镇的幸存者，是吧？"瑞弗说，逐渐看清事态的全貌，"他们摧毁了自己的城镇，几年后为了复仇，又从灰烬中捏造出了一个虚构的怪物。"

"嗯，是吧。"兰姆说，"克拉内觉得这很好笑。"

"所以克拉内后来到底怎么了？"

"被一个年轻姑娘杀了。"

若没有一定的才华，可能会需要一整本小说才能讲清楚这个故事，但兰姆只用了一句话。

兰姆站了起来，看向离他最近的树，好像突然开始感慨自然的伟大，然后抬起一只脚，放了一个屁。"这咖喱不错。"他说，"有时候这股气在肚子里转上大半年都出不来。"

"我好像明白你为什么一直没能结婚了。"瑞弗说。

他们走过马路，兰姆说："总之。波波夫可能是个稻草人，是个虚构人物。但迪基·鲍还是死了，而他是唯一一个声称见过波波夫的人。"

"你觉得 B 先生和波波夫的传说有关？"

"鲍在手机上留了一条信息，说的大概就是这个意思。"

瑞弗说："无法追踪的毒药，死前留言。"

"你有什么想说的吗？"

"听起来有点……不太现实。"

"托尼·布莱尔成了和平大使。"兰姆指出，"和这比起来，其他的都只是日常便饭。"

说到日常便饭，又到了瑞弗掏钱包的时候了。他们走到了一个咖啡摊前。"一杯馥芮白。"瑞弗说。

"一杯咖啡。"兰姆说。

"也要馥芮白？"摊主问。

"既然你问了，那我要天使粉。"

"他要和我一样的。"瑞弗说。

两人手里拿着咖啡，继续向前。

"我还是不明白，我们为什么在聊这些？"

"我知道你觉得我不靠谱。"兰姆说，"但我从不会在交代完全部信息之前派特工去执行任务。"

"任务？"

"我们可以直接跳过你重复我说过的话这部分吗？"

瑞弗说："好吧，跳过。这个任务，是在哪儿？"

"希望你疫苗都打全了。"兰姆说，"因为你要去格罗斯特郡了。"

* * *

明离开办公室时已经很晚了。因为工作干得不情不愿，所以不得不留下来加班。下午五点时他关掉了手机，所以如果路易莎打了电话就只能留言。七点时他打开手机，但里面什么都没有。他摇了摇头，这是他应得的。他们进展得太顺利了，他甚至没发现自己搞砸了。但这也不是第一次了，毕竟他刚毁了自己的事业就回家呼呼大睡，直到第二天早上才发现是怎么回事。他成了所有人的笑柄，因为他们知道就算自己搞砸了，也不可能像明一样毫无察觉，不需要通过国民级的广播节目弄清楚到底发生了什么。

他搞砸了，但不只是因为聊起了雪莉。这只是导火索，是海面上浮起的鲨鱼鳍。真正的问题在于他们的生活方式，他们都住在破旧的公寓里，看不到未来，坐在同样没有前景的办公室里。当然还有他的家人，因为他的事业滑坡而离开的前妻、孩子还有那栋房子。他们虽然分开住，但依然是家人，依然需要他的时间、精力和金钱。就算路易莎此时没有什么怨言，迟早也会开始感到厌烦。她会不开心也是很正常的。所以虽然这不是他的错，但归根究底还是他的错。

明的半边大脑在思考这些问题，另外半边指引着他过马路去对面的酒吧。他喝了一个半小时啤酒，愁眉苦脸地把纸杯垫撕成碎片。这种感觉他再熟悉不过了，在他的人生跌落谷底之后，无数个孤独的夜晚都是这样度过的。至少这次不用在早晨的广播里听到："果不其然，明·哈珀再次搞砸了自己的恋情，很有可能会孤独终老。接下来是运动新闻，盖瑞，交给你了。"

就在这时，他觉得自怨自艾也该有个限度了。

因为路易莎虽然生气了，但事情总会翻篇。斯劳部门虽然是个死胡同，但蜘蛛·韦布给他们扔下了一条绳梯，明会用双手抓住这次机会。问题是,这根绳子能负担他们两个人的重量吗?明看着面前纸屑堆起来的小山。最好把这些都当成一场测试,这是他在训练时学到的,目前还没人让他停下。蜘蛛·韦布。明和他不熟,既不喜欢也不相信他,而且他很可能两面三刀,在玩一场游戏。但如果这个游戏有奖品,不去争取就有点傻了。路易莎肯定也意识到了这一点。谁知道呢,没准儿她生气就是因为今天早上明证明了自己在现场的行动能力,而她只证明了书面调查能力,恰好就是斯劳部门负责的领域。

他又看了一眼手机,还是没有新消息。要先明确一件事,他对自己说,他不是想把路易莎比下去。他要打电话、道歉,然后过一会儿再去找她。这些他都会做,但在那之前他先打开了手机上的谷歌地图,看了眼皮奥特和基里尔的出租车停下的位置:艾奇韦尔路。然后他走出酒吧,从斯劳部门的后院取出自行车。

现在是晚上九点,天已经黑了。

戴安娜·泰维纳的办公室有一面玻璃墙,这样她就能随时看着情报中心的孩子们。当然不是因为她掌控欲过剩,不,这是出于一种保护和栽培的本能。老古董会说外面才是真正的战场,但泰维纳知道幕后工作的压力有多大。持续不断的睡眠不足。每天二十四小时,一周七天,所有屏幕都不停地闪现新的信息。大部分是无用的,有一些却是致命的。所有内容都需要结合当天的情况,及时做好分类处理。他们要监控名单上的人物、解析抓拍的图片、翻译窃听的对话。只要稍微一分心,你就会在晚间新闻上看到尸体从废墟里被挖出来。这种压力会将人压垮,让你夜不能寐,让你突然在办公桌前痛哭失声。所以她才要看着点这群孩子，因为她真的关心他们。但与此同时，这也能让她观察别有用心之人，防止那些浑蛋在背后搞小动作。毕竟，泰维纳的敌人并非都在海外。

为了确保这种监控只是单方面的，她的办公室玻璃上装了卷帘。现在卷帘被放了下来，灯光调暗，就像外面逐渐暗淡的天光。詹姆斯·韦布站在她面前，因为她没有请他坐下。他在大楼深处有一间办公室，听起来挺光鲜，但实际上意味着他并不在权力中心。

也在她的视线之外。

现在，是时候看看他都在忙些什么了。

"我听到了传闻，"她说，"你似乎借调了两匹下等马。"

"下等……"

"别装了。"

韦布说："不是什么重要的事，我只是觉得不应该拿这种小事来烦您。"

"就算我不想管，也要先知道是什么，这样才能决定是否要插手。"

两人都在思考眼前的状况，陷入了短暂的沉默，随后韦布开口道："阿尔卡迪·帕希金。"

"帕希金……"

"阿克斯的老板。"

"阿克斯。"

"俄罗斯第四大石油公司。"

"原来是那个阿尔卡迪·帕希金。"

"我最近……和他聊了聊。"

戴女士靠在椅背上，椅子发出了弹簧的吱嘎声。她盯着韦布，他曾经也派上过用场，大楼深处的办公室就是奖励，本该足够让他保持沉默。但蜘蛛·韦布这种人就是这样，把他在一个地方关久了，他的呼吸就会弄脏窗户。

"你和一个俄罗斯企业家……聊天？"

"他更喜欢'寡头'这个叫法。"

"就算他想被人喊'恺撒'都无所谓。你到底在想什么？怎么能私自和他国人员展开外交？"

韦布说："我只是觉得局里现在需要听到一些好消息。"

泰维纳停顿片刻之后说："如果这就是你对'外交'的理解，那我们肯定随时都有可能和俄罗斯开战。你觉得这能带来什么好消息？最好能说出点令人信服的理由。"

"他可以发展成我们的线人。"韦布说。

戴女士终于倾身向前，缓缓重复道："他可以发展成我们的线人。"

"他对本国的情况很不满，觉得回到旧时代的敌对状态是一种倒退，而且对黑手党一样的国家形象感到不满。他有政治抱负，我们可以卖他一个人情……从而控制住他，不是吗？"

"你是在开玩笑吗？"

韦布说："我知道这听起来像是天方夜谭。但是想想看，他是个游戏高手，也不是完全没可能掌权。"他显然越来越兴奋了，泰维纳注意着不看向他的裤子。"如果我们站在他旁边，就可以帮他铺平道路——我是说，真的，这就是摆在眼前的圣杯啊！"

最理智的做法是现在立刻把他送上火刑架。只要三十秒的唇枪舌炮，他就会回到办公室，留下一串焦黑的脚印，再也不打这样的歪主意。这才是理智的做法。泰维纳的心底却燃起了火焰，问："谁还知道这件事？"

"没有人知道。"

"斯劳部门的那两个人呢?"

"他们觉得自己是为石油交易做安保。"

"你们是怎么接触上的?"

"他亲自联系了我。"

"联系你?为什么?"

"因为去年的那次活动……"

原来如此,确实有这回事。去年那次活动是英格丽德的主意,她打算发起一次魅力攻势,抵消最近的公关灾难:违法战争、意外杀人、折磨嫌犯……蒂尔尼连续在公众前露面,解释反恐措施是在维护国家安全,虽然在普通人看来他们只是在机场制造大幅延误。韦布比较会穿衣服,所以负责替她拿包,当她想对外做出在和人小声交谈的样子时,他负责提供一只耳朵。当时报道里写了他的名字,如果不是文章里还提到了"花瓶"两个字,他肯定能吹嘘好久。

现在阻止他还来得及,在计划不可避免地露出破绽之前。但与之相反,她说:"而你觉得这叫'不重要'?你不觉得应该事先告诉我?"

"这样如果计划落空,"韦布说,"你就可以说对此并不知情。嗯,只是手下的人擅自行动,不是吗?"他尖声笑了起来,"如果真的变成那样,我应该也会加入下等马吧。"

反过来想想韦布这句话,事情也有可能朝完全不同的方向发展。如果一切顺利进行,韦布就相当于给英格丽德·蒂尔尼叼了一块大大的骨头。那时就轮不到泰维纳知情了,她只会站在紧闭的会议室门外,猜测里面的谈话内容。

比蜘蛛·韦布更了不起的男人也犯过低估戴安娜·泰维纳的

错误。

她说:"你打算怎么在巴罗比的眼皮底下行动?"

目前罗杰·巴罗比监管着总部的每一个决策,甚至连你的薯条想配什么酱都不会放过。

蜘蛛·韦布眨了两下眼。"通过借调斯劳部门。"他说。

泰维纳摇了摇头。天哪,她怎么会没想到呢?所以他才会去找下等马,因为他们不在巴罗比的管控范围内。如果不算上兰姆的个人开销,他们的支出几乎为零。"好吧。"她说。韦布放松了下来。"但先别急着走。"她快速瞥了一眼抽屉,她的烟就放在那里,但是上次有人在总部里抽烟直接触发了烟雾警报。"把事情的经过都给我讲清楚,一字不落,立刻。"

基里尔听到"泡泡"这个词的时候,还以为是妓女的意思。接下来三十秒内发生的对话也没能改变他对这个词的看法。最近出台了新政策,酒吧里的一个波兰人告诉他,现在艾奇韦尔路上所有的妓女都来到了街头,而不是站在土耳其餐馆的窗后。"快乐泡泡!"波兰人说道。基里尔赞同地点了点头。虽然他此行要装作不懂英语,但其实他英语水平不错,所以终于知道"泡泡"指的是什么了。

有趣的是,艾奇韦尔路上站着不少妓女,但波兰人提到的"泡泡"其实是阿拉伯水烟,通过一根长长的管子吸烟。基里尔以前从未尝试过,实际上试过之后发现自己还挺喜欢。所以他第二天晚上又回去继续,坐在室外的塑料顶棚下。夜色朦胧,车辆来往。他交了新朋友,这没什么问题,只要老板不知道就好。他正在和这些新朋友聊天,忽然看到了早上的那个人——明·哈珀骑着自行车路过。

基里尔表面上不为所动，只是继续抽着水烟，听朋友讲笑话，开怀大笑。他用眼角的余光看去，哈珀骑着车拐进了角落。没事，就算他离开了视线也无所谓，只要你知道他的目的地是哪里。而基里尔知道明此时想要尽可能地接近自己。所以他又消磨了十分钟，然后找了个借口起身，走向旁边卖烟酒的小卖部，那里的备货相当充足。

韦布说完后，泰维纳不自觉地咬住了下唇。"为什么选在针塔？"她问，"我们是保密机构，还是你忘记了？把会议地点选在商场里都没么高调。"

"我不是在试图劝服一个地痞流氓，如果有人在脱衣舞俱乐部目击了帕希金，必然会引起注意。但如果他要去伦敦最新的摩天大楼，没人会觉得有什么不对，那才是他应该去的地方。"

确实有道理。"没有其他人知道真实的情况？"

"只有你和我。"

"如果不是因为我叫你来，你连我都不打算告诉，对吧？"

他点了点头，说："因为这样——"

"我就可以否认知情，你说过了。"泰维纳目光犀利地看着他，"有的时候我担心你会站到对手那边去。"

他有些震惊。"军情六处？"

"我是说蒂尔尼。"

"戴安娜，"他说谎了，"我绝对不会这么干的。"

"你已经把所有的情况都告诉我了？"

"是的。"他又说谎了。

"你要定期向我汇报,所有的细节,无论好坏。"

"当然。"他再次说了谎。

他离开之后,戴安娜给背景调查部门写了一封邮件,要求他们把阿尔卡迪·帕希金的档案发过来,但是没发送就点了删除。她不希望引起注意,该死的罗杰·巴罗比正在全力推进审计工作,她必须解释清楚自己为什么会对这个人感兴趣。所以只能回归老办法了,她在谷歌上搜索,出现了不到一千条结果。作为一个政治场上的玩家,他表现得相当低调。第一条搜索结果是《每日电讯报》上的一篇旧文章,列举了他的种种成就。报道还附了照片,帕希金长得有点像汤姆·康蒂[①],没有汤姆那么温和,是泰维纳喜欢的类型。现在卷帘拉下,她放任自己陷入遐思:阿尔卡迪·帕希金,你想和他恋爱、结婚,还是把他推下悬崖?

他可是个亿万富翁。当然是三个都选,严格按照上面的顺序执行。

已经很晚了,她退出登录,坐在椅子上思量着。韦布确实有可能带着收获回来。虽然让帕希金欠下军情五处的人情、再坐上克里姆林宫宝座的可能性微乎其微,但这份工作就是这样。你得把赌注压在外人身上,因为自己人都已经站好队了。只不过你不一定知道他们站的是哪队。

管他呢,就让韦布放手去做吧。如果计划失败就把他推出去,流放到海里给海鸥当饲料。对权力的追求让他鬼迷心窍了,她会这么说。媒体最喜欢这种新闻了。

而且,英格丽德·蒂尔尼也可能会抓住这个机会。

离开办公室之前,她拉开了卷帘,让外面的人能看见空无

[①] 汤姆·康蒂(Tom Conti,1941—)英国演员,代表作有《圣诞快乐,劳伦斯先生》《老友记》等。

一人的办公室。没有什么好隐瞒的,她想道,没有什么见不得人的。

完全没有。

有时候,一切都水到渠成。

明·哈珀向西骑行时并没有突破速度纪录,他只是去侦查一番,去看一眼那片区域大概什么样。大理石拱门路上车很多,他开始减速慢行,寻找可以停放自行车的地方。就在这时,他看到了基里尔。那个装作不会英语的人此时正坐在一家餐厅的塑料顶棚下,抽着水烟,和本地人有说有笑,像个每天晚上都来玩的常客。真是天赐良机。

他跳下自行车,把车推到拐角,拴在路灯上,然后把荧光外套塞进了车筐。他回到主路,藏在车流后躲避基里尔的视线,走进了一家报刊店,里面的杂志架挡住了窗户。他装作浏览杂志,聚精会神地盯梢,直到基里尔起身,对身边的人开了最后一个玩笑,走向了下个路口的小卖部。他进店之后,明过了马路,躲在一家商店的门口,装作在看标牌上的字:洗衣店、搬家公司和英语课程。基里尔出来后,两只手各提了一个塑料袋。明装作记下电话号码的样子站在原地,等着他走出一百多米才开始继续跟踪。他挤过熙熙攘攘的街道,高大的俄罗斯人是个显眼的目标。明能闻到自己嘴里的啤酒味,感觉到膀胱的尿意,但更多的是追逐的快感。他现在就能拦下一个人,比如这个向他走来的金发女人,然后说:我是安全局的,看见前面那个人了吗?我在跟踪他。但是金发女人看都不看他一眼就走了过去,基里尔消失了。

明眨了眨眼,强迫自己不要跑起来。要保持冷静,不要露出破绽。基里尔肯定又进了一家店,或者酒吧,或者前面某条小巷。最糟糕的情况是明有可能撞上他。不,最糟糕的是他跟丢了……

但是没事,他提醒自己道。就算搞砸了也没关系,因为除了他自己,没人知道他在这儿。当他骑上车,灰溜溜地骑回市内,到路易莎家里时,他会知道自己搞砸了一次跟踪任务。那种新手都能轻松完成的任务。

不,今天他不会搞砸。因为那个人又出现了,高大的俄罗斯人从餐厅门口走了出来,他停下去看了看菜单……明这时才发现刚才自己的心脏跳得有多快,现在才逐渐平静下来。

他继续和俄罗斯人保持着几百米的距离,沿着艾奇韦尔路向前。

杰克逊·兰姆在自己的办公室里,唯一的光源是一盏台灯,在一摞电话簿上,高度只到膝盖。光线照到兰姆的脸上,投射出巨兽一般的阴影,又在天花板上留下了更深的影子。他脚边的书桌上有一瓶泰斯卡,他的手里拿着一只玻璃杯,下巴枕在胸口,但并没有睡着。他似乎在观察屋里的软木板,上面贴满了各种过期优惠券。但他的目光也许穿透了这些,看向长长的记忆隧道,里面封存着无数隐秘往事。但如果有人问,他会说正在想该轮到谁去帮他买烟了。因为他现在这包抽完了,所以这个理由很充分。

他似乎在走神,完全没有注意到周围的环境。凯瑟琳·斯坦迪什已经在门口站了整整一分钟,但她开口说话时,兰姆并没有被吓一跳。

"你喝得太多了。"

作为回应,他举起杯子,看向里面的液体,然后一口气喝光。"你是专家。"

"没错,我确实是。"她走进屋里,"你开始神志不清了吗?"

"印象中没有。"

"如果你还能开玩笑,就还没到尿裤子的阶段,值得褒奖。"

"你知道改过自新的酒鬼有什么好处吗?"兰姆问。

"什么?"

"不,我是认真地在问,改过自新的酒鬼真的有什么好处吗?因为在我看来,他们就是一群浑蛋。"

凯瑟琳说:"你把改过自新的几个字去掉,这句话也能成立。"

兰姆冷冷地盯着她,若有所思地点了点头,好像在对她的机智表示钦佩,然后放了个屁。"出去总比进来好。"他说,"屁是这样,你也是。"

凯瑟琳再次证明了她听不懂暗示,依然待在他的办公室里没有动。她说:"我做了一些调查。"

"饶了我吧。"

"你猜我查到了什么?"她把椅子上的两箱文件腾到地上,坐了下来。"迪基·鲍死亡的那天晚上,不是出了列车事故吗?"

"所以呢?"

"有人破坏了斯温顿附近的熔断器,铁路系统的故障是设计好的。你不觉得这很可疑吗?"

"我觉得这么干的人对伟大的西方世界缺乏信心。"兰姆说,"居然需要刻意破坏才能制造混乱,太夸张了。"

"很好笑,兰姆。你到底想干什么?"

"这个问题超出你的职权范围了。这么说吧,我找到了一根线头,然后拽了一下。"他看了眼手表,"你怎么还没走?"

她说:"是的,而且我哪儿也不去。虽然花了些时间才想清楚,但我总算明白了。我不知道你当初为什么要把我带来斯劳部门,但你还是这么做了。而且你也不打算赶我走,不是吗?我不知道原因,只知道事实。事实就是你对我有负罪感。我不喜欢你,以后应该也不会改观。你表面上喝得烂醉、口无遮拦,但实际上是在偿还曾经欠下的债务。所以主导权在我,因为你不能真的让我闭嘴。"

兰姆说:"真可爱,如果这是在拍电影,你就会把头发解开,然后我会说:因为你很美啊,斯坦迪什小姐。"

"不,如果这是在拍电影,我就会用木桩刺穿你的心脏,然后你就会变成烟雾消失。迪基·鲍,兰姆,他只是个被时代抛弃的人。"

"没错,他肯定很快就能融入这里。"

"他还是个酒鬼。"

"这个我就不评价了,怕得罪了某人。"

她无视了他。"我查了他的档案,他——"

"你什么?"

"我让何帮我调了他的档案。"

"希望你不是在收买他,斯劳部门里有一个叛徒就够了。"

"叛徒?"

他说:"戴女士说两个新人里有一个是她的眼线。去帮我把那人揪出来,好吧?"

"我会把这件事放进待办列表里的。说回迪基的事,你知道他过去三年都在布鲁尔大街的一家书店上晚班吗？"

"卖书赚的钱应该付不起房租吧。"

"确实，所以他在地下一层卖成人杂志和玩具。"

兰姆摊开手。"说真的，谁还没有过一只手翻着成人杂志，另一只手拿着假阳具的时候呢。"

"很高兴知道你业余时间都在干什么，但先别跑题。迪基·鲍活跃的时候，饰演詹姆斯·邦德的演员还是罗杰·摩尔[①]。你真觉得他发现了一个莫斯科间谍，然后跟踪他横跨了半个英国？"

兰姆说："他死了。"

"我知道他死了。"

"所以我才会觉得他发现了一个莫斯科间谍，然后跟着他横跨了半个英国。"

"不，虽然他死了，但这不能证明他发现了一个莫斯科间谍。这只能说明他死了，如果他真的是被莫斯科间谍谋杀，你就不是找到了一根线头拽了下，而是一根线头明晃晃地挂在你眼前，然后你一把抓住了它。"

兰姆沉默着。

"而这恰好就是凶手想要的。"

兰姆还是没有说话。

"你现在倒是安静了，不贫嘴了？"

兰姆抿着嘴唇，好像要吹出一口气，但他又放松了嘴唇，嘬了嘬牙齿，靠坐回椅子里，用手梳了梳头发。他对着天花板说："无法追踪的毒药，死前留言，真是荒唐透顶。"

[①] 罗杰·摩尔（Roger Moore，1927—2017），生于英国伦敦斯托克威尔，英国男演员。

这下轮到凯瑟琳愣住了。"什么？"

兰姆看向她时，目光竟十分清醒，但他明明喝了那么多酒。"你真的觉得我是个傻子吗？"他问。

他们住的公寓就在前面，在一栋破楼的顶层。这栋楼已经潮湿发霉，里面的空气被漆上的窗户封存了几十年，如同一座收藏贫穷和绝望的气味博物馆。这是基里尔熟悉的味道。大部分房间都只是为了睡觉而设，一些人刚结束工作回来，另一些人出去上晚班。大部分都只是点头之交，没人在乎别人的事。

老板最喜欢这种淡薄的人际关系。但基里尔爱跟人聊天，也擅长和人相处。然而凡事都有限度，过犹不及，他的这个特质有时也会被当成弱点。所以今天早上皮奥特才让他装作不会说英语。

"这有什么？他们只是公务员。"

"他们是间谍。"皮奥特说，"公务员？怎么可能，他们是间谍，你难道真的信了那套能源部的鬼话？"

基里尔耸了耸肩，他确实没怀疑过那两人的身份。但最好还是不要承认这一点。

"我来跟他们聊。"皮奥特说。

皮奥特说得没错，如果他们真的是能源部的人，现在怎么会来跟踪他？

但如果那人是个间谍，为什么跟踪技术这么差？

也许还有他没发现的其他人，但基里尔觉得哈珀应该是独自前来的。他倒是没什么意见，哈珀不是个威胁，基里尔用一只手就能把哈珀掰成两半，再扔到两个相反的方向。

想到这里他露出了笑容。他不喜欢暴力,希望不会闹到那个地步。

但如果有必要,他也完全有能力处理。

雪莉·丹德尔睁开了眼。天花板角落的裂痕形状像一块大陆,或者某种她并不熟悉的动物,或者她的出生年月。她在裂痕下感到恍惚,终于清醒之后,它又变回了普通的裂缝。

她的头一跳一跳地敲着鼓,她听着鼓声,天色不知不觉就暗了下来。

她冒险动了动身体,扭头看向窗户。外面并不是漆黑一片,但只是因为他们在城里,灯光照亮了地面上的一切。街边有一盏路灯,人造光透过褪色的暗黄窗帘照了进来。

电子表对她眨了眨眼,现在是九点四十二分。天哪。

回到斯劳部门向兰姆汇报完工作之后,雪莉体内的可卡因消耗殆尽,直接累垮了。这也不是第一次了,但一般她都会准备好舒适的羽绒被、一盒布朗尼还有《老友记》的DVD。如果你要经历一次硬着陆,最好不要在办公室里,更别提还有一个爱管闲事的同事。

"早上好,睡得怎么样?"

马库斯·朗里奇肯定不会相信她费了多大的劲才挤出那声敷衍的回应,但他并没有放弃对话。

"旅途愉快吗?"

这次她耸了耸肩。"只是去乡下而已,有什么好愉快的。"

"所以你是喜欢海边的那种女生。"

"去掉'女生'两个字。"

电脑屏幕上依旧跑着人脸识别程序。出去跑了一趟，回来又要继续核对照片，就像在玩一个没有相同项的连连看。她对兰姆说，为了追查 B 先生她熬了一个通宵，但他只是不屑地"哼"了一声，说："所以你肯定盼着回家，是吧？"

马库斯还在看她。"我要去买些吃的，你想带点什么吗？"

她想要黑暗的房间，安静的床铺，不受任何人打扰。

"雪莉？"

"巧克力棒吧。"

"马上回来。"

他离开之后，雪莉走到了窗边。过了一会儿，马库斯出现在了街道上。她条件反射地向后退了一步，但他没有抬头看，只是过了马路，走向商店。他一边走，一边把手机放到了耳旁。

每逢这种时刻她的被害妄想症就会加重。无论是啤酒、龙舌兰、可卡因还是性爱导致的宿醉都会让她变得神经过敏。但即便如此，她还是相当确定马库斯是在电话里说她的事。

她不自觉地轻声呻吟，头还是很疼，灯光依旧刺眼，每次闭眼之后感觉到的那种空虚和疲惫也没有消失。

电子表又闪了一下，现在是九点四十五分。她可以在原地缓十个小时，然后就能恢复过来。

也许吧……

她又等了五分钟，然后起身穿上外套，走进夜色之中。

基里尔又消失了。明拐过转角发现人没了，低声咒骂了一句，又尝到了嘴里的啤酒味。但没事的，这不是世界末日，目标只是到达目的地了。

他听说出租车停在了艾奇韦尔路之后,第一反应就是廉租房。他想得没错,眼前的建筑虽然高大,但它的黄金时期早已过去,迟迟没有翻新。一排排门铃说明里面住着很多户人,被床单和报纸遮住的窗户说明居民的收入都不高。

看来这个人和我一样,明想道。然后一只石头般坚硬的手抓住了他的肩膀,冰冷的金属抵住了他的后颈。

"你是在跟踪我,对吗?"

明说:"我——什么?你在说什么——"

"哈珀先生,你是在跟踪我,对不对?"那个冰冷的东西压得更重了。

"我只是——"

"只是什么?"

只是需要时间想出一个借口,明想道。

脖子上的压力又加重了一些。

"算了,"基里尔说,"你很快就会知道爱管闲事的能源部员工会有什么下场了,懂吗?"

兰姆打开抽屉,拿出了第二只玻璃杯。杯子边缘撞掉了一块,上面布满灰尘。他小心地往里面倒了一些泰斯卡,把杯子推到凯瑟琳手边,又随手给自己满上。

"干杯。"他说。

凯瑟琳没有搭理他,也没看他给她的那个杯子。

"斯温顿的熔断器是被人蓄意破坏的,没错。如果不是真的有必要,你觉得我会跑去乡下调查情况吗?列车故障时,B先生给迪基·鲍留下了线索。"

"为什么?"

"因为在干净的街道上留下痕迹太显眼了,你必须做得隐蔽一点,让猎人自己动起来。"

"他想让鲍跟踪他。"

兰姆放下杯子,缓缓鼓了鼓掌。

"他想让你干同样的事。"她说,"你在他的尸体上找到了什么东西,对不对?"

"在巴士上,是他的手机,里面有一条未发送的信息。"

她扬起眉头。"他濒死之际写的?"

"B先生写的还差不多。人们发现车上死了人,肯定造成了骚乱。B先生可以趁乱把那条信息敲进手机,再把手机塞进坐垫缝里。"

"写了什么?"

"一个字,"兰姆说,"蝉。"

"显然是有意义的。"

"对我来说,是的。但对鲍来说不一定。这也是我能确定那是条假消息的原因之一。"

"还有无法追踪的毒药?"

"没那么夸张,大部分无法追踪的毒药都不是真的无法追踪,只是必须在一定时间内做毒检。一个老酒鬼犯了心脏病,大部分尸检报告都会直接写上突发心脏病。"他像魔术师一样挥了挥手,"就这么简单。但他身上应该会有针孔,在人群里扎他一下还是很容易的。"

凯瑟琳说:"但这个理论也有漏洞,不是吗?万一你没有搜巴士的座椅,没找到鲍的手机呢?"

"总会有人找到的。你杀了一个特工,就算是鲍这样的老废物，也肯定会引起注意。至少以前是这样。现在总部有更要紧的事，可没空管这些。"他伸手去拿酒杯，"但总会有人通知他们的，你不能就这么把尸体扔在游泳池边上。"

"我会把这句名言传下去的。"

"再说了，就算我没找到那条线索，也会有其他信息。B先生特地给出租车司机报了个错误的地点，这肯定能给人家留下相当深刻的印象，不是吗？"兰姆扬起了嘴角，"出租车司机是他布下的警报线，雪莉一走，司机肯定就要开始打电话了。"

"也就是说，他知道我们在追查他留下的线索。"

"就像一群听话的猎犬。"

"这样真的没问题吗？"

"什么问题不问题的，我们要么继续追查他留下的线索，要么直接忘了这回事。但这是不可能的，因为这个人用的是老办法，只有老派间谍知道鲍这样的街头老鼠会上钩。无论背后的人是谁，他玩的都是莫斯科规则。摄政公园可能太忙了，觉得这事不值一提，但我不觉得。"

"你打算把那个名字说出来吗？还是我来说？"

"说什么？"

"亚历山大·波波夫。"凯瑟琳·斯坦迪什说道。

房间很小，窗户开着，外面的冷风吹了进来，但一滴汗水还是沿着明的发丝滑落至脖颈。另外两人一直紧盯着他，他确实有可能比他们更快，但明心底里知道，这种可能性微乎其微。如果只有一个人，他还有一线生机。但两人一起就是恐怖的对手。年轻时他的反应速度也许还能跟上，但如今他已经老了，岁月不饶人。他刚才喝了那么多酒，而且……

一只拳头砸在了桌面上。

三杯……

明速度很快，但还不够。也许换成其他地方还能行，但在这间屋子里，他死定了。

第三杯的大部分都洒了出去。皮奥特和基里尔靠在椅子里，大笑着，空玻璃杯排成了一列。

笑完后，基里尔说："你输了。"

"我输了。"明承认道。刚才的三杯伏特加，加上之前一轮的两杯，还有上上轮的一杯，再加上输给他们喝掉的无数杯……他还在斯劳部门附近的酒吧喝了那么多啤酒。他甚至想不起来那家酒吧叫什么，斯劳部门在哪儿。面前的这两人是疯子，但抛开职业身份，他们很快就熟络起来。明的任务本该是盯梢，但不能被发现。

最后这一点，他可能做出了一些妥协。

"告诉我，"基里尔说，"我用钥匙指着你时，当时——"

"你个浑蛋，竟然用钥匙指着我的脖子！"

基里尔笑了起来。"你以为那是一把枪，对吧？"

"我当然会觉得那是一把枪！"

三人都哈哈大笑起来，但当时他可笑不出来。明以为自己的死期到了，一个俄罗斯间谍拿着枪指着他的脖子，下一秒就要按下扳机。

基里尔笑完之后缓了一会儿才说："我就是忍不住想试试。"

"你什么时候发现我在的？"

"一开始就发现了，我看见你骑车过来了。"

"天哪。"明摇了摇头，但他并没有觉得太难过。好吧，他搞砸了,但也没什么严重后果。但最好还是不要被人知道,尤其是兰姆,还有路易莎,还有所有其他人,但主要是他们两个。

皮奥特说:"别太难过了,我们是做安保工作的,受过专门的训练,能在人群中认出见过的脸。"

"就像你也接受过……能源部的专业训练。"基里尔补充道,他灿烂的笑容给"能源部"几个字加上了无形的引号。

"听着——"明开口道,但皮奥特只是不以为意地挥了挥手。

"嘿,阿尔卡迪·帕希金是个大人物,你以为我们不知道会有人对他……感兴趣吗?比如政府?如果没人感兴趣,我们反而要担心了,说明他已经没那么重要了。不重要的人不需要雇佣我们。"

"如果我的老板发现我在这儿——"

"你是说,"基里尔狡黠地说道,"如果他们发现你搞砸了一次跟踪任务。"

明说:"但我还是找到了你们住的地方。"

"现在你知道爱管闲事的能源部员工会有什么下场了。"

他们再次大笑起来,皮奥特把杯子倒满酒。

"敬任务成功。"

这个他赞同。敬真理。这是他知道的唯一一个俄语单词。

几人再次开怀大笑起来,又倒了一轮酒。

他们在顶层,这是一间独立公寓,有厨房,还有另外两间屋子。厨房很干净,但窗户上沾着城市的尘垢。冰箱是满的,里面不只有伏特加,还有果汁、蔬菜以及装在纸袋里的熟食。他们两个显然习惯了在路上的生活,而且知道怎么在一个陌生的城市里照顾自己,不用每天点外卖。明觉得他再喝一杯就会忘记自己家住在哪儿,更别提骑着自行车回去了。他可不想在路上被公交车撞死。

突然从哪里传来了响声,前门打开又关上,有一个没见过的人走进了房间。明转头去看,但那个人已经消失在了走廊里。

皮奥特说:"待会儿回来。"然后起身离开了厨房。

基里尔倒了更多伏特加。

"那是谁?"明问。

"没什么,就是个朋友。"

"他为什么不加入我们?"

"不是那种朋友。"

"不爱喝酒?"明推测道。酒杯在面前诱惑着他,他刚才是不是做了一个决定?但面前的酒杯还是满的,这个时候离开有点不礼貌。于是他嘟囔着重复了一遍基里尔说的敬酒词,把伏特加灌进了嗓子。

皮奥特回来了,对着基里尔说了一堆辅音。

"出什么事了吗?"他问。

"没有,"基里尔说,"什么事都没有。"

那种神经质的感觉又回来了,仿佛从未远离。雪莉·丹德尔穿着一身黑衣,融进霍克斯顿的夜色中。但她还是觉得格格不入,好像每走一步脚下都会亮起霓虹灯。

现在刚过十点,还不算深夜。

有一家她常去的酒吧,她在那里认识一个人。她不喜欢用"毒贩"这个说法,因为会让她觉得自己像一个瘾君子。毒瘾是一个问题,但她没有问题,这只是她的生活方式。她的事业已经完蛋了,但她不会让这件事影响到自己的生活。斯劳部门是个职业墓地,这一点毋庸置疑。但她没想到坟头的土堆得那么高。她完成了兰姆的任务,而且做得很完美,兰姆却只是让她回到自己的办公桌前。她听过那么多斯劳部门的故事,知道自己能被派出去就已经是奇迹了。下等马来了又走,离职之前都只能待在马厩里。这次任务就像一次精心策划的残忍惩罚,给她看到一丝希望,然后立刻关上马厩的门。

兰姆可以去死了。他要想难为她,就会发现手里握着一把双刃剑。

酒吧人很多,吧台前围了整整三层人。无所谓,她没打算久留。一个熟悉的人举起手招呼她,但雪莉装作没看到,径直走向卫生间。卫生间在酒吧的另一端,污秽的走廊尽头挂着一面脏兮兮的镜子,墙上贴着诗歌之夜、本地乐队、金融街抗议游行,还有变性歌舞表演的海报。她没等多久,那个人很快就从吧台溜了过来,聊了十七个字之后雪莉就走了。身上少了三张纸钞,兜里多了一份令人安心的重量。

黑色的外套,黑色的长裤,她在夜色中几乎是隐形的,却感觉好像暴露在外。车窗反射着街灯,她想起了昨晚的那个孩子。她去数据锁偷资料的时候把他吓得半死。要恐吓一个人就是这么简单,你只要相信自己是正确的。就算做不到这一点,你只要不在意手下的人变成什么样就行。转弯时,她觉得好像有人跟在后面。可能是酒吧里的某个人,一直面对着墙,回避她的眼神,不敢走上前来。管他的呢,雪莉有恋人,而且她从不在购物的地方跳舞。她这么想着,回过头去,但街道是空旷的,或者至少看起来没有人。只是被害妄想症。口袋里的那份重量会解决这个问题。

她穿着一身黑衣,继续向前走去。

* * *

"亚历山大·波波夫。"凯瑟琳·斯坦迪什说道。

兰姆沉思着看向她。"你是从哪儿听说这个名字的?"他问。

她没有回答,让他自己琢磨。

"有的时候我会担心你去投敌。"

她斜眼瞪了他一眼,问:"摄政公园?"

"不,我是说英国政府通讯总部。你是在我的房间里安了监控吗,斯坦迪什?"

她说:"你要把瑞弗送去当卧底——"

"天哪,我早该猜到的。"他叹了一口气。

"但你明知道这是一个陷阱。"

"我几个小时之前刚告诉他这件事,难道他已经发了脸书状态?"

"别开玩笑,我是认真的。"

"我也是。难道外公除了讲故事,什么都没教会那小子吗?"他再次把酒杯举到唇边,盯着给凯瑟琳倒的那杯酒。酒杯静静地摆在桌面上,就像是在挑衅,像一句仔细斟酌过的侮辱。"再说了,他不在乎那是不是陷阱。任务就是任务,他肯定会觉得这辈子的圣诞节都一口气过完了。"

"他肯定是那么想的。但你也知道,圣诞节总是以泪水收场。"

"他是去科茨沃尔德,斯坦迪什,又不是去赫尔曼德省[①]。"

"查尔斯·帕特纳总说,执行任务的地点越友善,当地的居民越可怕。"

[①] 赫尔曼德省(Helmand),阿富汗省级行政区之一,位于阿富汗南部。

"这是他一枪打爆自己的脑袋之前还是之后说的?"

凯瑟琳没有回答。

兰姆说:"你们好像都忘记了一件事。就算亚历山大·波波夫是虚构的人物,创造他的人却是真实的。如果这个自作聪明的浑蛋在咱们后院里设了捕鼠器,就得查清楚原因。"他打了一个嗝,"如果要派卡特怀特去吃奶酪才能查清楚,那就派他去。还记得吗?他是个受过训练的专业人士,当废物只是他的个人爱好。"

"波波夫就是你的白鲸,对不对?"

"什么意思?"

"也是查尔斯说过的话。把敌人拟人化是很危险的,因为当你开始这么做了,你就是在追逐一头白鲸。"凯瑟琳顿了顿,"出自梅尔维尔的《白鲸记》,如果不需要解释的话会更有说服力一些。瑞弗还不知道自己是诱饵,对吗?"

"不,"兰姆说,"而且他也不会发现,不然你自以为无可动摇的地位可就保不住了。"

她说:"我不会说的。"

"很好,你不打算喝这个吗?"

凯瑟琳把自己杯子里的酒倒进兰姆的杯子。"除非我觉得他遇到了危险。"她继续道,"那是你的鲸鱼,不是他的。就算要给它插上渔枪,也不应该让别人为此牺牲。"

"不会有人牺牲的。"兰姆说。但他错了。

电话响了起来。

尸体身上带着安全局的证件,所以警报被拉响了。于是警察后退一步维持交通秩序，摄政公园看门狗的老大——尼克·达菲则成了现场的负责人。他的手下正在四处搜集证据和证词。

大部分目击者都是案发之后才到场的。当然，除了开车撞到人的司机，事件发生时司机就在现场。

"他突然跑了出来。"她重复道。

她有一头金发，应该没有喝酒。尼克从一个闷闷不乐的警察手里借来了酒精检测仪，检测结果证明他的猜测是正确的。

"我完全没发现。"

她的声音在颤抖，可以理解，毕竟她开车撞到了人。无论是不是你的错，你都会吓得半死。

晚上这个时候路口的车流并不多，但你也不能闭着眼睛过马路。当然了，如果你烂醉如泥，还嗑了药，红绿灯的信号也许并不能阻止你。

"我是说，我踩了刹车，但是——"

她又开始发抖。

尼克·达菲听见自己说："我知道，肯定不是你的错。"天哪，他这话说得像个协警。

但她有一头金发，身材也不错。尸体身上虽然带着安全局的证件，却是斯劳部门的人，地位和协警差不多，更像临时工。斯劳部门的员工就像那种有特殊需求的儿童，在某些方面有先天缺陷。一般如果有特工死于车祸，就必须非常小心地调查案件，以防肇事车辆有问题。但如果死的是一匹下等马，就没什么好奇怪的，他们可能只是过马路的时候看错了方向。对于一些人来讲，要分清左右是很难的。

而且她有一头金发，身材又很好……

"我还是需要看一下你的驾照。"

驾照上的名字是丽贝卡·米切尔，三十八岁，英国居民。看起来并不像一个刚刚执行完暗杀任务的杀手。但是话说回来，最成功的暗杀都是由最不像杀手的人完成的。

尼克·达菲又观察了一番路口的情况。他的手下正在搜查人行道附近的商店。上次有特工出车祸时丢了一把枪，前任监察部门的老大"恶犬萨姆"就是因为这个丢了饭碗。听说他在某家私人安保公司工作，但达菲还没准备好迎接类似的命运。他把驾照还给司机，一辆出租车开了过来，杰克逊·兰姆从车上走下来。他旁边还跟着一个女人，达菲很快就想起了她的名字：凯瑟琳·斯坦迪什。达菲还是个菜鸟时她就是局里的老人了，查尔斯·帕特纳自杀之后她被流放到了斯劳部门。两人无视了他，径直走向尸体。

他对丽贝卡·米切尔说："你得录一份口供，待会儿会有人来找你。"

她沉默地点了点头。

达菲起身，来到了兰姆和斯坦迪什身边，正打算让他们离尸体远一点。但他还未开口兰姆就回过了头，脸上的表情让达菲把话咽回了肚子里。兰姆再次看向尸体，又抬头看了眼街道。达菲不知道他在看什么：远处的红绿灯，还是点亮高速的路灯？城市的夜晚总有灯光在闪耀，有时是婚礼的彩灯，有时是葬礼的冥灯。

斯坦迪什对杰克逊·兰姆说了一句话。

她说："谁来告诉路易莎？"

第二部 白鲸

8

先来说说阿普肖特没有什么吧。首先它没有商业街,不像邻近的小镇会修建一排仿都铎时期的建筑,优雅地伫立在河边。没有古董商店,没有花园家具展销厅,更没有卖姜糖饼干和七种不同罗勒酱的超市。这里没有在汉普斯特得[①]也毫无违和感的酒吧菜单,没有在路边小黑板上介绍今日特餐的咖啡店,也没有为当地作家举办活动的独立书店。后巷里没有修剪整齐的树篱,没有蜂蜜色砖石搭建的小房子。因为这里不欢迎那种华而不实的巧克力礼盒,当地人对此深恶痛绝。如果阿普肖特是一盒巧克力,就是当地超市里唯一在卖的那种:布满灰尘,连包装纸都开始变脆、泛黄。

虽然没有商业街,但阿普肖特有一条主干道。这条路在进村之后就拐弯绕开了教堂,向前三百米后拐过左边的酒吧和右边的半圆形绿地。接着爬上坡,经过刚修好的住宅,一所小学,还有乡镇大厅。访客必须要问路才能找到这栋现代的装配建筑。但乡镇大厅并不是阿普肖特的心脏,真正重要的是邮箱、酒吧和乡村商店。邮箱在离主干道最远的绿地旁,交通非常不方便,除非你就住在那条路上。那条小路蜿蜒曲折,两旁立着阿普肖特最古老

[①]汉普斯特得,伦敦著名的富人区。

的建筑：三层高的联排住房，都是十八世纪建成，后来被挪到这里的，和附近新修的平房显得有些格格不入。这些老房子是当年给美国空军基地的员工宿舍，清洁工、厨师、洗碗工、技工和司机都住在这里，但现在大部分都是空的。二十世纪九十年代中期基地撤离之后，阿普肖特的活力也跟着消失了。剩下的人留在了联排住房里，或者在沿着主干道更往前一些的地方，但迟早都会出现在酒吧里。

逆境酒吧面向绿地，左边有个小停车场，后方有一座阶梯露台，可以看到一英里外绵延的森林。酒吧外墙是白色的，一个木质标牌曾经挂在门口随风飘摆，但后来被大风刮落，现在被汤米·莫尔特钉在了柱子上。莫尔特是村里的"勤杂工"，据说他过着双重生活，只有周末才会出现在村里。他会戴着红色的羊皮帽，站在乡村商店外，推着自行车卖小包种子，就在蔬菜摊的旁边。这显然是他经商事业中相当重要的一环，因为无论寒暑，每个周六早晨他都会站在那里。与其说是在卖东西，不如说是在社交。也许是因为当地人经过的时候都会聊上两句。

乡村商店在来时的路上，面对着圣约翰的那个路口。从酒吧过去要穿过左边的一排石屋，绕过变成了公寓的老庄园。右手边是更新、更大的房子，还没能完全融入当地的景色，因为外墙太干净了，油漆的颜色也鲜亮。从中间看去，还是能看到一英里外的树林。偶尔还有一辆混凝土搅拌机，说明这些缝隙终有一天也会被房屋填满，但除此之外没有其他地方在施工。所有工程都被叫停了，等情况好转也许还会继续，但经济危机就像还没建成的房子一样不可捉摸。你可以在空气中画出大概形状，却无法摸到它的外墙，也不知道它有怎样的局限。道路继续在商店和圣约翰十字教堂中间转弯。这是一座十三世纪建成的教堂，美得像一张明信片。穿过拱门就能看到被精心打理的墓地，其中最古老的居民曾经住在那栋庄园里，看到自己家被改建成公寓可能都要气活了。但最近圣约翰十字教堂每两周只举办一次礼拜。乡村商店就可靠多了，每天从早上八点营业到晚上十点，里面卖的啤酒比不上其他镇上的高级超市，货架上摆的与其说是商品不如说是必需品：罐头、乳制品、冷冻食品、木炭、猫砂、成堆的厕纸；洗发水、香皂、牙膏；冰箱里放满了红酒、拉格、果汁和牛奶。

对许多当地人来说，出门最远就是去商店逛逛。但道路继续向前，穿过更多破旧的小屋，最终变成一条两侧围着篱笆、坑坑洼洼的乡村公路。再向前一英里，就到了国防部的管辖范围。他们在美国基地搬走之后搬了进来，把友军的停机坪变成了自家军队的射击演练场。红旗飘扬时，最好不要去阿普肖特东南边的草坪散步。有时巨大的光球会从夜晚的天空落下，照亮演习的场地。路边被八英尺高的金属网围栏隔开的是最后一片停机坪和跑道，停机坪的一端设有一间机库和一家俱乐部，就像《大富翁》棋盘上的房子。每周都有几个晚上，爱好者会聚集在这里。春季和夏季的大部分周末上午，都会有一架单引擎飞机从这里起飞，在阿普肖特的上空翱翔，消失在远处。但每次它都飞了回来。

如果忽略掉军事演习的部分，这里可以说是一座安静的村庄，甚至是一座困倦的村庄。但这里的人都醒得很早，因为他们大部分在其他地方工作，所以早上八点之前就已经出发。也许更贴切的形容是"无害的村庄"。就像杰克逊·兰姆说的那样，这里并不是赫尔曼德省。

但就算是无害的村庄，偶尔也会在下午听到尖叫的声音。

* * *

"不……不行了！"瑞弗喊道，但是已经太晚了。就算全身穿上盔甲也没用。他只能祈祷，甚至连祈祷的声音都发不出，只剩下回音飘荡在他空白的大脑里。他的身体一阵颤抖，然后停下，紧闭的双眼终于放松下来，将他围困的黑暗也变得更加温和。

过了一会儿，他的同伴说："天哪。"但听起来并不是褒奖的意思。她从他身上滚下来，把床单盖在肩上。瑞弗躺在原处，心跳逐渐平复，皮肤潮湿，他至少坚持到了出汗。

但这也算不上是安慰。

现在是周二下午，瑞弗来到阿普肖特的第三周。他躺在拉上窗帘的阴暗卧室里，这是他用假名乔纳森·沃克租的房子，是小镇北侧新建房屋群中的一间。乔纳森·沃克是一名作家，不然为什么会有人在这种季节跑来阿普肖特？话说回来，这地方有没有季节还值得商榷。总之，乔纳森·沃克写惊悚小说，还拥有自己的亚马逊页面。《临界质量》这本书虽然并不存在，但还是有人给它打了个一星差评。他目前正在写一本和八十年代美军基地有关的小说，所以才会在这种时候跑来阿普肖特。

他的同伴说："我以前有件T恤，上面写着：招聘男友，无需经验。愿望果然不能乱许，是吧？"

"抱歉，"他说，"因为已经很久没有过了。"

"嗯，我从你的动作里看出来了。"

她叫凯莉·特罗珀，在逆境酒吧工作。年龄二十多岁，身材娇小，平胸，发色黑得像乌鸦。如果他真的是一位作家，上面这些形容肯定会让他为自己的词汇量匮乏而苦闷不已。她的皮肤像奶油一样光滑无瑕，鼻梁微微塌陷，好像撞在了一面玻璃上。她说自己是个犬儒主义者，此时她的双腿缠住他的，说道："你该不会要睡觉了吧？"她抚摸着他的身体，"嗯，看起来还没完全疲软，但还得等一会儿。"

"在那之前我们可以聊聊天。"

"你真不是女孩子吗？不，等等，你如果是女孩就不会这么快了。"

"我们还是不要大肆声张这件事，好吗？"

"要看你第二轮的表现如何了，村里的告示栏可不是摆设。"她动了动腿，"西莉亚·莫登在上面贴过给杰兹·布拉德利的评语，虽然她否认了，但大家都知道是她。"她笑了起来，"你们大城市可见不到这些，是吧？"

"不，但我们有个叫互联网的东西，听说上面会有类似的事发生。"她掐了一下他的胳膊，这姑娘还挺凶的。他说："你是在这里出生的吗？"

"怎么？要开始打听我的私事了？"

"如果是机密的话就算了。"

她又掐了他一下，这次没有那么用力。"父母在我两岁时搬了过来，他们想离开伦敦，我爸爸从这里通勤了一段时间，然后去了伯福德的一家公司。"

"所以不是做畜牧业的。"

"当然不是，这里的居民大部分都是为了逃离城市。但我们对陌生人也很友好，你不觉得吗？"她又摸了摸他。

"来这里的陌生人多吗？"

她攥紧了手。"什么意思？"

"我只是想知道……这边的游客数量大概是多少。"

"嗯……"她继续手上的动作，"希望你没有别的意思。你这个问题问得像个房地产商。"

"只是背景调查，"他随口编道，"为了写书。毕竟基地离开

177

后这里安静了不少。"

"那都是好多年前的事了。"

"但……"

"这座村子一直死气沉沉的,但最近开始变得更有活力了。"她揶揄地看了他一眼,眼睛绿得惊人。瑞弗希望她能突然想起一段回忆,比如几周前来了一个光头男人,想起他的姓名和地址……三个星期了,他连 B 先生的尾巴都没抓到。他已经在逆境酒吧混成了熟客,当地人都会喊他的名字跟他打招呼。他知道他们的住处,也知道哪些房子是空的。但他完全没见到 B 先生,也没见到他光滑的头顶,但因为凯莉的动作,他现在根本无法集中精神。"这还差不多。"她缓缓说道,然后瑞弗丧失了一切思考能力。此刻的他不是来卧底的特工,而是和一位可爱的女士卧在床上,而她明显值得比刚才更好的待遇。

所幸这次他没有让她失望。

峰会召开的前一天,阿尔卡迪·帕希金终于到了。他在帕克街的大使馆酒店里,外面的交通乱成一团,就像一场街头斗殴,只不过主角换成了车。大厅里只有喷泉的涓涓水声,前台能听到谦和的低声细语,接待员就像是从《时尚》杂志里走出来的一样。财富曾经令路易莎着迷,就像天空上的飞鸟,是某种遥不可及的东西,会让人感到眩晕。但明去世后三个星期,她见证了富人的生活是如何由一系列的安保细节组成的。就算外面发生了枪战,里面也只会听到香槟开瓶的气泡声。就算有人被车辆碾成肉酱,也不会脏了他们的眼,不会污染屋内清洁的空气。

她身后,马库斯·朗里奇说:"这地方真不错。"

马库斯是路易莎的新搭档,她不喜欢,但这是她自己接下的任务。是总部派的任务,更具体一点说,是蜘蛛·韦布派的任务。这就是她的现实。最难的是不能让别人知道她准备为此做出多大的牺牲。她不想被撤下任务,尤其是这个她和明一起接手的任务,为此她愿意付出一切。

帕希金住在顶层,很难想象他会住在其他地方。电梯的声音比马库斯的呼吸声还安静,门打开后直接就是帕希金的套房。皮奥特和基里尔等在门口,前者露出了微笑。他和马库斯握了握手,又对路易莎说:"很高兴再见到你,我听说你同事的消息了,请节哀。"

她点了点头。

皮奥特带他们穿过浅色的大厅,房间里铺着厚厚的地毯,空气里飘着春天的花香。路易莎不禁想道:熏香会不会是直接从通风口吹出来的?他们走近后,帕希金从扶手椅上坐起身。"欢迎,"他说,"你们是能源部的人?"

"我是路易莎·盖伊。"她说。

"马库斯·朗里奇。"马库斯补充道。

帕希金看起来五十多岁,有点像某个英国演员,但路易莎想不起名字。他中等身高,但肩膀宽阔,浓密的黑发呈现出一种精心打理的凌乱,浓眉下的眼睛昏昏欲睡。他胸口的毛发更加旺盛,从白衬衫敞开的领口就能看出来。衬衫被塞进深蓝色的牛仔裤里。"你们喝点什么?咖啡?茶?"他对等在一旁的皮奥特扬起眉头。若非提前知道他是个保镖,路易莎会以为这是个管家,或者用俄罗斯的话来说,就是一名男仆。

"谢谢,我不用了。"

"我们这样就好。"

他们在两张舒适的椅子上坐下,围在一张古旧的地毯边。这张地毯至少得有一百年历史了,看起来相当珍贵。

"那么,"阿尔卡迪·帕希金说,"明天的准备都已经做好了,是吗?"

他面对着两人,但这句话很显然是对路易莎说的。

她反正没意见。

因为在明死去的那个可怕的夜晚,路易莎就像突然坠入深渊。她的精神几乎崩溃,脚下的地板突然消失,却不知要跌落多久才会触底。然而她很快就接受了明离开的现实。她本该对此感到惊讶,却只觉得好像一直在等这第二只鞋落下。现在已经没有什么会让她吃惊了,一切都只是情报。太阳升起,钟表运转,她适应了这样的节奏。一切都只是情报,她开始了新的日常。

但是自从那天之后,她的下颌就总是隐隐作痛。嘴里总会突然充满唾液,每次都会持续好几分钟,仿佛她的身体在用错误的器官哭泣。躺在黑暗中的时候,她害怕自己睡着之后就会忘记呼吸,和明一样死去。有些夜晚她对此甘之如饴,但大部分时候她都像抓住救命稻草一样抓住这次任务。

这个任务可以阻止她继续跌落,或者至少能让她安全落地。就像是悬崖边伸出的一根树枝,像装满了柔软枕头的车辆,停在下面等着接住她。当时她去了总部。明去世之后四天,天气好像在安慰她一样突然好转。她和几个评估员坐在摄政公园的楼上,手边摆着饮水机里的水,坐在舒适的椅子里聊天。聊天的氛围很轻松,一点也不像是严肃的问询。墙上挂着的相框里是经典电影的海报。这个地方和她上次来的时候不一样了,就算没发生那样的惨剧,她也会觉得有些奇怪。就像回学校之后发现他们把高中部改造成了芳香疗法中心一样。

詹姆斯·韦布致哀的说辞像是在照搬教科书。"请节哀顺变。"还是美国的教科书,"明是个好同事,我们会想念他的。"

她说:"如果他真的那么好,就不会在斯劳部门了,不是吗?"

"这——"

"也不会喝醉了酒之后淋着雨去那么繁忙的马路上骑车。"

"你在生他的气。"他抿起嘴,"你有和谁聊过吗?也许会有……帮助。"

她更想一拳打在那张脸上让他闭嘴。但惨痛的经历已经教会了她别人希望她如何去面对悲痛。于是她说谎了:"嗯,我找人聊过了。"

"休假了吗?"

"尽量休息了。"

也就是一天。

他看向窗户,窗外能看到对面的公园。现在还是早上,有很多赶着去上学的人。母亲推着婴儿车,蹒跚学步的孩童在草坪边探索。一辆汽车突然回火,一群受惊的鸽子飞向空中,画了一个八字形的弧线,最后落在草坪上。

"虽然现在问有点不太合适,"他说,"但我还是要跟你确认一下,你觉得自己还能继续这次任务吗?"

他压低了声音,理论上这是一次心理疏导,但此处只有他们两人,她知道他肯定会提起针塔的任务。

"当然了。"她说。

"因为我可以——"

"我没事。是的,我是在生他的气。干了那种傻事,把自己都搭进去了。所以是的,我很生气。但我还能继续工作,我需要工作。"

她觉得这次语气拿捏得正好,掺杂了适量情绪。她不能让他觉得她是个僵尸,也不能让他觉得她疯了。

"你确定吗?"

"确定。"

他似乎松了一口气。"好,那就好。太好了,嗯,因为要重新安排还挺——"

"我不想添麻烦。"

蜘蛛·韦布眨了眨眼,继续道:"好吧,记得要定期和我汇报情况。"又是从教科书里摘出来的一句话。出自《如何告知下属会议结束》那一章。

他领她走到门口。外面有人带她回到楼下,收走她的访客门卡,再目送她离开。他们是在赶她走,以前她会气得半死,现在却什么感觉都没有。他们已经说好了,她会继续完成针塔的任务,除此之外的一切都不重要。

韦布拉开门,说:"但你说得没错。"

"什么?"

"哈珀不应该在喝醉了之后还骑车上路,很明显这只是一次意外,我们查得很仔细。"

"我知道。"

她离开了。

也许,她下楼时想道,也许等这些都结束之后,她会查出来明的死因到底是什么,然后杀掉那个害死他的人。她会回来,把蜘蛛·韦布丢出那扇他最喜欢的窗户。

全看她心情如何。

* * *

凯莉去洗澡时,瑞弗穿上了短裤和衬衫,然后捡起四散在房间里的衣服,有一些在楼下。毕竟她只是来喝咖啡的。他在客厅里找到了她的衬衫和挎包。包里的东西散落一地,他把东西捡起来,装回包里。她的手机、钱包、平装小说和素描本。他先翻起了素描本,里面画了附近的树林,离开村庄的小路,一群人聚在酒吧的露台上。她不太擅长画脸,但圣约翰的书房画得很漂亮,还有教堂的墓地,铅笔描绘的阴影勾勒出墓碑的形状,周围是枯萎的野草。还有一些对村庄空域的研究,凯莉·特罗珀会开飞机。最后一页很奇怪,不像素描,更像是设计草稿,画着精心设计出来的城市景观,最高的建筑物被闪电击中。底下有一行潦草的字迹。

"约翰尼?"

"来了。"

他把她的衬衫拿到楼上的卧室,她正裹着浴巾站在那里。

"你看起来……"

"很美?"

"我本来想说很湿。"他说,"但很美也可以。"

她吐了吐舌头。"某人对自己很满意嘛。"

他躺在床上欣赏她穿衣服的景色,说:"我都不知道你还画画。"

"偶尔吧,你翻了我的素描本?"

"它掉到地上了。"他坦白道。

"我知道你想说什么,我不会画人脸。但在这种地方生活,人总得发展点爱好。"

"那开飞机……"

"不是爱好。"她绿色的眼睛变得认真起来,"飞上天时你才会真正拥有活着的感觉，你也应该试试。"

"也许吧，你下次什么时候飞？"

"明天。"一丝笑容从她脸上闪过，好像藏着什么秘密，"但是不行，你不能跟过来。"她吻了他一下，"我要走了，开店之前要把货备好。"

"我待会儿去找你。"

"好。"她顿了顿，"刚才很开心，沃克先生。"

"我也是，特罗珀小姐。"

"但这不意味着你可以不经同意随便翻阅我的东西。"她说着咬了一下他的耳垂。

听到前门关上的声音之后，他给兰姆打了电话。

"这不是007吗？有什么进展吗？"

"完全没有，线索指向的都是死胡同，当地居民也毫不知情。"瑞弗说。他盯着自己光裸的脚趾。"如果B先生真的来过，他肯定在被发现之前就迅速离开了。"

"老天，他该不会是躲起来了吧？"

"前提是他真的来过这里的话。他可能从来没踏上过这片土地，也许出租车还没打上'空车'的灯他就跑到别的地方去了。"

"也可能你就是个废物。那地方有多大？三座木屋加一片鸭子池塘？你检查过牛棚了吗？"

"他为什么要不远万里从伦敦跑过来躲在一座牛棚里？而且这里也没有牛棚。"瑞弗发现窗帘架上挂着一只袜子。"你的B先生不住在这里，也没换成什么别的名字，我敢保证。"

"所以你已经融入社区了？"

"我，嗯，有了一些进展。"

"天哪，"兰姆说，"你在睡当地人。"

"这里的大部分居民都退休了，或者去伦敦通勤，或者是远程办公，很多房屋都是空置的。据说学校也要关门了，说明社区活力正在消失……"

"如果我想看这种煽情的玩意就直接去读《卫报》了。国防部那边呢？"

"他们不太欢迎访客，但那里也不是开发秘密武器的基地，不是吗？只是一个射击场。"

"但曾经是美国人的地盘，谁知道他们在柜子里留了什么玩具？"

"无论他们当时带了什么过来，现在都不一定在了。"

"但如果留下过痕迹，被人发现的时候还是会很尴尬。"兰姆说。

你突然变成这方面的专家了？瑞弗想道。"嗯，"他捡回袜子，"所以我才给你打电话，我打算今晚进去看看情况。"

"这还差不多。"兰姆停顿了片刻，说，"你穿衣服了吗？你听起来好像没穿衣服。"

"我穿衣服了。"瑞弗说，"路易莎怎么样？"

"在工作呢。"

"好吧，嗯，她看起来还好吗？"

兰姆说："她男朋友被汽车碾成了肉酱，我觉得她早上醒来应该不会高兴地吹口哨。"

"你调查过事件了吗？"

"我们是什么时候调换职位了吗？"

"只是问问。"

"醉酒骑车，这几个字看起来不像是在找死吗？"

"去死吧，杰克逊。"瑞弗勇敢地说道，"哈珀是你手下的人，就算他被闪电劈死,你也得去问问天气出了什么问题。我只是问你有没有查到什么。"

对面陷入了沉默,瑞弗听到了打火机的声音,然后兰姆说:"他喝醉了,他去了马路对面,喝了几杯啤酒,然后又去别的地方喝了伏特加,好几轮。"

瑞弗紧紧地闭上眼睛,当然了,你喝了几轮酒,然后醉得不省人事,都是这样的。"他在哪儿喝的伏特加?"

"我们也不知道,你要猜猜城市大道西边有多少家酒吧吗?"

"摄像头有没有拍到——"

"我们怎么没想到这个?"兰姆在电话那头抽了一口烟,"牛津街的摄像头拍到了他——至少我们是这么认为的。画面是黑白的,所有骑自行车的人看起来都一个样。事故现场什么都没拍到,有辆车蹭到了柱子,弄坏了摄像头。"

"这么巧。"

"是啊,说明这个路口经常发生事故。监察部门没什么异议。"

"哈,"瑞弗也不知道自己想表达什么,但那可是监察部门,是总部的看门狗,"行吧,那我之后再联系你。"

"好。对了,卡特怀特。下次你让我去死的时候,记得离我远一点。"

"我确实离得很远。"瑞弗解释道。

"这次原谅你了。"

他挂掉了电话,去洗澡了。

"那么,"帕希金面对两人,但明显是在对路易莎说话,"明天的准备都已经做好了,是吗?"

"都准备好了。"

"我不想惹麻烦,但你们不是能源部门的人,对吧?"

朗里奇刚张开嘴,路易莎就打断了他。"不是。"

"军情五处,是吧?"

"其中的一个部门。"

马库斯说:"细节不重要。"

帕希金点了点头。"当然,我不是想收买你们,只是想弄清楚现状,我的手下可以保护我——"

基里尔守在门边,皮奥特守在他身侧。他们神情严肃,和三周前见到的时候判若两人,当时他们看起来有些笨拙,甚至无忧无虑,然后明……

"还有你,我猜你负责确保一切都能顺利进行?"

"是的,没问题。"马库斯说。

"很高兴听到你这么说。无论你们是不是能源部的人,你们应该知道,嗯,你们的政府希望能与我的石油公司建立互惠互利的关系。我相信这在我的能力范围之内,"他谦虚地说道,"但肯定还不足以支撑整个英国的运转,当然。但是可以作为储备,以备不时之需。"

他英语说得很流利,适度的口音肯定也是精心设计过的。无论谈判的内容是什么,低沉悦耳的声音总是加分项。

"鉴于这次特殊会面情况敏感,为了一切都能顺利进行,我有一个提议。"

路易莎看着他的嘴一开一合,说出这些句子,就像是精心上好发条的玩具,摇摇摆摆地穿过地毯走来。"好的。"她说。

"我希望今天下午能去现场看一看。"

"现场……？"

"针塔，"他说，"这是那座建筑的名字，对不对？"

"是的，针塔。"

"因为楼顶的那根针。"马库斯说道。

帕希金礼貌地看了他一眼，但马库斯没有什么要补充的，于是帕希金又将目光移回到路易莎身上。"我想看看房间，实际去那里走一走。"他右手的食指碰了碰衬衫最上面的扣子。"在我们开始正式谈判之前，我想熟悉一下环境。"

路易莎说："给我五分钟，我要打个电话。"

兰姆和瑞弗通完话之后，在椅子上坐了一会儿。凯瑟琳·斯坦迪什会说他此时的表情很"危险"，这意味着他在思考吃喝之外的事。他看了下手表，叹了口气，沉重地喘着气站起身，从地上捡起一件衬衫，揉成一团，然后穿过走廊到凯瑟琳的房间。

"你有购物袋吗？"

凯瑟琳从办公桌前抬起头，眨了眨眼。

他挥着衬衫。"有人在吗？"

"在那儿呢。"她指着衣架上的帆布包说。

兰姆伸手从包里拿出了半打塑料袋，把衬衫塞进其中一个，剩下的掉到了地上，他看都不看就转身离开。

"这么急着走？"她问。

兰姆把塑料袋举过头顶，头也不回地说："今天洗衣服。"然后消失在了楼下。

她盯着看了几秒，摇了摇头，继续刚才的工作。

她面前摆着许多生活的碎片、人物背景，都是从网上和官方档案中搜集来的。税务局、车辆登记局还有国家统计局,都是常规的资料库。简直就像在用叉子喝一碗数据汤。

雷蒙德·哈德利,六十二岁,曾是英国航空的飞行员,任职十八年,现在则忙着处理当地政治和环境问题。但他对政治事业的热情并未阻止他购入一架小型飞机。

邓肯·特罗珀,六十三岁,曾在伦敦一家高级律所工作,现在每周去伯福德的一家公司工作几天。

安妮·萨尔蒙,六十岁,曾在华威大学任经济学教授。

斯蒂芬·巴特菲尔德,六十七岁,曾是灯塔出版社的社长。这是一家专门做左倾历史书籍的小公司,直到其中一个行业巨头将其吞并,留下了成堆的金子。

他的妻子麦格,五十九岁,合伙经营一家服装商店。

安德鲁·巴奈特,六十六岁,退休公务员,曾在交通部任职。这是凯瑟琳第一次见到真的在交通部工作的人。

除此之外还有很多其他人。有在金融监管机构工作的,两个电视制作人(一个在BBC,另一个在独立电视台),一个在波特唐工作的化学家,还有设计师、教师、医生,一名记者,和从各行各业(建筑、烟草、广告、饮料)搬来的企业家。全都是成功人士。他们虽然工作繁忙,却选择在科茨沃尔德的阿普肖特安静地生活。但这种生活应该也需要繁忙的工作提供资金支持。很多人选择了提前退休,大部分人有孩子,所有人都开车。

不过这些都和她没关系,更不是她的工作。她工作中最重要的一部分就是不要多管闲事,但她有点担心瑞弗·卡特怀特。希望他能安全归来,不要把命丢了。

他是去科茨沃尔德,斯坦迪什,又不是去赫尔曼德省。

确实如此,但兰姆也确实把瑞弗当成献祭羔羊一样送了出去，就为了看看接下来会发生什么。考虑到事件的开端是一起谋杀案，他们无法保证瑞弗的这次乡村之旅能平安无事。

她又看了一眼斯蒂芬·巴特菲尔德的档案。一家左倾的出版公司，会不会有点太显眼了？还是刚好能作为掩饰？

在没有更多信息的情况下她根本无从判断。虽然阿普肖特人口不多，但逐个调查每个村民的背景资料还是太困难了。但是有一件事她可以肯定：就算让所有居民排成一排站在她面前，B 先生也不会出现在其中。因为如果兰姆说得没错，可怜的迪基·鲍真的是中了埋伏以后被杀害，那么 B 先生在留下线索之后就没有其他用处了。但问题是，为什么线索指向了阿普肖特？

唯一的提示是那个字：蝉。这是波波夫传说的一部分，为了误导安全局，让他们追查一个根本不存在的间谍网。但在间谍的世界里，这并不意味着它绝对不是真的。也许这么多年后，真的有蝉蛰伏在阿普肖特，正准备破土而出，开始鸣唱。

但最大的疑问是：为什么要引起他们的注意？

她突然感到一阵烦躁，扔下笔站了起来。总有一些无脑的琐事能帮她转移注意力，不再去想兰姆那个更复杂、但同样无脑的问题。比如擦干净窗户上的一块污渍。擦着擦着，她发现污渍黏在窗户外侧。她站在窗前，看到远处的屋顶上升起一缕青烟，心里不由得一紧，好像有人在用手指戳她的心脏。但在那只手抓住她之前，她想起来那边有一家火葬场，烟囱里飘出来的是一场个人悲剧，不是公共灾难，但还是让人有些后怕。每当你看到城里有烟雾升起，那种恐惧总会爬上心头，害怕"那件事"会再次发生。这几乎已经成了一种条件反射，所以她并不会说"那件事"究竟是什么。

突然有人出声，她吓得叫了出来。

"啊，抱歉，我不是想——"

"不，没事，我只是走神了。"

"抱歉。"雪莉·丹德尔再次说道，"你可能会想看看这个。"

"你找到他了？"

"是的。"雪莉说。

韦布说："当然没问题，带他去转转呗。"

"所以现在是他说了算？"

"他是个有钱人，有钱人控制欲都很强。"

一夜之间韦布就把鞋子放进富人走廊了，对有钱人的怪癖如数家珍。

路易莎说："好吧，我就是打电话跟你确认一下。"

"不，这很好。这是好事。"他挂掉了电话。

她的视线模糊了片刻，但很快就恢复正常。蜘蛛·韦布刚才算是拍了拍她的脑袋，说她干得好。但这也是任务的一部分，只要她还在做这份工作，就要忍受任何可能的屈辱。

大堂的玻璃门外驶过三辆巴士，第三辆是敞篷双层巴士。游客激动地从里面探出头来，欣赏路边的建筑、公园，还有其他车辆。看到游客时你总是忍不住去想：他们一直都是这样吗？不停地对着地标建筑发出赞叹的声音，穿着不合时宜的衣服。明以前经常把这句话挂在嘴边，每次看到旅游大巴的时候她都会想起来。

她转向马库斯说："没问题。"

马库斯给楼上打了电话。"我们外面见。"挂断之后他说，"他们现在下来。"

有钱人的时间观念和普通人不一样,"现在"的意思是等帕希金准备好。站在人行道上等待是必修课。路易莎数着路上的黑色汽车打发时间:七、八、九。二十一辆。

马库斯说:"石油交易,怎么可能。"

"什么?"

他说:"别这样。"

汽车驶过,她漏数了。

"他要和英国政府谈能源交易?就他自己?"

"他是石油公司的老板。"

"安保公司还有装甲车呢,但你也没见到过他们参加阵亡将士纪念日游行,不是吗?"

"这倒也是。"

"私人公司和国家利益是两码事,你觉得克里姆林宫会让一个私企这么猖狂吗?不可能的。"

路易莎不想和马库斯·朗里奇搭档,但这也是交易的一部分。她只希望他能安静地完成任务,把嘴闭上,打好下手。不要随便质疑这次任务的目的,或者至少不要这么大声。

"你看那份档案了吗?他可不是那种和明星结婚、买几个足球队的富翁,他是冲着权力宝座去的。"

继续回避问题就太不自然了,于是她说:"那他为什么想见蜘蛛·韦布?"

"是反过来才对。蜘蛛·韦布怎么会不想见他呢?他有可能入住克里姆林宫啊。一想到有可能和这样的人共处一室,蜘蛛肯定激动得裤子都湿了。"

这下路易莎真的忍不住了,问道:"韦布想招募他?"

"我猜是这样。"

她说:"因为这是通向政坛的第一步,是吧?把自己卖给另一个国家的情报机构。"

"也不是为了泄密。"马库斯说,"帕希金可以充分利用自己的影响力,这才是他真正的作用。相应地,当他开始行动的时候就会得到西方的支持。"

"确实。《每日电讯报》上的报道只是开始。接下来韦布就会想要自己的照片也一起登报。"

"这可是二十一世纪,路易莎。你要想登上世界舞台,当然要受到人们的重视。"他用小指挠了挠鼻尖,"韦布可以安排帕希金和各种人见面。英国首相、皇室成员还有彼得·贾德。相信我,这对帕希金也是有百利而无一害。如果他想在俄罗斯掀起风浪,国际报道当然是多多益善。"

"二十一世纪了,马库斯。"路易莎同意道,"但有些地方还停留在中世纪。帕希金要是敢在普京大帝面前耀武扬威,第二天脑袋就会被戳在棍子上。"

"不入虎穴,焉得虎子。"

电梯门打开,帕希金出现了。皮奥特和基里尔像猎犬一样跟在他身后。

"闲聊时间结束了。"她说。马库斯终于闭上了嘴。

三楼的办公室比凯瑟琳的屋子要吵得多。你会不由自主地注意到外面繁忙的交通,几分钟内看到巴士一辆接一辆地驶过,看到乘客的面孔,然后隔上整整半个小时都看不到一辆新的巴士。但两位女士并不是在研究巴士乘客的长相。

"确实是他。"

就是他。凯瑟琳确定无疑。

雪莉的屏幕暂停，分屏画面的一半是她从数据锁偷来的监控摄像：B先生坐在向西行驶的列车上，动作诡异而僵硬，简直就像一幅静止画面。他后面有一个年轻女士动了动，显得有些犹豫不决。但B先生仍然保持专注，一动不动地坐在那里，就像一个外出旅游的塑料模特。

另外半张屏幕上，B先生穿着同样的衣服，脸上是同样空白的表情，头顶也是同样的寸草不生。B先生依然沉浸在自己的世界中，但这次的现实世界更加繁忙而模糊。他站在队伍里，周围的人拖着行李箱走过闪亮的地面，被暂停的画面困在了静止的混乱中。

"盖特威克机场。"雪莉说。

"这么低调。"凯瑟琳喃喃道。

但这恰好印证了兰姆的推测，如果你布下线索，肯定希望能有人追查到最后。B先生或者他背后的人希望他们能知道他离开了，但肯定会惊讶他们居然花了这么久才查到。话说回来，他们也不可能知道是斯劳部门在追查这件事。总部可以查看所有机场的监控，还能用最先进的人脸识别软件辨别监控画面。在艾德门大街，他们只能看雪莉·丹德尔偷来的录像，用着过期软件。

"早班飞机。"雪莉说，"去布拉格。"

"什么时候？"

"在他从阿普肖特下车后七个小时。如果第二天早上要赶飞机的话，为什么还要大老远跑到那里去？"

"问得好，"凯瑟琳并没有出声回答，而是说，"好，既然我们知道他去了哪儿，现在来查查他到底是谁吧。"

  *   *   *

  这是件好事。

  韦布小心地把手机放在了桌子上,他喜欢把东西摆放整齐。然后他顺了顺头发,这也是他喜欢的事。

  这是件好事。他是这么对路易莎·盖伊说的,也确实是这么想的。明天之前,无论发生什么都要先通知他。如果他只有一个值得夸耀的能力(他值得夸耀的能力可不少),但如果一定要选一个,那就是回避灾难。

  比如明·哈珀死去的那个糟糕的夜晚,蜘蛛·韦布提前收到了消息。所以他赶在杰克逊·兰姆之前到达了现场。回避灾难最关键的是时机。然后他去了维多利亚堤岸,坐在长椅上,看向对面黑暗的画廊,用最快的速度整理了现状。策略的九成是及时反应,无论什么问题,想得太久都会把自己逼进死胡同。

  他给戴安娜·泰维纳打了电话。"我们有麻烦了。"

  "哈珀。"她说。

  "原来你知道了。"

  她忍住了一声叹息。"韦布,我是副局长。你呢?说得好听点也就是个打杂的。所以是的,我比你更早得知了明·哈珀被害的情况。"

  "被害?"

  "被车撞了。"

  "我在实时监控现场的情况。"

  她说:"太好了,如果他的情况好转——"

  "我是说——"

  "——请一定告知我。因为我们可以把事件包装得漂亮一点:《军情五处特工起死回生》,肯定会有一堆人争着投简历,你不觉得吗?"

韦布等她说完之后开口道:"我的意思是我和尼克·达菲聊过了,他第一时间赶到了现场。"

"那是他的工作。"

"他觉得事件没什么疑点,就是看上去的那样,是一场意外。"

对面沉默了片刻,然后问道:"这是他的原话?"

达菲的原话是:排除所有可能性之前还不能确定,但他身上的味道跟酿酒厂似的,司机也没逃逸,一直留在现场。

韦布说:"差不多,是的。"

"所以他的报告里也会这么写。"

"我比较担心的是事件发生的时机,考虑到还有针塔的事……"

"天哪,"戴女士说,"他是你的同事,韦布,你和他一起工作过,还记得吗?"

"但我跟他不熟。"

"你难道不觉得,在你开始担心他的死亡会对你的事业造成什么打击之前,你应该先想想这会对我的事业造成什么样的打击吗?"

"我想过了,我在想我们应该怎么办。等达菲写好报告说这是一次交通事故,我们就可以悼念哈珀,当然了。但我们也要把手头的事办好。如果有人彻查他的死亡,势必会关注到他死前做的事。如果罗杰·巴罗比听说我们在审计期间未经批准就借调了哈珀——"

"我们?"

韦布说:"当然,我记录了我们的谈话,我必须这么做。等事情办成，我们把阿尔卡迪·帕希金发展成线人，摄政公园和白厅的所有人都会想分一杯羹。尤其是——你知道的。"

英格丽德·蒂尔尼，他无声地说道。

"最好从一开始就摆明谁才是这件事里的大功臣。"

戴安娜·泰维纳把心里想的话说了出来。

韦布把手机举在耳边，抬起头来。看不到星空，但伦敦很少能见到晴朗的夜空。有天气原因，也有光污染的原因。城市向夜空发射各种重量级"武器"，而这些总会赢过微弱的星光。但看不见并不意味着它不存在。

最终她说道："你想说什么？"

"没什么，不是什么大事，只是打个电话。"

"给谁？"

"尼克·达菲。"

"我以为你说他觉得没有什么疑点？"

"他确实是这么说的，但我们只是想让他快点交上报告，就算是临时报告也行。让大家保持冷静，直到针塔的任务完美收官。"

又是一阵沉默。

"我们就相当于完成了一次情报界的政治壮举——"

"别太得寸进尺了。"她思索道，"哈珀的死和这次任务没有关系吧？"

"这是一次意外。"

"但万一这是一次精心设计的意外，其实和任务有关呢？"

"不会的。帕希金人都还没到呢，而且就算有人听说了他想加入咱们的队伍，也不会冲着明·哈珀去，他只是个边缘人物。"

"一匹下等马。"

"他又不知道这是怎么回事,他只知道要给石油交易做安保工作。"

她说:"你应该知道,如果事情暴露,罗杰·巴罗比是你最不用担心的人,对吧?哈珀虽然是下等马,但别忘了马厩管理员是谁。"

"别担心,我会小心避开容易受伤的脚趾。"

她笑了。"杰克逊·兰姆被踩到之后就像一头发怒的大象。"对面一阵沙沙声,她好像换了一只手拿电话。"我会和达菲聊聊的。"说完她就挂断了。

韦布当时想到了一件事,现在也依然是这么想的。他想到了大象,想到它们是如何衰老然后死亡。有一个纪录片里拍到大象死在湖边,几个小时后,苍蝇飞了过来,然后是鸟儿,接着是鬣狗。没过多久,大象就被分而食之。虽然杰克逊·兰姆当年是个传奇人物,但人们当年也是这么说罗伯特·德尼罗的。

这是件好事。

路易莎·盖伊遵守了约定,总部也只有戴女士知道帕希金的任务。明天之后,他,詹姆斯·韦布就能掌控军情五处有史以来最重要的线人。

现在,他必须确保一切都能顺利进行。

9

阿尔卡迪·帕希金说:"为什么动不了?"

他们在市中心,前后都堵满了车,一个大大的标牌写着前方施工,通红的灯光照进前挡风玻璃。所以为什么动不了?路易莎不禁想道,这是一个只有富人才会问的问题。

帕希金说:"皮奥特?"

"路上堵车,老大。"

"路上永远会堵车。"他对路易莎说,"我们应该雇一支仪仗队。我是说,明天过去的时候。"

"仪仗队是皇室专属的。"她说,"还有政治要员,最顶尖的那些人。"

"谁能付得起钱,谁就该拥有这个权利。"他看了一眼马库斯,好像在评估他的身价,然后又把目光移回到路易莎身上。"你们有这么多实践的机会,应该比我们更擅长资本主义才对啊。"

"大家都知道,你们学得很快。"

"这是讽刺吗?英语不是我的母语。"他没有扭头,对皮奥特和基里尔说道。基里尔回答了一句俄语,路易莎无法分辨他的语气。听起来毕恭毕敬的,但她也不太确定。就像在纽约,路人问你时间,但语气就像你刚刚揍了他妈妈。

这辆车的前后座之间有隔离窗，但现在窗户摇了下来。路易莎和马库斯面向帕希金，帕希金则面朝前方。轿车后方有一辆红色的双层巴士，载着一群没那么有钱的人缓缓穿过伦敦，但他们应该没有帕希金那么烦躁。帕希金摇了摇头，开始翻阅手里的《金融时报》。

汽车继续向前，压过了什么凹凸不平的东西，应该不是一个骑自行车的人。

路易莎眼睛忽然泛酸，她眨了眨眼，很快就恢复了。如果你努力表现得很坚强，很快就会真的坚强起来。

帕希金"啧"了一声，翻过一页。

他看起来像个政客，说话也像个政客，似乎也很有个人魅力。也许马库斯说得对，他确实有远大的政治抱负，而这次迷你峰会也不是为了石油交易，而是为了在暗中达成合作关系。除非闹出什么乱子，这其实算是好事。但政治联盟往往会以失败告终。高层之间握一握手，卖些武器，但如果那些施虐狂浑蛋被自己的人民推翻了，英国政府的面子也就挂不住了。

马库斯动了动，腿碰到了她。一辆自行车从窗外驶过，这次她的眼眶没有酸涩，而是心跳漏了一拍。她不禁又开始在脑海中回想：明确实很可能在和她吵架之后酗酒，虽然吵架的内容太琐碎，她已经不记得了。他骑自行车时出了车祸，这确实也可能发生。但是一个接着另一个？相信这真的是场意外，就等于相信冥冥之中的巧合，相信命运。所以，不，肯定还有什么其他的原因，某种人为的因素。肯定和她接手的这个任务，和坐在车里的这些人有关。也许还有其他人想要阻止这场会议召开，或者想要趁机达成某种目的。

她开始细数所有她不相信的人，很快就不得不停下来，她可没空耗上一整天。

突然间，车就像一颗拔出来的牙，开始沿着马路畅通地向前行驶。钢铁和玻璃铸成的高楼扎向天空，街道上光鲜亮丽的男女来来往往，却从不会撞到彼此。此时明·哈珀已经死了三周，而路易莎就在这里，继续做她的工作。

出租车载着兰姆来到了瑞士屋附近的洗衣店，直接把衣服扔进垃圾桶再买一件都比打车便宜。出租车汇入车流，兰姆点上一支烟，看着洗衣店橱窗里的海报：当地的智力竞赛之夜、脱口秀表演、明天的金融街抗议游行，以及没有动物参与的马戏团表演。没人在意他，吸完烟之后，他把烟头踩灭，走进了店里。

两面墙边都摆满了洗衣机，大部分正有节奏地嗡嗡转动着，那个声音很熟悉，就像兰姆喝多了之后凌晨三点醒来时咕咕作响的肚子。几张长椅摆在中央，将洗衣店的两边隔开，上面坐着四个人。一对情侣像鲁班锁一样黏在彼此身上，一个老妇人前后摇摆着身体，远处坐着一个中年黑人男性——有点矮，穿着风衣，正在阅读一份《标准晚报》。

兰姆在他身边坐下，问道："你知道这东西怎么用吗？"

男人并没有抬眼看他，回答道："你问我知不知道洗衣机怎么用？"

"我猜要花钱。"

"还要洗衣粉。"男人说着终于抬起了头，"天哪，兰姆。你从来没来过洗衣店？除了把明信片撕成两半，我觉得没有比约在这儿见面更老派的做法了。"

兰姆把装着衣服的塑料袋扔到地上。"我是另一种卧底。"他说,"赌场、五星酒店、高级妓女,洗衣服主要靠客房服务。"

"是吗?他们把我开除之前,我还背着喷气包去上班呢。"

兰姆伸出手,萨姆·查普曼跟他握了握手。

萨姆·查普曼人称恶犬萨姆,他曾经是看门狗的老大,也就是现在尼克·达菲的职位。直到发生了一起涉及大量金钱的恶性事件,萨姆彻底丢了饭碗。他没了工作,没了养老金,也没有推荐信,除非你把他能活着离开就算他走运这句话也算上。现在他在一家私人侦探事务所工作,主业是寻找离家出走的青少年,或者至少记下焦虑父母的信用卡信息。自从萨姆加入,事务所的成功率已经翻了三倍,但还是有很多失踪的孩子。

"所以局里的生活如何?"他问。

"嗯,我可以回答你的问题……"

"但之后你就得把我灭口。"查普曼替他说完了这句话。

"但你会无聊死的。查到什么了吗?"

恶犬萨姆递给他一个信封,从厚度看,里面应该装了两张叠起来的纸。

"就这,你花了两个星期?"

"我又没你手头的资源,杰克逊。"

"你们公司没有资源吗?"

"公司的资源要付费。你为什么不能让局里的人查?"

"我不相信那群浑蛋。"他顿了顿,"有几个人还行,但肯定干不了正经工作。"

"哦,对,你手下是一群特殊儿童。"查普曼用食指弹了下兰姆手里的信封,"有人赶在了我前面。"

"但愿如此,那个贱人杀了一个特工。"

"但他们没查全。"萨姆继续道。

长椅上的一个年轻人突然站了起来，萨姆停了下来。是那个男孩，但也可能是那个女孩。没准那对情侣是两个男孩，或者两个女孩——总之，他们往最近的烘干机里扔了几枚硬币，机器低吼着苏醒过来，然后两人又在另外半张椅子上坐下，开始纠缠不休。

兰姆等待着。

查普曼说："有人查了她的资料，很可能得出了她是清白的结论。"

"因为她没有案底？"

"因为他们没查清楚。虽然她现在看起来清清白白，但要再往前追溯，就是另一码事了。"

"所以你查到了。"

"但我的继任者，或者他派出来的手下没有。"查普曼毫无预兆地把报纸摔在了椅子上，"邦"的一声，老妇人一瞬间停下了前后摇摆的动作，但年轻人没什么反应。"可恶，"他说，"就因为账面对不上，他们就把我开了。如果我也这么废物，我还不会丢工作呢。"

"是吧，但你可能会在我手下工作。"兰姆把信封装进口袋里，"欠你一个人情。"

"还有其他可能。"恶犬萨姆说，"他们没有好好查她的背景，是因为早就知道会找到什么了。"

杰克逊·兰姆说："我说过了，我不相信那群浑蛋。"他起身，"保持联系。"

"别忘了你的衬衫。"萨姆喊道。

兰姆穿过洗衣店的时候看了一眼正在纠缠的情侣，亲切地对他们说道："我永远不会忘记那件衬衫的。"

街上车水马龙,就像一个金属组成的马戏团。他花了整整五分钟才打到车。

瑞弗在前往逆境酒吧的路上思考着手头的任务。肯定有一个联系人,B先生到阿普肖特就是为了找那个人。也许是他的上级,或者他手下的特工。但那个人究竟是谁,瑞弗目前还是毫无头绪。

他很快就融入了当地。瑞弗本以为会遇到类似《异教徒》[①]的场面,村民们都戴着面具掩盖罪恶,但他其实只要每晚去酒吧坐坐,再去听一听圣约翰的晚祷,很快就被接纳。大家都很友善,目前还没人想把他烧死。

他的作家身份也有帮助。表面上,阿普肖特比其他科茨沃尔德的村庄更贫瘠,没有如画的风景,没有画廊,没有独立咖啡店和书店,没有可以给文化人聚会聊艺术的地方。但和其他村庄一样,这里也是中产阶级的避风港。全县举办的艺术周有四个会场都在这里,主干道上的一个假谷仓是一家陶艺店,里面商品的价格相当昂贵,但正好在居民的可负担范围内。出现一名作家也毫无违和感,他可以完美融入。

瑞弗遇到的本地人大部分都已经退休,或者是远程工作,收入并不来自当地。之前美军基地雇佣的那群人早就离开了,但有一些农民留了下来,还有几个独立经营的木匠、电工、水管工,但就算是他们,也给人一种精益求精的匠人气息,会收取相应的高昂费用。

---

① 《异教徒》(*The Wicker Man*),又名《柳条人》,电影讲述了苏格兰警官去小岛上调查女孩失踪案,发现岛上居民是一群异教徒的故事。

土生土长的本地人很少，那些二十多岁的年轻人也是移居者的后代。凯莉就是其中之一。她的父亲是一名律师，就在附近工作。她自己有政治学学位，在酒吧的工作并不是长久之计，更像是在决定下一步干什么之前先试试水。政治学学位似乎并没有听起来那么有用，但她看起来很开心。她是她朋友圈子的中心，那些人之中有房地产经纪人、设计师和建筑师，最远的在伍斯特工作，但每晚都会回到阿普肖特的酒吧小聚，或者去国防部那边的飞行俱乐部维修、驾驶雷·哈德利的小飞机。瑞弗觉得这才是他们留在这里的原因，如果他们想要在天空翱翔的自由，就不得不回到这座村庄。虽然瑞弗没比他们年长多少，但他觉得愿意为此付出代价是年轻人的特权。

然而这还是无法解释 B 先生来到这里的原因。也许兰姆说得没错，美军留下的那个基地才是关键。就算基地本身并没有出现在地图上，阿普肖特也是因为它才会拥有一席之地。所以他才会说自己要写和美军基地有关的小说，将其设置为小说背景。现在基地搬走了，取而代之的是国防部的射击场，十五年前的秘密似乎更不可能留在原地……但他还是应该去看看，因为他已经无计可施了。他要还原 B 先生看到的场景，要晚上翻过围栏进去（如果 B 先生真的这么干了的话）。这就是瑞弗接下来的计划。

他在这里人生地不熟，也不想摔进沟里或者被逮捕，所以他不会独自行动。

就像马库斯说的那样，针塔的名字取自顶端的天线，但建筑本身的外观也相当尖锐。大楼底部有一圈火山口般的凹陷，总高三百二十米的针塔从中钻出，直指明亮的天空。凹陷处铺设着红色的地砖，隔几步就有一只巨大的青铜花盆，里面种着又瘦又小的树苗，还无法为行人提供阴凉，但光看花盆的大小就知道它们以后会长得高大而茂密。路边摆着几张石质长椅，旁边是被踩扁的烟头堆起的坟墓。针塔的两侧设有聚光灯，晚上亮起来的时候就像嘉年华。但白天从这个角度看上去黑漆漆的，有些恐怖和怪异，仿佛预示着某种灾难。

针塔一共有八十层，其中一到三十二层是一家还未开业的酒店，不然帕希金肯定会在里面订一间套房。其余的租给了私人公司，还没有租满，但安保措施很完善，而且最近变得更严了。因为突然不知道从哪儿冒出来了一家叫朗博的公司入住了这栋大楼，据说是苹果的竞争对手，正打算在世界范围内发售一款电子阅读器。这里还有钻石公司柯宁。银行、保险公司、经纪商、风险管理顾问和富裕的离岸避风港大使馆都被针塔的灯光和壮丽的风景吸引，搬进了这栋大楼。这里就像一个迷你联合国，但是只负责维护自身利益。

路易莎第一次来是和明一起，两人走楼梯间下了一层，发现门是单向的，出不去，只有在火灾和其他紧急情况时才会打开。商务电梯和酒店采用两套系统，严禁无关人士出入。每一层的大厅都有摄像头监控。她并不知道韦布订的那层属于谁，他故意没把这条信息放进档案里。无论对方是谁，肯定是个愿意接受提议的人。韦布很擅长挖掘别人的秘密。明觉得他很可笑，但面对蜘蛛·韦布这种人，你取笑他的时候必须注意着背后，以防被他听到。

她突然摇了摇头，别想这些了。别想明的事。好好做你的工作，自己挖出秘密。

"有什么问题吗?"

"不,没有。"

阿尔卡迪·帕希金点了点头。

她默默地在心里补充道:还要记住不能暴露自己的想法。她不喜欢帕希金看她的眼神,好像在通过她的肢体语言阅读她的心灵。

他们在电梯里,快速向上攀升。进来的时候他们登记了姓名,安保措施规定必须记录所有进入大楼的人员。会议当天会跳过这一步,韦布有一张货梯的门卡,可以直接从地底的停车场进入大楼。他们要悄悄前往城市上空,没有人会知道他们来过。

但今天有工作人员领路,带着他们穿过了中庭的一片小型热带雨林。这片绿色区域是三周前刚建好的,客人厌倦了城市生活就可以来这里漫步,厌倦了大自然就上去喝一杯或者蒸个桑拿。无数人在这片丛林中忙碌,为这座世界级的酒店开始营业做好准备,每个人的工作都至关重要,此时距离开业还有一个月。

"在中国,"帕希金评价道,"这种级别的大楼,就算加上这些设施,这些高级的——"

他想不出词,对皮奥特打了个响指,对方回答道:"装潢。"

"这些高级的装潢,也能一个月就建好。"

来到会议室后,帕希金绕着桌子走了一圈,好像在测量它的尺寸。他说了几句俄语,简短而直接,路易莎猜他是在问问题,因为皮奥特和基里尔每次的回答都更短。与此同时,马库斯站在门口,双手环胸。她想起来他以前在外勤组,如果没捅篓子,现在肯定在做更重要的任务。目前他似乎对窗外的风景不为所动,主要在盯着皮奥特和基里尔。

帕希金的拇指插在衣服口袋里,抿着嘴唇站在原地。他看起来像一个潜在的租客，环视着房间，寻找可以讨价还价的漏洞。他示意了一下门口的监控摄像头，说："这个应该不会打开吧。"

"是的。"

"而且这里没有其他录音录像设备？"

"没有。"

他仿佛在给脑海中的清单打钩，又问道："发生紧急情况的时候呢？"

"可以从楼梯间离开。"路易莎说，"南北两侧都各有一间。"她指了指楼梯间，"这个电梯会停止运行，无法载客。楼梯间经过特殊加固，当然所有的门都是防火的，而且会自动上锁。"

他点了点头。不知道他想到的是哪种紧急情况？真正的紧急情况是永远也无法预想到的。

人一旦开始纠结字面意思，就很难停下。

帕希金说："那么高的楼梯。"

"这还不是最糟的情况。"她说，"至少你不用爬上来。"

他笑了起来，低沉的笑声从魁梧的身躯深处传出。"你说的有道理。不过什么样的紧急情况下你才会跑上七十七层楼梯？"

无论是哪种情况，就算刚开始爬的时候还没那么紧急，爬到顶之前肯定也变成紧急事态了。

路易莎和帕希金还有另外两个俄罗斯人走向窗边。上次来的时候，她完全被眼前的景象震撼了。无垠的天空，繁华的城市，美得令人窒息，但同时又充满了铜臭味。她那天后来一直在想这件事，想自己有多么缺钱，多么需要给自己和明换一个好点的住所，一间更大的屋子。明当时就在她身边，他们没有足够钱，也没有足够空间，但至少比她现在拥有的要多得多。

一架救护机飞进视线，将东西两边的天空划分开来。她看着飞机安静地驶过,就像一只橘色的蜻蜓,却对自己荒唐的外观浑然不觉。

"也许,"帕希金说,"我们应该先试试走下楼梯,你觉得呢?看看紧急情况下能不能应付得来。"

她转过身,马库斯走到了桌子附近,两只手正撑着桌面。她总觉得他好像停下了原本的动作,但他的表情让人捉摸不透。

"我有个更好的主意。"她说,"咱们坐电梯吧。"

杰克逊·兰姆坐在出租车的后座上,打开查普曼给他的信封,拿出了两张纸。读完之后,他一直出神地想着,差点忘了和司机要小票。

回到办公室后,他发现斯坦迪什站在那里,面颊红润,好像刚刚爬上四层楼的是她。"B先生有名字。"她说。

"天哪,原来你去做了调查。"

他把外套从身上抖下,扔给她,她接住后把外套叠在一只手臂上。"安德烈·切尔尼茨基。"她有些阴郁地说道,"他飞走的时候用的护照上是这个名字,在安全局的名单上。"

"别告诉我,他是个底层特务。"兰姆用手梳了梳油腻的头发,坐在自己的书桌后。"不是克格勃的正式员工,但他们需要人手的时候会出来帮一把。"

"你已经知道了?"

"我知道他这种类型的人,他是什么时候走的?"

"杀害迪基·鲍的第二天早上。"

"你没有说'疑似',所以你开始相信我了吗,斯坦迪什?"

"我从来没说过不相信你。我只是觉得也许不应该把瑞弗独自派去调查。"

兰姆说:"是啊,我可以写个报告,交给罗杰·巴罗比,显然最近他才是老大。他会再派三个人去读,然后汇报,如果他们确认报告情况属实,就会建立一个临时委员会,商讨该如何展开调查,之后——"

"我知道了。"

"真开心你能明白,我都快把自己说困了。所以你是雇何来帮你调查了吗?还是他还在用上班时间打游戏?"

"他肯定在忙着建设档案库呢。"凯瑟琳说。

"他肯定在忙着搞屁呢。"兰姆停顿了一下,"不,当我没说过这话。"

"安德烈·切尔尼茨基,"凯瑟琳继续道,"你知道他吗?"

"如果我知道,你不觉得我会说一声吗?"

"那要看你心情了。"她说,"但我想问的是,迪基·鲍显然认识他,所以切尔尼茨基也去过柏林。"

"间谍乐园的名字可不是白叫的。"兰姆说,"只要是间谍,再废物的人也至少去过一次。"他摸出香烟,叼住一根,"你有自己的推测了,对不对?"

"是的,我——"

"我没说要听。"他将烟点燃,燃烧的烟草味瞬间充满房间,盖过了陈旧的烟味。"你的工作怎么样了?我桌子上不是应该有报告吗?"

她说:"迪基·鲍被绑架的时候——"

"我们以前管那个叫'劫持'。"

"迪基·鲍被劫持时——"

"我只能听你说完了,是吧?"

"他说过对方有两个人。其中一个是亚历山大·波波夫。"凯瑟琳用手挥走烟雾,"我觉得切尔尼茨基是另一个,波波夫的手下。所以鲍才会抛下一切去追他。这不是随便哪个过去见过的间谍,鲍对这个人印象深刻,他甚至可能想要复仇。"

虽然嘴里叼着烟,但兰姆好像还在咀嚼什么东西。也许是他的舌头。他说:"你知道这意味着什么吧。"

"嗯。"

"嗯是知道还是不知道,你也可能只是发出没有意义的声音,假装自己一直都知道,等着我解释给你听?"

"他们劫持了他,逼他喝酒,然后把他放走。"凯瑟琳说,"这样做毫无意义,唯一的关键就是他能看到他们。未来的某天,他们就可以往他面前丢一个诱饵,他就会像只训练有素的小狗一样跟过去。"

"天哪,"兰姆呼出一口烟,"我都不知道哪个更吓人,是有人策划了一个为期二十年的计划,还是你已经猜到了这件事。"

"波波夫二十年前毫无理由地从街头带走一名英国特工,就是为了到时候把他当成警铃拉响。"

"波波夫并不存在。"兰姆提醒道。

"但是创造他的人存在,而这显然是他的计划,还有蝉,一个潜伏的间谍网。"

兰姆说:"苏联间谍二十年前想出来的计划,现在肯定早就过时了。"

"也许并不是同一个计划,也许他们更新了内容。但总之,现在计划开始实施了。你不只是在追逐来自过去的鬼魂,这是过去的鬼魂直接跳到你的脸上,对你大喊:'看看我!'"

"但是为什么?"

"我也不知道。但比起直接派瑞弗·卡特怀特过去,我们更应该谨慎行动,构思行动方案。切尔尼茨基去阿普肖特肯定有他的理由,唯一合理的解释就是:他的上级或者联系人在那里。无论对方是谁,他们肯定已经知道瑞弗不是他假装的那个身份了。"

兰姆若有所思地说:"我可以赌上瑞弗的性命,对我来说更安全也更方便。"

"这不是在开玩笑,我在调查瑞弗在报告中提起的名字,没有一个人看起来像是苏联间谍。但如果真的有人暴露,就说明这些年来他们并没有好好隐藏自己的身份。"

"你是在跟我说话,还是在大声思考?"兰姆最后吸了一口手中的烟,把烟头丢进了咖啡杯。"鲍被杀死了,没错。很悲惨,但也不足为奇。对方杀死他就是为了留下一条线索,无论是为了什么,都不是为了给瑞弗·卡特怀特设下陷阱。有人出于某种原因想要我们这儿的一个人,我们早晚都会查出来是谁?为什么?"

"所以就在这里守株待兔?这就是你的计划?"

"别担心,咱们还有很多要处理的事。你对丽贝卡·米切尔这个名字有印象吗?"

"是撞倒明的那个司机。"

"没错。他喝醉了,她又是个女人,看门狗没怎么查就放弃也正常。但他们不应该停止调查的。"他从口袋里掏出恶犬萨姆给他的信封,丢在办公桌上。"他们只查了她过去十年的经历,如果不算上她杀了我一个手下的话,这十年她过得清清白白。但他们不该停手的,应该把她的整个人生都翻出来抖落干净。"

"就能发现什么?"

"就能发现曾经的她简直判若两人。九十年代时她到处和男人鬼混,尤其喜欢那种浪漫的斯拉夫人。她和两个符拉迪沃斯托克来的家伙同居了六个月,他们帮她在餐饮业站住了脚,然后走人了。但是当然,"他补充道,"这只是间接证据,她也可能是白雪公主,你觉得呢?"

很少说脏话的凯瑟琳爆了一句粗口。

"确实,我也这么想。"兰姆拿起咖啡杯,举到唇边,才发现它已经变成了烟灰缸。"好像嫌我的事还不够多似的。看起来蜘蛛·韦布和那些狡猾的俄罗斯浑蛋要签的秘密协议比想象中更可疑,甚至会把哈珀害死。"他又放下了杯子,"真是一波未平一波又起,对吧?"

他们把俄罗斯人送回了酒店,然后去坐地铁。马库斯提议打车,路易莎指了指堵得水泄不通的路面。她不愿意打车还有其他的原因。她不想和马库斯聊天,但一起打车无可避免的会聊上几句。坐地铁的话他可能还会安分一点。当然这只是她的推测,因为走向地铁站的时候他突然说:"你觉得他怎么样?"

"帕希金?"

"还能有谁?"

她说:"他是任务对象。"

她把公交卡拍上闸机,闸门打开,她走了过去。

马库斯紧跟在她身后,说:"他是混黑道的。"

韦布也说过,他曾经混过黑帮。但如今他已经飞黄腾达,变得足够富有,不再有人计较这些。她不知道俄罗斯是什么样,但在伦敦,只要你有钱,黑帮身份也只是小问题。类似打好领带去一个你没登记过会员的俱乐部。

"穿着高级西装,彬彬有礼,他的英语比我说得还好,还拥有一家石油公司，但他是个黑帮。"

滚梯顶端贴着一张海报，说明天的游行可能会影响到地铁交通。游行的主题是反银行，所以参加者应该很多，而且局面很可能激化。

她说："也许吧，但韦布说让我们给他皇家待遇，咱们最好照着办。"

"皇家待遇是什么，给他招个未成年按摩师？还是为了一包可卡因去舔他的老二？"

"韦布想的应该不是这些皇室成员。"她说。

路易莎乘上地铁，闭上眼睛。心底有一个声音正在对她说：你要把游行集会也考虑进去，这可能也会影响到事态进展。加上二十五万愤怒的市民，肯定会让情况变得更复杂。但这些只是她表面的想法，如果有人发明了读心机器，她就会把这些给他们看。等到了明天，前往针塔的路线之类的细节就没有意义了。

马库斯·朗里奇又开始说话了："路易莎？"

她睁开了眼。

"我们到站了。"

"我知道。"她说，但他还是疑惑地看了看她。两人出站，来到街上，他跟在她身后，犀利的视线让她的后颈微微发烫。

别想这些了，别想明天的事。明天不会到来。

但是今晚会。

10

瑞弗走进酒吧,两桌人跟他打了招呼。他不禁想道:在伦敦,就算你连续几年光顾当地酒吧,死后人们都不知道该在你的花圈上写什么名字。但也可能是他的问题,瑞弗只有在伪装成别人时才能这么快交到朋友。他回应了那两桌人的问候,来到了巴特菲尔德夫妇的桌前。斯蒂芬和麦格·巴特菲尔德手边都放着一杯酒。凯莉站在吧台后,正在用茶巾擦拭玻璃杯。

"好久不见。"她说。

她在捉弄他,但是没关系。

他点了一杯矿泉水,她扬起了眉毛。"发生了什么好事?"她说着倒了一杯水,瑞弗心里忽然刺痛了一下,希望不是他的良心在作祟。就算他不是在这种情况下认识凯莉,也会想和她认真地发展一段关系。但他很确定,如果她发现他一直在说谎,肯定会砍掉他的——

"腌鸡蛋?"

"什么?"

"你想要个腌鸡蛋吗?是一种很受欢迎的当地美食。"

她字正腔圆地说道,好像在请他回想最近吃过的其他当地美食。

"很诱人,但还是算了吧。"他说,"今天晚上飞行俱乐部没有活动吗?"

"格雷格刚才来了一趟,你想找谁?"

"想找的人就在眼前。"他小声回答道。

"小心,隔墙有耳。"

"我不会到处乱说的。"

"好啊,"她说,"我们迟早能把你培养成一名优秀的间谍。"

回到巴特菲尔德那桌时,这句话依然回荡在他的耳边。

斯蒂芬和麦格是飞行俱乐部成员达米恩·巴特菲尔德的父母。斯蒂芬曾经从事出版业,现在已经退休。麦格和朋友在莫顿因马什共同经营一家精品店。用斯蒂芬的话说他们就是:身在乡村,心系城市。虽然住在乡下,但他们很乐意每个月去伦敦吃两顿饭,走亲访友、看看戏剧。"感受一下文化气息。"但平时也愿意戴一顶斜纹呢帽,穿一件绿色V领毛背心,再拿一根镀银的拐杖,正所谓入乡随俗。

他问瑞弗:"你的书写得怎么样了?"

"就那样吧,毕竟才刚开始。"

"还在调查阶段?"麦格说。她虽然看着瑞弗,但修长的手指正焦虑地摆弄着面前的烟草、烟纸和一次性打火机。今晚她用一条黑色的丝绸头巾裹住了灰白色的金发,穿着一条长及脚踝的裙子,银色的丝线闪着光,黑色的开衫有两个很深的口袋,还裹着一条带红色流苏的披肩,就像一个离开了沙漠的贝都因人。她眼角的皱纹,还有她穿的衣服都在暗示她烟民的身份。在伦敦他可能只会觉得她是个老嬉皮士,但在这里她看起来更像个隐居的女巫。瑞弗完全可以想象她给患了相思病的情郎调配魔药的样子——如果现在还有人用"情郎"这个词的话。可能这里还有吧,但城里人肯定不这么说了。

比如坐在另外一张长椅上的小情侣，看起来挺甜蜜的。

"百分之九十的工作都是调查阶段完成的。"他说。伪装成一个作家实在太容易了，甚至有些好笑。"写下来反而是最轻松的部分。"

"我们之前还和雷说起了你，你见到他了吗？"

瑞弗还没见过雷蒙德·哈德利，但早就听闻他的大名。他可以说是这个村子的中心人物。他是教区委员会成员，学校董事会成员，任何需要签名的地方都有他的名字。他还是飞行俱乐部的荣誉顾问。雷蒙德是个退役飞行员，停在国防部附近的那架小飞机就是他的，但瑞弗一直摸不清他的行踪。

"还没见过。"

因为哈德利总是恰好离席，或者随时可能回来，但就是不出现。阿普肖特除了这家酒吧没什么可去的地方，但过去这几周里，哈德利设法找到了其他可以消磨时间的场所。

"雷当时和基地的那些干部走得很近。"麦格继续道，"总往那边跑，是不是，亲爱的？"

"当时但凡有一丝机会，他肯定会加入的。现在也是。我敢说他为了开那些美国喷气飞机甚至愿意捐一个肾。"

"你们居然还没碰到过吗？"麦格说，"他肯定是在躲着你。"

"其实我今天早上好像看到他了，他在去商店的路上，个子很高，光头，是不是他？"

麦格的手机响了，时机也太糟糕了。"是我儿子。"她说，"我接一下。达米恩，亲爱的，对，不，我不知道，去问你爸爸。"她把手机递给斯蒂芬，然后对瑞弗说，"抱歉，亲爱的，我要去抽根烟。"然后她拿起了手头的那些东西，走向门口。

达米恩的车似乎出了什么问题，这通电话应该会打很久，斯蒂芬·巴特菲尔德抱歉地对瑞弗扬了扬眉毛。瑞弗做了个"没关系"的手势,回到了吧台。

酒吧的橡木横梁上贴着纸币,墙壁粉刷成白色,上面挂着农具。角落里挂着阿普肖特这些年来的照片,大部分是在草坪上拍摄的,照片里的人从黑白两色变成七十年代的嬉皮风,最近的一张照片里有九个年轻人,比之前的几代人更加自如地展示着自己的年轻靓丽。他们站在一条柏油路上,有三位女性,凯莉·特罗珀站在中间,背景里还有一架小飞机。

他来的第一天晚上就在看这张照片,认出了刚才给他倒酒的女性。然后一个男人走到他身边,看起来和瑞弗差不多年纪,但是更强壮,脑袋像一颗保龄球,头发剃得很短,露出头骨的形状,脸颊和上唇也留着同样短短的胡须。男人的眼神锐利,带着一丝奸诈和怀疑。瑞弗在其他酒吧里也见过这种眼神,虽然不总是伴随着麻烦,但当麻烦发生时,他们往往就在附近,或者位于事件的中心。

"你是谁?"

礼貌一点总是没错的,瑞弗想道。"我叫沃克。"

"是吗。"

"乔纳森·沃克。"

"乔纳森·沃克。"男人用奇怪的声调重复了一遍,仿佛在说瑞弗这样的弱鸡怎么可能配得上这个名字。

"你呢?"

"关你什么事?"

这时第三人终于插嘴了,酒保轻快地说:"你,别胡闹了。"然后她又对瑞弗说,"他叫格里夫·叶茨。"

"格里夫·叶茨。"瑞弗说,"我是不是应该用那种傻兮兮的语调再重复一遍？抱歉，我还不是很熟悉你们这里的习俗。"

"你觉得自己挺聪明，是吧？"叶茨说着放下了手里的酒杯，瑞弗脑海中响起了外公的声音。你才刚开始卧底五分钟，就要在酒吧里和人发生争执？卧底这两个字你懂不懂什么意思？"上个聪明人是个该死的城里人，租了一夏天詹姆斯的房子，你知道他后来怎么样了吗？"

瑞弗只能回答："不知道，怎么样了？"

"他直接滚回老家了，是吧？"格里夫·叶茨停顿了一下，大笑起来。"直接滚回老家了。"他又说了一遍，狂笑不止，直到瑞弗也加入他，给他买了一杯酒。

那是瑞弗来到阿普肖特的第一晚，后来就顺利多了。格里夫·叶茨是村里的异类。他是土生土长的本地人，比飞行俱乐部的成员更年长一些。他不太和他们接触，一半是出于嫉恨，另一半则是露骨的反感。

他现在不在酒吧里，但人称红色安迪的安德鲁·巴奈特却在。他在九七年选举的时候投票给了工党，所以落了这么个昵称。此时他把没喝完的酒和没做完的数独放在桌子上，人却跑到了别处。

附近没有其他人，于是凯莉又对瑞弗露出了笑容。"你好啊，又见面了。"

他还能感受到她的体温。"我还没请你喝一杯呢。"

"下次我不当班的时候吧。"她对着他手里的杯子点点头，"而且不要矿泉水。"

"你明天也上班吗？"

"还有后天。"

"那明天下午见？"

"你这是要养成习惯了,嗯?"和女性上过床之后,她们会用一种特定的眼神看你,此时凯莉就这样看着他。"我和你说过了,我明天要去开飞机。"

"当然了,有什么特别的目的地吗?"

她似乎觉得这个问题很有趣。"上面的一切都很特别。"

"所以要保密。"

"你会知道的。"她倾身向前,"但我今晚十一点半就下班了,如果你想的话我们可以继续?"

"我也想,但是今晚有点忙。"

她扬起一边眉毛。"有点忙?晚上店铺都打烊了,有什么可忙的?"

"不是你想的那样,是——"

"你好啊年轻人,在跟我们美丽的酒吧员工搭讪吗?"

红色安迪刚刚抽了一根烟,从外面回来,外套上都是烟味。

"安迪。"瑞弗打了声招呼。

"我刚才在外面和麦格·巴特菲尔德聊了聊。"他停下喝了一口酒,"再帮我倒一杯,凯莉亲爱的。也给咱们这位客人倒一杯。麦格说你的小说进展不错。"

"不用帮我点了,谢谢。我要走了。"

"可惜,我还想听听你的进展怎么样了呢。"安迪·巴奈特是所有人的噩梦,他是真正的当地作家,自出版的回忆录受到评论界的一致好评,可惜销量惨淡。当然,你只要认识他两分钟就一定会知道这件事。"我很愿意帮你看看稿子。"

"我一定第一个给你看。"

后面一阵风吹来,又有人走进了酒吧。巴奈特说:"麻烦来了。"

瑞弗不用转身就知道来者何人。

天快黑了，路易莎来到大理石拱门，穿行在年轻的外国游客之间。她躲开巨大的双肩背包，呼吸着夜晚的空气，闻到了汽车尾气、香水、烟草和公园里落叶的味道。她走上阶梯，打开一张小地图，停下脚步。盯着地图看了两分钟之后，又把它收了起来。如果有人在跟踪她，那么他们的技术肯定相当高超。

虽然应该没有人会来跟踪她。她只是一个晚上出来找乐子的女孩，街上到处都是这种人。一群又一群新鲜的年轻人，有些没那么新鲜，有些没那么年轻。今晚路易莎也焕然一新，穿着黑色的露肩及膝长裙，搭了一件外套。外套已经穿了四年，不，五年了，有点旧了，但男人肯定不会注意到。她还穿了黑色丝袜，头发用红色的发圈束起。她看起来很美，男人很容易上钩，方便她实施计划。

她背了一个挎包，里面装了些女性必需品。必需品的定义当然因人而异，但对路易莎来说就是手机、钱包、口红、信用卡、胡椒喷雾和一对她从网上买的塑料手铐。和大部分网购商品一样，这些东西也很不专业，而且她肯定有考虑不周之处。她忍不住去想明会怎么说，但这样就本末倒置了。如果明能知道，她就不会这么干了。

晚上的大使馆看起来截然不同。之前它是一座壮观的都市建筑，全是钢筋和玻璃，还有精心维护的街道。现在它却在发光，十七层楼的窗户映出街上的车辆。她边走边拿出手机，他在铃响第二声的时候接通了电话。"我马上下来。"他说。

她希望他能请她上楼。就算现在不行，之后也可以，她会确保这一点。

大堂里挂着镜子,她不可避免地看到了自己的模样,不禁再次想道:明会怎么想?他肯定会喜欢这条裙子,喜欢丝袜衬出她小腿的形状,但他若是知道她为别人这样打扮,肯定会很失望。

电梯来了,阿尔卡迪·帕希金走了出来,只有他一个人。她如释重负地放下了心。

他穿过大堂时注意着不要笑出来,眼中闪过狼一般的神采,牵起她的手吻了一下。非常好。"盖伊女士。"他说,"你看起来真美。"

"谢谢。"

他穿着深色西装,无领白色衬衫,解开了最上面的纽扣。脖子上系着一条深红色的丝巾。

"如果你不介意的话,我们也许可以走过去。"他说,"今晚很暖和,不是吗?"

"是的,很暖和。"她说。

"这样我就能好好地欣赏一下城市风光了。"他说着对站在前台的年轻女性点头示意,领着路易莎走到帕克街上。"所有大城市——莫斯科、伦敦、巴黎、纽约,都最好步行观光。"

"真希望大家都是这么想的。"她不得不扯着嗓门才能盖过车辆的噪音。她环顾四周,没有人跟着他们,"所以只有我们两个。"

"只有我们两个。"

"你给皮奥特和——抱歉,我忘了他叫什么——"

"基里尔。"

"你给他们放了一晚上假?真体贴。"

"现代社会就是这样,"他说,"善待你的员工,不然他们就会另谋出路。"

"就算是打手?"

他揽着她的胳膊,两人穿过马路。她没有感觉到压迫,相反,他的声音听起来相当愉快:"就算他们是打手也一样。"

"我只是在开玩笑。"

"我喜欢一些无伤大雅的玩笑。不过,我给他们放假是因为我猜今晚不谈公事。但是不得不说,接到你的电话我还是很惊讶。"

"真的吗?"

"是的。"他微笑道,"实不相瞒,我确实会接到女人打来的电话,就算是英国女人,她们会有点……保守,是这个词吗?"

"这是一个词。"路易莎说道。

"而且今天下午你的态度很公事公办,我不是在责怪你,正相反,我觉得公私分明是很好的。不过今晚的事,我必须要问,你觉得我的推测是否正确?"

"你是说,不谈公事?"

他们平安穿过了马路,但他并没有松开她的胳膊。

她说:"没有人知道我会来,帕希金先生,今晚只聊私事。"

"请叫我阿尔卡迪。"

"路易莎。"

他们在公园里,沿着其中一条点着灯的小路前进。就像路易莎说的那样,这是一个温暖的夜晚。街边的噪音也渐渐远去。去年冬天她和明一起走过这条路,去圣诞集市。集市上有摩天轮、溜冰场、热红酒和百果派。明在一个气步枪的摊位上连续五次射偏了。这叫伪装。他说。总不能让大家都知道我接受过射击训练。别想了,别想当时的事了。她说:"我们是在往哪儿走?你有计划吗,还是只是随便逛逛?"

"哦,"他对她说,"我向来计划周全。"

我们两个都是。路易莎想道,抓紧了身边的包。

身后两百米,在灯光照不到的阴影之中,一个人影双手插在口袋里,安静地跟在他们身后。

空气有些潮湿。天上阴云密布,灰色的云层遮盖了星空。格里夫·叶茨健步如飞,但瑞弗还是跟上了。他们在主干道上,没有见到其他人,只有少数几栋房子亮着灯。这也不是第一次了,瑞弗不禁想,这座村庄是不是发生了时空错位?

叶茨好像读出了他的心思。"想伦敦了?"

"这里安静又平和,换换心情挺好的。"

"死亡也安静又平和。"

"如果你不喜欢,为什么要留在这儿?"

"谁说我不喜欢了?"

他们路过商店,还有几栋小屋。圣约翰十字教堂变成了一个黑色的暗影,消失在深沉的夜色之中。天黑之后,阿普肖特很快就会从眼前消失。脚下的道路蜿蜒,但仅此而已。

"但有些人,哈,我很乐意喂他们吃几颗枪子。"

"外来者。"瑞弗说。

"他们全都是外来者。那个安迪·巴奈特?说得好像自己在经营畜牧业似的,但其实连公牛的老二在哪儿都不知道。"

那就要看你是一头母牛还是无辜路人了,瑞弗想道。"飞行俱乐部的人呢?"

"他们怎么了?"

"他们很年轻,没有人在这里出生吗?"

"没有,他们小时候被爸爸妈妈带过来,这样他们就能在'乡村'长大。你觉得真正的本地人能玩得起飞机吗?"

"但这里也是他们的家。"

"不,这里只是他们住的地方。"叶茨突然停下脚步,指向一旁,瑞弗转头,但什么都没看到,只有黑色的道路,两边竖着篱笆。更大的黑影是树木,向着天空挥舞树枝。"看到那棵榆树了吗?"

瑞弗说:"看到了。"但其实他什么都没看到。

"我爷爷丢了农场的时候,就是在那棵树上吊死的。看到了吗?这就是历史。你家族的鲜血洒在这片土地上。只是买了一片地并不意味着你拥有它。"

"但严格来讲,法律就是这样规定的。"瑞弗说。

他们继续向前。

"刚才你爷爷的那个故事是骗人的吧?"

"对。"

他们走到了一个十字路口。其中一条岔路是农场小路,狭窄的路面上有两道车辙。格里夫沿着小路向前,并没有放慢速度。地面在脚下有些滑,偶尔还有凸起的岩石。瑞弗带了一个笔形手电筒,但他不能用。一方面是因为他们正在接近国防部的领地,但更是因为格里夫会觉得他是个胆小鬼。眼前漆黑不见五指,天空中应该有一轮月亮,但瑞弗不知道方向,也不知道云层散开后的月相会是什么样。与此同时,格里夫保持速度前进,并没有被凹凸不平的路面拖累。这里确实是他的地盘,就算闭着眼睛他都能摸清道路。瑞弗咬紧牙关,把脚抬高了走路,这样更不容易被绊倒。

格里夫停下了。"知道我们在哪儿吗？"

瑞弗心想：我怎么可能知道？

"不知道。"

格里夫指向左边，瑞弗眯起眼睛，说："看不清。"

"从地面看过去，然后向上。"瑞弗照做，离地面八英尺的地方，他发现篱笆的材质发生了变化，不再是低矮的灌木。某处微微闪了一下光，他突然明白，这就是国防部的地盘，四周围起了铁丝网，最顶端的刀片刺网卷成弧形。

"我们要翻过去吗？"他低声问道。

"如果你能的话，但我可不要。"

他们继续向前。

"这里以前是公用土地。"格里夫说道，"战前的时候。然后政府突然搞了个什么应急措施，把这片地用来训练了。但战争结束之后他们也没把地还回来，是吧？直接租给了老美。美国人滚蛋之后，又回到了该死的国防部手里。"他吐了一口痰，"还说是要训练。"

"这是个射击训练场，对吧？"

"没错，但这只是个幌子。"

"实际上呢？"

"不知道，武器开发吧。就那种生化武器，你知道吧？或者其他不想让咱们知道的东西。"

瑞弗不置可否地"哼"了一声。

"你觉得我在开玩笑？"

"说实话，"瑞弗说，"我什么都不知道。"

"那你现在有机会知道了。"

叶茨指着一片杂草丛生的暗处,瑞弗愣了一会儿才反应过来。看起来和这半个小时路过的杂草没什么两样,但格里夫这时就派上了用场,帮他指出了他自己不可能找到的入口。

"你先。"瑞弗说。

"所以,嗯,你在这个能源部门干了多久?"

"我以为我们说了,今天不聊公事。"

"抱歉,这是我的坏习惯,很难真正放松下来。"他看了一眼她的胸口,大部分皮肤都裸露在外。"虽然不是不可能,只是很难。"

"那我们可要想想办法了。"她说。

"值得为此干一杯。"他举起酒杯。她已经忘了他点的这瓶红酒的名字,现在酒瓶泡在冰桶里也看不清商标。但他指定了年份,这是路易莎第一次来餐厅喝这么高级的酒。一般她只会点快过期的那种打折货,而不是陈年佳酿。

"我听说了你同事的遭遇,很遗憾。"他说,"是哈定先生吗?"

"哈珀。"她说。

"非常抱歉,原来是哈珀先生,请节哀顺变。你们关系很好吗?"

"我们一起工作。"

"我有一些最好的朋友都是工作认识的。"他说,"你肯定很想他,我们应该为他喝一杯。"

他又举起酒杯,片刻后路易莎也举起了杯子。

"致哈珀先生。"

"致明。"

"他肯定是个很好的人。"他喝了一口。

过了一会儿,她也喝了一口。

服务员端来了菜品,眼前的食物和香气让她有些反胃。她刚刚和害死明的罪魁祸首敬了一杯酒。但现在还不能吐出来,她还要撑过整个晚上。要让他放下戒备,让他开心,勾起他的欲望,直到两人回到他的房间。然后她就可以进入正题了。

她想知道是谁,想知道为什么。如果明在这里,一定也会想知道这些问题的答案。

"所以,"她开口道,听到自己的声音有些疏离,于是清了清嗓子,"所以,你对明天的安排还满意吗?"

他像个失望的神父一样摇了摇手指。"路易莎,我们刚才说了什么?"

"我只是在想那栋楼,很壮观,不是吗?"

"嗯,你一定要尝尝这个。"他摆了一些前菜到她的盘子里。她依然不饿,肚子里很难受,但不是因为饿。她勉强自己笑了一下,但一定很难看,就像有鱼钩在拉扯她的嘴角。但面前的富豪很有礼貌,并没有大惊小怪,也没有揭穿她。

"很壮观,是的。"他说。她不得不立马把频道换回来,他在说针塔的事。"拔地而起的高楼就是赤裸裸的资本主义,你当然也不需要听我提起弗洛伊德,对吧。"

"现在聊弗洛伊德还有点早。"她听见自己说道。

"但确实很难绕过他,毕竟哪里有金钱,哪里就有性。来,"他用叉子指了指,"尝尝吧。"

好像这道菜是他亲自做的一样。有钱人是不是都这样?觉得同伴的一切需求和快乐都源于自己?

她吃了。那是一只扇贝，上面淋了某种坚果色的酱，味道过于复杂，她的舌头都要失灵了。但腹中那种无法用食物平息的痛楚却渐渐褪去。吃吧，再吃一点。饥饿并不是你的错。

他还在继续说："有性的地方，就有麻烦。我看到处都贴着海报，还有新闻报道，这个抗议游行，你们能源部的领导真的不担心吗？"

一个笑话讲多了就不好笑了。

安全局会教你充分利用手头的资源。"时间确实不太凑巧，但我们的路线会避开游行。"

"我很惊讶，你们的权力机关竟然会允许在工作日举办这样的游行。"

"可能组织者觉得如果要游行示威的话，等周末人都出城了就没有意义了吧。"她的包震动了一下，是手机收到了一条短信，但此时应该没有人会找她，所以她无视了信息，插起了另一只扇贝。

他问道："游行不会失控吗？"

举办类似游行的时候确实发生过打砸抢烧，但一般暴力都会被及时制止。"这种活动都管得很严，虽然时间不太合适，但没什么大不了的，肯定不会影响到我们。"

阿尔卡迪·帕希金若有所思地点点头。"相信你和你的同事会把我安全送到，再送回来。"

她再次露出了微笑，这次更自然了一些。也许是因为她在想等今晚结束之后，帕希金是不可能再相信她了。

如果他还活着的话。

* * *

不知为何，瑞弗总以为围栏的这一侧会有所不同。也许更明亮一些，路面也会更好走一些。但跟着格里夫穿过灌木间狭窄的缝隙，钻过一处敞开的铁丝网后，他发现其实没什么不同。而且脚下没有路了，土壤也更加泥泞不堪。

"现在去哪儿？"他喘着粗气问道。

"建筑群在那边两英里外。"瑞弗不知道格里夫指的是哪个方向。"我们要先穿过一些废弃房屋，走大概半英里。你要是不管那些房子，它们就会变成废墟，都是这样。"

"你大概多久来一次？"

"想来的时候就来，这地方很适合猎兔子。"

"有多少条路能进来？"

"这条是最简单的。以前还有一条，在阿普肖特那边，你只要拔起一根柱子，就能直接穿过围栏。但后来他们用水泥封上了。"

两人继续向前。脚下的路面很滑，而且是下坡。瑞弗脚下打滑，如果不是格里夫抓住了他，他肯定就摔倒了。"小心点。"乌云渐散，一丝银光从薄如蝉翼的帘幕后探出。自从离开酒吧之后，瑞弗第一次看清了格里夫的脸。他正在笑，牙齿和他坑坑洼洼的脸一样灰白，还有他斑驳的头顶。他的头好像在反射那束月光。

坡的下方阴影更深。瑞弗看不出来那是树影还是房屋，最后发现两者皆是。面前有四栋房子，大部分没有屋顶，鬼魅一般的树枝从破碎的墙壁中伸出来，被一阵微风吹动，好像在招呼他前去。天空中云层再次飘动，月光又消失了。

"所以，"瑞弗说，"如果有人过来，想找个能进来的入口，很可能是找不到的？"

格里夫说:"除非他很聪明或者幸运,或者又聪明又幸运。"
"你没在这里遇到过其他人吗?"
格里夫嗤笑道:"怎么,你害怕了?"
"我只是在想这样安不安全。"
"这地方有人巡逻,有些地方通了电,最好避开。"
"通电?"
"就是报警器,触动了就会开始闪光、鸣笛之类的。但大部分都在基地附近。"
"这附近也有吗?"
"你很快就会知道了,不是吗?如果你触发了一个的话。"
他是在开玩笑,瑞弗想道。
他举起一只胳膊保持平衡,跟着格里夫走向那些废弃的建筑物。

帕希金说:"我应该问一下,你结婚了吗?"
"我只有工作。"
"那么你收到的这些,嗯,短信,不是来自某个焦虑的爱人?"
路易莎说:"我没有爱人,更别提焦虑了。"
她又收到了三四条短信,但是无视了它们。
此时两人已经吃完了前菜和主菜,喝完了第一瓶酒,第二瓶也快要见底。这是明去世之后她第一次正经吃饭。而且还不便宜。虽然阿尔卡迪·帕希金应该不介意,毕竟他拥有一家石油公司。路易莎不禁想道,被判了死刑的人会给最后一餐认真写评价吗?在去断头台的路上顺便给厨师问个好。应该不会。但他还不知道自己被判了死刑。

她可以用胡椒喷雾弄瞎他的眼睛,然后用塑料手铐铐住他的四肢。之后她只需要一条毛巾和一根淋浴水管。安全局里有抗刑讯训练,其实是在用一种隐晦的方式教你刑讯技巧。帕希金块头不小,看起来也很健康,但她觉得他最多能撑五分钟。一旦她弄清楚明是怎么死的,是帕希金的哪个手下干的,她就会让他解脱。附近肯定有她能用上的东西,比如拆信刀、挂相框用的金属线。局里会教你充分利用手头的资源。

"那么,"他说,"你不好奇我的情感状况吗?"

"阿尔卡迪·帕希金,"她引用道,"两次结婚,两次离婚,身边从来不缺迷人女性的陪伴。"

他仰头大笑起来。餐厅里的所有人都回过头来看,路易莎发现男人们都满脸怒容,女人们看起来都饶有兴致,其中一些人又盯着看了一会儿。

笑完之后,他用餐巾擦了擦嘴角,说道:"我似乎被谷歌搜索了。"

"这就是出名的代价。"

他说:"你没有觉得,嗯,反感吗?对这种花花公子的人设?"

"迷人女性的陪伴。"她说,"我觉得这算是夸奖吧。"

"那是自然。但'从不缺'确实是那些记者太夸张了,为了博眼球吧。"

一位服务员走了过来,问:女士和先生是否愿意看一看甜品菜单?他转身去拿菜单,帕希金说:"或者我们也可以现在走回去。"

她说:"好呀,不过我要先去一下厕所。"

盥洗室在楼下。如果餐厅把厕所叫盥洗室，说明它相当高级。这里装着复古的锡水槽和木质台面，昏暗的灯光把镜中的人影照得很美，墙上还挂着真正的纯棉毛巾，而不是烘干机。盥洗室里只有她一个人，身后传来微弱的刀叉碰撞声、谈话声，还有空气净化器的响声。她走进隔间，锁上门，上了厕所，然后检查了挎包里的东西。塑料手铐看起来有些脆弱，不太实用，但如果你用力拉一下，就会发现它十分坚韧。一旦你把它铐在某人手上，要松绑就只能把手铐剪断。至于那罐胡椒喷雾，标签上警告如果直接接触到眼睛就会造成十分严重的伤害——暗示得非常明显。

她离开隔间，洗了手，用毛巾把手擦干，然后走出盥洗室回到餐厅。忽然间一双手抓住了她，把她拉出另一扇门到某个狭窄黑暗的地方。一只胳膊环着她的喉咙，一只手捂住她的嘴。那个人的声音在她耳边低语道："把包交出来。"

下坡之后，地面上杂草丛生，石头也变多了。瑞弗听见了流水的声音，他的夜视能力正在恢复，但也可能是因为眼前的东西变多了。第一栋房子就在他们面前，像蛀牙一样塌陷下去，露出里面的空洞。上半部分竖着木梁，支撑着不复存在的二楼。地面上落满了砖块、瓷砖、玻璃和碎石。其他建筑最远也只相距几百米，状态和这栋房子差不多。瑞弗走到第二栋房子里时一阵风吹过，穿过房屋的树木沙沙作响，树枝刮过断壁残垣。

"这里曾经是一座农场吗？"他问。

格里夫没有回答，他看向自己的手腕，继续走向最远的那栋房子。

瑞弗没有跟上去，反而绕回了第一栋房子。里面的那棵树长得很高，树枝都能戳到最高的墙面。他不禁想道，一棵树要多久才会长得这么高？这栋房子肯定已经荒废几十年了。没有任何迹象表明最近有人来过，他站在冰冷的灰烬中，在被火烧毁的废墟里，但火焰早就已经熄灭了。

如果B先生的目的地是国防部基地，他很可能就是在这里和联络人碰头的，在这片空洞中，站在肆意生长的树木和倒塌的房屋之间。不知道这片区域有没有人巡逻？还是警卫只在基地附近巡逻？格里夫肯定知道，他跑到哪儿去了？

瑞弗绕回屋子前方，只能看到前面十几米，但他不想放声大喊。他拿起一块石头，砸向墙壁，石头发出"砰"的撞击声，足以引起格里夫的注意，但是没有人出现。他又等了一分钟，又砸了一下。他看了眼手表，只差几秒就到午夜了。

黑暗突然淡去，好像突然打开了灯的开关。一颗闪亮的光球飞向天空，伴随着纸张撕裂的声音。光球漂浮在空中，投下奇异的光，霎时间地面的景色变得古怪又陌生。破碎的房屋、穿插其间的树木、坑坑洼洼的地面……好像另一颗星球。光是橘色的，镶着绿色的边缘。噪音渐渐消退。这是怎么回事？瑞弗转过身，又一道尖锐的声音划破夜空，如报丧女妖的尖叫，他不得不用双手捂住耳朵。紧接着是撞击的声音，不知道离得有多远，声音还未消失就再次响起，这次他看到光球拖着一条红色的尾巴，火热的形状牢牢地刻在了他的眼底。一发接着另一发，第一次爆炸颤动了地面，热风扑面而来。然后是第二次、第三次、第四次，瑞弗跌倒在地。被炸毁的房屋无法提供掩护，却是仅存的保护伞。

瑞弗跳过一面破损的墙壁，落在碎瓷砖上。附近再次响起激烈的爆炸声，他扑倒在地，不得不爬到树下寻求庇护，这是附近唯一能够提供"安全"的地方。他闭上眼睛,尽可能把身体缩成一团。头顶上,愤怒的火光在夜空中沸腾翻滚。

怎么会这样?恐惧充满了他的内心,他用残存的理智想道:他怎么偏偏选在射击演习的日子过来?

又一次爆炸夺走了他的呼吸,瑞弗停止了思考。

11

今晚他要让人伤心了。

这是全新的领域。罗德里克·何对搞破坏的艺术并不陌生，他摧毁过别人的信用评级，篡改过个人简历和脸书状态，还取消过定期付款。他关闭过几个老同学为避税开设的银行账户（看看现在是谁傻眼了，浑蛋？），还把一个人弄骨折过（她当时六岁，他八岁，几乎可以说是场意外）。但是人心？他还没伤过人心。今晚就要补上这一课。

罗迪第一次见到，不，准确地说是第一次遇到莎娜，是在艾德门大街。他们各自前往办公室，她几乎没注意到他。"几乎"不太准确，是完全没注意到才对。但他注意到了她，所以他们第二次偶遇时，他其实在刻意寻找她的身影，第三次几乎就是在等她，只不过在她看不到的角落。他跟着她到了公司，原来是一家史密斯菲尔德附近的临时工中介。回到斯劳部门之后，他没费多少功夫就从公司的内部网络查到了员工名单，照片里的她笑得十分灿烂。莎娜·贝尔曼。接着他找到了她的脸书和其他主页，罗迪发现她喜欢健身，于是又去翻了翻附近的健身房会员资料，在浏览的第三家找到了她的住址。几个小时后他们已经成了至交，意思就是罗迪·何现在知道有关莎娜的一切，包括她男朋友的名字。

伤人心就是这个意思，这个男朋友不能留。

他看着她的照片露出了微笑，一个有些伤感的微笑，因为获得幸福之前必将经历阵痛。他把她的照片缩小到任务栏，掰了掰手指，发出"嘎嘣"的声音，该开始干活了。

他的计划是这样：莎娜的男朋友要在聊天室里认识几个狐狸精，他们的聊天记录会在十几句话后从"不合时宜"发展成"少儿不宜"。这时他会"不小心"把聊天记录发给莎娜，好像故意想要被发现一样，然后男朋友就可以说拜拜了。

之后一切都会顺理成章。明天早上，不，后天吧，要先让事情尘埃落定。罗迪只要在莎娜去史密斯菲尔德的路上和她"偶遇"，友好地聊上几句：嗨，美女，怎么这么伤心？我懂你，男人都是浑蛋。然后她就会欣然同意他看电影或共进晚餐的邀约。宝贝，你想把这个——

"罗迪？"

"啊！"

凯瑟琳·斯坦迪什比风声还安静。"我不想在你正忙时打扰你，"她说，"但有件事想请你帮忙。"

蜘蛛·韦布站在起居室的正中央，距离最近的家具只有三步远。那是一张沙发，摆在靠近中间的位置。沙发很长，就算在上面平躺都还有富余空间。从沙发边再走几步就是墙壁。你可以靠在墙上，展开双手，不会遇到任何阻碍。与此同时，你还能享受眼前的景观，巨大的玻璃门外就是阳台，可以看到树木的顶端和天空。树木排列得很整齐，因为它们生长在运河边，河道上偶尔有漆成皇家红和绿的窄船划过。这下你该认输了吧，他想道。虽然这句话很有普适性,他可以对任何人说,但在蜘蛛·韦布的语言体系中,这句话有一个特定的目标。

这下你该认输了吧,瑞弗·卡特怀特。

瑞弗·卡特怀特住在东边的公寓里,只有一居室。他窗外的景色是一排上锁的车库,旁边就是两家俱乐部和三家酒吧,这意味着就算瑞弗不管那些混混、酒鬼和瘾君子,他们还是会彻夜狂欢,直到滚回家领失业救济金,让他无法入睡。所以很明显:瑞弗·卡特怀特是个失败的人;詹姆斯·韦布却能勇攀高峰,比蜘蛛侠还厉害。

但原本也可能不是这样的。他们曾是朋友,一起接受了训练,两人都将成为局里冉冉升起的明日之星。后来蜘蛛不得不陷害瑞弗,让他沦为下等马。漫长的几个月后,跌落谷底的瑞弗用一把装满子弹的枪砸向了韦布的脸。

但疼痛终会褪去,虽然花了很久,是的,但现实就是这样:蜘蛛住在这样的豪华公寓里,在摄政公园工作,还在戴安娜·泰维纳的每日联络表上。而瑞弗则在斯劳部门荒废时间,在伦敦的贫民窟里忍受吵闹的夜晚。最佳人选获胜了。

现在韦布要在伦敦最高级的新建筑里和阿尔卡迪·帕希金会面,如果一切顺利,他就会拥有局里近二十年来最重要的线人。一个可能成为俄罗斯总统的人,在摄政公园的掌控之下,韦布只需给出承诺。

那之后戴女士的每日联络表就会显得微不足道。再说了,任何跟泰维纳建立长期合作关系的人最后都会像尼克·克莱格[①]一样被出卖。不如借机接近英格丽德·蒂尔尼。站在蒂尔尼身边,

---

①尼克·克莱格(Nick Clegg,1967—),英国政治家,英国前副首相。

人们就会觉得他是仅次于她的那个人。考虑到局里近来的各种现代化策略，人们的想法是很重要的。

一切都唾手可得，而他也做出了正确的选择。从帕希金联系他的那天开始，韦布就为这场豪赌拿出了全部实力。而且他很幸运，罗杰·巴罗比的审计正好给了他绕过安全程序借调斯劳部门的理由。他们的行动不会被摄政公园记录在案。就连地点都轻易敲定了。帕希金指名要去针塔，韦布只用三天就约到了场地。会议厅的承租人是一家高端交易咨询公司，目前正要促成一家英国公司和某非洲共和国之间的武器交易，听到军情五处想要合作，他们简直求之不得。日期也是根据帕希金的日程调整好的。韦布舔了舔牙齿，因为瑞弗·卡特怀特那拳，大部分都换成了新牙。所有的细节都已准备就绪，若不是明·哈珀突然死亡，这就是教科书级别的应对。

但哈珀出车祸是因为他喝醉了，就这么简单。没有什么迹象表明背后有猫腻，所以韦布只要低下头，安心睡上一觉，做个好梦，然后期待成功的到来。这些对瑞弗·卡特怀特来说一定就像前世的回忆。

他待会儿就打算这么做。

蜘蛛·韦布站在宽敞明亮的公寓里，庆祝着自己的幸运，祈祷着不会发生什么意外，坏了他的好事。

雪莉坐在办公室里，看着凯瑟琳·斯坦迪什走进何的房间然后关上了门。出什么事了。但在斯劳部门就是这样：雪莉能派上用场时，他们就会丢给她一些烂工作，其余时间就一直晾着她。

就连马库斯·朗里奇都比她参与得更多。朗里奇替代了明·哈珀的位置，接手了摄政公园的任务。至于路易莎·盖伊，雪莉觉得她应该还在为哈珀的事耿耿于怀。自从哈珀出事，路易莎就仿佛变成了一个幽灵，好像在以这样的方式延续两人的关系：他死了，所以她也变成了鬼魂。但她在外面，有真正的工作，而雪莉只能坐在电脑前，偷窥别人紧闭的房门。

她找到了B先生——还是两次。一次在阿普肖特，另一次在盖特威克机场，就像跟随一条小鱼穿过鱼群。但她不知道这些成功能带来什么，因为其他人什么都不告诉她。

现在很晚了，几个小时前她就该回家了。但是她不想回去，她想知道到底发生了什么。

雪莉知道怎么隐藏自己的气息，安静地行动，不被他人发现。她来到走廊，把耳朵贴在何的门上。屋里隐约有谈话的声音，但是她不知道他们在说什么。凯瑟琳的声音很小，何用沉默填满了谈话的间歇。唯一的声音就是地板的吱呀响声——问题是，这个声音是从她身后传来的。

她缓缓转过身去。

杰克逊·兰姆站在楼梯顶端看着她，就像一只狼盯着离群的羔羊。

他们穿过公园走回去。远处隐约能听到车流的声音，上空还有飞机驶过，载着前往希斯罗机场的乘客。阿尔卡迪·帕希金挽着她的胳膊，路易莎的包比刚才轻了许多。每次包撞到她的胯部，她都只能感觉到日常用品的重量：手机、口红和钱包。她的心跳得飞快。

帕希金指着树木的影子，街灯在摇摆的叶片后如鬼魅一般起舞。他说这句话时更像俄罗斯人了。一辆摩托车启动引擎，轰鸣声炸开寂静，他捏了捏她的手臂，但是没有说话。过了一会儿，他又捏了一下，像是在强调自己并没有受到爆炸声的影响，只是突然决定要捏一下她的手臂。

她说："已经很晚了。"她的声音听起来很遥远，就像在镜子长廊的另一端。

他们回到了人行道上，黑色的出租车疾驰而过，偶尔会被公交车挡住去路。无数张面孔在黯淡的玻璃后看着繁华的城市。

帕希金说道："你还好吗，路易莎？"

她还好吗？她觉得自己像被下药了一样难受。

"你肯定是觉得冷了。"他把自己的外套披在她的肩上，就像故事书里的绅士，那种在现实生活中不会见到的绅士。除非他们想讨好你，因为他们想脱光你的衣服。

两人回到了他的酒店，宽阔的人行道上摆着赤色的陶罐。她停下脚步，他继续向前扯动了她的手臂，很快也停了下来。

他礼貌而疑惑地看着她。

"我该走了。"她说，"明天还有很多事要做。"

"不上来小酌一杯吗？"

不知道他能用多少种语言说出这句话？

"时间不太合适。"她脱下他的外套，他伸手接过，眼神逐渐变得冰冷，像是在回顾今晚的对话，得出了自己没有做错什么的结论。现在这个不如人意的结果是因为她给出了错误的信号。"抱歉。"

他微微鞠躬道："没事的。"

我确实有上楼的打算。他听到这句话肯定不会惊讶，毕竟他比英国女王还富有。我确实有上楼喝一杯的打算，有必要的话还会上床。只要能把你搞定，把你像烤鹅一样绑起来，逼你回答问题。比如：明到底发现了什么？为什么要杀死他？

"我帮你叫一辆车。"

她吻了下他的脸颊。"还不算完。"她承诺道，所幸他并不知道她指的是什么。

她坐进出租车，对司机说在下一个路口放她下车。司机夸张地叹了一口气，看到她的表情后收起了不满。一分钟后她就下了车，夜晚的空气迎风吹来，黑暗又苦涩。出租车开走了，脚步声接近，路易莎没有转身。

"你做了正确的决定。"

"我也没得选，不是吗？你把我的东西都拿走了。"

天哪，她听起来像个叛逆期少女。

可能马库斯也是这么想的。"是啊，因为你没接电话。"他说，"我可以让你试一把，但那样你很可能会伤到自己，或者丢掉性命。"

路易莎没有回答，她太累了。她想上床睡觉，希望明天永远不会到来。

旁边的帕克街上，汽车呼啸而过；夜空中，飞机耕过云层，尾灯亮得像红色的宝石。

"地铁站在这边。"马库斯说。

他暂时搁置了莎娜的事，男友也获得了缓刑的时间。今晚那两人可以继续干些傻事，因为罗迪·何有更大的鱼要钓。

总有一天他要让凯瑟琳·斯坦迪什坐下来好好聊聊，告诉她不能这样随意指挥他。谈话不会很长，结束后她会泪流满面，他已经开始期待那一天的到来了。但此时他把她拿来的名单敲进自己的电脑，然后开始照她说的去做。

很快罗德里克·何就沉浸在手头的工作中，内心沸腾的愤恨逐渐消退，凯瑟琳也消失在背景中。他眼前只剩下那张名单，还有他正在玩的这个更加高级的网络游戏。

和以前一样，他玩游戏就是要赢。

兰姆说："她在外面偷听你跟何说话。"

"你抓到她的时候我就在屋里。"凯瑟琳说，"我怎么没听到你把她开膛破肚？"

"哦，她这么做是有原因的。"

凯瑟琳等待着。

兰姆说："她想听你们都说了些什么。"

"原来如此，"凯瑟琳赞同道，"你觉得她是戴女士的眼线？"

"你不觉得吗？"

"她不是唯一可能的人选。"

"所以你觉得是朗里奇。怎么回事，斯坦迪什，你是在歧视黑人吗？"

"不，我——"

"这比我觉得是那个拉拉还糟糕。"兰姆说。

"很开心你能给歧视分出高下。"

"何在查阿普肖特那些人吗？"

她已经习惯他这样转移话题了。"我尽力查了，但候选很多，没有明显的嫌疑人。"

"你一开始就直接去找他查还更快点。"

"我本来不该干这个的。"她指出,"瑞弗汇报情况了吗?"

"今天早些时候。"

"他还好吗?"

"怎么会不好?无论对面有什么目的,肯定不是为了绕这么一大圈暗杀卡特怀特。"

"明天早上的那个会议,那个帕希金。"

"你觉得两件事有关联。"他板着脸说道。

"阿尔卡迪·帕希金,"她说,"亚历山大·波波夫,两人的姓名首字母都是AP,你不担心吗?"

"得了吧,我的首字母还是……耶稣基督呢(Jesus),但我也没到处说啊,这又不是阿加莎·克里斯蒂的小说。"

"就算是丹·布朗的小说都无所谓,如果这两件事有关,阿普肖特肯定会发生什么,很快就会。我们必须告诉摄政公园。"

"如果丹德尔是泰维纳的卧底,他们就已经知道了。除非你想赌一把这个首字母的推测。"兰姆若有所思地挠了挠下巴,"你觉得他们会召开紧急会议吗?"

"你才是展开调查的人,现在你就打算干坐着,看下一步会发生什么?"

"不,我只是在等卡特怀特的电话。等他从国防部回来很快就会打来了,不然你以为我为什么现在还在这儿?难道我没别的事可做吗?"

"难道不是吗?"凯瑟琳说,"国防部发生了什么?"

"应该什么都没发生吧。但留下线索的人并不想遮盖痕迹,所以卡特怀特应该会在什么地方找到下一个线索。现在快滚吧,让我清静清静。"

她起身离开,但在门口停下了脚步。"希望你说得没错。"

她说。

"什么?"

"对方并不是为了暗杀瑞弗。我们已经失去了明。"

"局里把废物都丢到我们这儿来,"兰姆提醒道,"很快就能把人补齐。"

她走了。

兰姆靠在椅子上,盯着天花板看了一会儿,然后闭上眼睛,静如一尊雕像。

何一边敲键盘一边嗑了下牙齿。斯坦迪什搜集资料的方法很传统,主要是调查这些人的共同点。你直接把资料打印出来,拿钢笔指着读一遍都会更快。

他们管这种行为叫阿米什化。因为阿米什人[①]遵循传统的生活方式,拒绝使用现代技术。凯瑟琳·斯坦迪什也差不多,而且她还戴帽子。

何用的方法没有名字,至少他还没给这个方法命名。他在数据的世界如鱼得水,这对他来讲就像呼吸一样自然。他只用了姓名和出生日期,无视了斯坦迪什提供的其他所有信息,然后直接在合法和违法程序里跑了一遍。合法程序指的是公有领域的信息,还有安全局提供给他的政府数据库:税务、国民健康保险、驾照和一些信息素材。

违法程序会更有效一些。首先他留了SOCA(严重及有组织犯罪调查局)的后门,他一般只是简单查一下,不会太过深入,

[①]阿米什人(Amish),美国和加拿大安大略省的一群基督新教再洗礼派门诺会信徒(又称亚米胥派),通常被认为拒绝使用现代科技。

因为他们的安保系统一直在加强。但只要跟犯罪调查沾一点边，它几乎立刻就能给出结果。虽然查出深度卧底的间谍有点困难，但也不是完全不可能。而且何也不想太生疏，总要练练手。然后是重头戏。何在摄政公园当初级分析师时，拿到过通讯总部的一次性登录密码，他解析并克隆了密码，之后一步步把自己升级到了管理员权限，可以调查任何人的背景资料。不仅包括犯罪信息，还包括和敌国的关系，是否有过相关出行记录（由于历史原因，敌国名单上还包括法国）。以及该人物和监控名单上的人是否有过接触，资料每天都会更新。当然还有网络记录、手机记录、信用评级、诉讼记录、养宠历史……一切可能的信息都包含在内。如果通讯总部把这些资料卖给广告公司，光是这份收入就足以支撑反恐行动。事实上，某些积极进取的自由职业者也许可以利用这一点。何想道：这是一个值得探索的课题，但不是现在。

他登入系统，输入了目标人物的名字，建立了一个文件夹接收资料，然后登出。电脑干活儿时没必要多事，它会自己收集、评估并重组数据。互相关联的部分会用高光标记出来，就连阿米什人都能看懂其中的关键。有点像玩俄罗斯方块，把所有信息拼合在一起，严丝合缝。

没错，但是这个要炫酷得多……如果莎娜能看到现在的他，那个男朋友早就没戏了。罗德里克·何做着快乐的白日梦，等着电脑完成工作。

"你为什么要阻止我？"

地铁里很安静，远处有几个回家的人。一个孤独的女人戴着耳机，沉浸在自己的世界里。醉酒的男人站在车门边。但路易莎还是压低了声音，因为你永远不知道会有谁在偷听。

马库斯说："我告诉你了，单枪匹马对付帕希金只会受伤。"

"跟你有什么关系？"

"我以前是外勤组的，我们都要帮伙伴盯着背后。"他并没有被冒犯到，"你觉得他杀了哈珀，是吗？"

"或者派人杀了他，你想说我错了？"

"不一定，但你不觉得局里有人事先查过他吗？"

"那可是蜘蛛·韦布。"

"他没完全说实话。"

"他是文职人员，还是总部的人，你就算把电报杆从他屁股里捅进去他都不会实话实说。"她站起身说道，"我在这里换乘。"

"你要回家？"

"你现在又变成我爸了？"

"只要你没打算回去再试一次就行。"

"你把我的手铐拿走了，朗里奇。还有我的喷雾。我不会回去再试一次，不可能空手去。"

"你明天早上会准时到吧？"

她瞪着他。

他摊开了手：没什么好隐瞒的。"也许是他让人做掉了明，也许不是，但无论如何我们都有工作要完成。"

"我会准时到的。"她咬牙切齿道。

"好啊，但还有一件事。"

列车到站了，窗外突然出现了白色的瓷砖和鲜艳的海报。

"明天我负责安保，我的工作是消灭任何潜在威胁，知道我的意思吧？"

"晚安,马库斯。"她说着走向站台,列车开走时,她已经消失在了出口处。

马库斯留在座位上,另外两人也在路易莎这站下了车,又上来了三个人。他看得清清楚楚。但没有潜在威胁,所以他闭上了眼。列车加速,在外界眼中他已经睡着了。

何醒了,他挺直了脖子,连接嘴角和肩膀的口水丝线断了,汇聚在衬衫前。他睡眼惺忪地擦了擦嘴,用手指碰了碰衬衫,又在衬衫上把手指擦干,然后面向电脑。

机器发出满足的低鸣,说明它跑完了他指定的任务。

他起身,衣服黏在了椅子上。到走廊时他停下了脚步。斯劳部门很安静,但并不空旷。应该是兰姆吧,他猜测,也许还有斯坦迪什。他打着哈欠走向厕所,尿尿时基本上对准了小便器,然后缓缓走回办公室,瘫坐回椅子里。他又在衬衫上擦了擦手,喝了口能量饮料。然后掰过屏幕看向搜索结果。

他向下滚动屏幕,不由自主地倾身向前。何对信息的兴趣和它的有用程度成正比。这些资料和他自己无关,但凯瑟琳·斯坦迪什想知道。她希望能在他搜索的这些姓名中找出 B 先生的联络人。一个老苏联间谍,长期卧底在英国。找出那个人可以让她刮目相看。话说回来,她已经知道他有多厉害了。而她也确实比这鬼地方的其他人对他更好,但这无法改变她胁迫他帮忙的事实——

突然有什么吸引了何的注意力,他停下了翻滚,回到上一个画面,检查了一个他注意到的日期,然后又滚回他刚才停下的地方。

"嗯。"

他用一根手指推了推眼镜，闻了闻那根手指，皱起了眉。他把手指在衬衫上擦了擦，注意力再次集中到屏幕上。过了一会儿，他再次停下了翻滚页面的手指。

"开玩笑的吧。"他嘟囔道。

他继续向下翻滚，然后停止。

"这肯定是在开玩笑吧。"

他停下想了想，在搜索栏敲了一行字，按下回车，然后盯着显示出来的结果。

"这他妈的绝对是在开玩笑吧。"他说。

这次他站起来的时候，并没有黏在椅子上。

12

他听到了一个声音。

"沃克。"

爆炸声仍在持续,但只是在他的脑海里。金属鼓声般沉重的脉搏在他的头骨内回响。每一次跳动都像一次星爆,熄灭,然后再次亮起。他的身体变成了一个巨大的拳头,指节摩得生疼。

"乔纳森·沃克。"

瑞弗睁开眼睛,发现他被一个矮人抓住了。

他还在原地,蜷缩在一棵屹立不倒的树下,这棵树是目前唯一能撑起天空的东西。倒塌的房屋好像缩水了,其他东西都变得更高大了,他的心脏疯狂地跳动着,像要从胸腔里飞出来一样。

他在这里待了多久?两分钟?还是两个小时?

这个矮人又是谁?

他放松了身体。矮人戴着一顶红帽子,眼中闪过邪恶的光。"喜欢这场演出吗?"

瑞弗开口,话语擅自冲出了他的嘴,他感觉自己的头像被气球罩住了一样。

"格里夫?他早就走啦。"瑞弗发誓,矮人笑得前仰后合,就像一个不倒翁。然后他又回到了瑞弗面前。"他不太可能在军事演习时留下来,是吧?"

他把瑞弗拉起来，原来他并不是一个矮人，而是一个身材正常的普通人。除非瑞弗变小了，恐惧确实可能有这种效果。他摇了摇头，停下之后世界还在晃动。他抬头看向天空，又是一个错误的决定，但至少天空已经平静了下来，没有新的伤痕将它撕裂。接着他又看向了"不是矮人"的那个人。

"我认识你。"他说，这次终于能控制声带了。

"还是先离开这里吧。"

瑞弗双手捂住太阳穴，眼前的晃动稍稍缓和。"我们在这儿会有危险吗？"

"夜晚还很长。"

戴红帽子的男人不是矮人，但那顶红帽子是真的。他走出废墟，瑞弗跌跌撞撞地跟在他身后。

兰姆肉乎乎的手擦着脸。"你最好找到了有用的消息。"他刚才还在椅子里睡觉，现在也坐在椅子里，似乎还没完全醒。但罗德里克·何手里拿着资料出现在门口时，他猛地睁开了眼，有那么一瞬间何觉得自己像闯入狮子笼的兔子。

"我查到了。"他说。

凯瑟琳也来了。如果她刚才在睡觉，现在可比兰姆要整洁得多，没有弄得满脸都是红印。"查到了什么，罗迪？"

她是唯一一个会这么叫他的人，何不太确定他是想保持现状，还是想让更多的人也开始这么叫他。

他说："我不知道，但肯定很重要。"

"虽然刚才我睡得也没那么好，"兰姆说，"但如果你把我叫醒就是为了玩你问我猜，等卡特怀特回来你就给我搬到他那屋去。"

"是那个村子,阿普肖特,那个地方的人口分布。"

"那是个小村子,很难说有什么人口分布吧。"凯瑟琳说。

兰姆说:"那就是个该死的玩具城,基础设施还更少。你查到了什么我们不知道的吗?"

"基础设施更少,没错。"何开始更有信心了,想起了自己赛博战士的身份。"那地方什么都没有,就算曾经有,也是美军基地。名单上的那些人都跟这个基地没什么关系。"

兰姆点起一根烟。凯瑟琳瞪了他一眼,他说:"今天第一根。"现在是十二点十分。"听着,罗迪。"他的语气很和蔼,"还记得我之前威胁你的那些事,喊的那些外号吗?"

"没事的,"何说,"我知道你不是认真的。"

"我他妈的认真得不能更真了,孩子。但如果你不开始说人话,之前那些威胁和我接下来要对你做的事比起来就只是小菜一碟,懂吗?"

赛博战士缩了回去。"他们都和空军基地没关系,所以肯定有别的东西把他们吸引到了阿普肖特,但那里什么都没有,所以——"

"没准儿是为了逃离城市。"兰姆说,"如果城市里有太多恶心的人和事就会这样,"他顿了顿,"别担心,不是在说你。"

"但那种人口外流都是逐渐发生的。"何说,"阿普肖特不是。"

香烟飘出来的烟雾静止在空中。

凯瑟琳说:"这是什么意思,罗迪?"

这就是他今晚的胜利时刻,虽然没有他想要的金发美女。"他们都是在几个月内搬了进去,一整个村子的人。"

"具体是多少？"兰姆问。

何把打印出来的资料交给凯瑟琳，说："十七个家庭，全都是在一九九一年三月到六月之间搬进去的。"

十分罕见地，他满意地看到了兰姆哑口无言的瞬间。

瑞弗拖着沉重的步伐爬上格里夫·叶茨刚才带他走下的山坡，中间不得不停下喘了口气。脑海中的跳动减轻了些，他开始意识到自己还活着。他差点就要化作红雾喷洒在这片大地上了。

一想到还能见到格里夫，瑞弗的身体里就充满了力量。

红帽子在山坡顶端等着他，虽然只有一道黑影，但瑞弗的大脑突然活跃起来，想起了他的名字。瑞弗说："你是汤米·莫尔特。"那个在商店门口推着自行车卖种子的人。瑞弗之前路过商店的时候见过他，但只打了个招呼，从来没说过话。"这么晚了，你怎么会在这里？"

"来找迷路的小家伙。"莫尔特的帽子下露出白色的头发，他看起来七十多岁，满脸皱纹，穿一件破旧的粗呢外套，带着户外的气息，仿佛生活在树篱下。他的裤腿在脚踝处打了结，应该是为了避免骑自行车的时候蹭到，此时却要应付更加泥泞的山丘。他的声音粗粝，口音像淌过鹅卵石的流水一样汩汩而出。瑞弗没想到会被他救下一命，但他确实就站在这里。

"呃，谢谢你。"

莫尔特点了点头，转身继续向前，瑞弗跟在后面。他完全不知道这是要去哪儿，体内的指南针已经失灵。

莫尔特对身后喊道："你本来也没什么危险，他们不会瞄准建筑，不然那些屋子早就变成灰，树也变成火柴了。看见那边的山丘了吗？"

"看不见。"

"那些是青铜时期的古墓，军方不会朝那边开火，会引起非议。"

"我猜格里夫也知道这些？"

"他当然不想看你被炸成碎片，如果你是想问这个的话。"

"我下次见到他时会记住这句话的。"

"他只是想看你被吓得半死。"莫尔特突然停下脚步，瑞弗差点撞上他。"要知道，他可是从凯莉·特罗珀拆掉辅助轮时就爱上她了。所以你跟她关系这么好，还是在大白天的，嗯，你也能想象他有多不开心。"

"什么？"瑞弗说，"消息传得这么快吗？明明只是今天下午的事。"

汤米·莫尔特看了眼天空。

"好吧，是昨天下午。但他已经知道了？而且你也知道？"

"你听说过地球村这个词吧？"

瑞弗盯着他。

"阿普肖特就是乡村版的地球村，所有人对彼此了如指掌。"

"那个浑蛋差点害死我。"

"也许吧，但对他来说，害死你的并不是他。"

莫尔特向前，瑞弗跟上。走了一会儿，他说："感觉比来的时候更远了。"

"距离没变。"

他突然明白了。"我们不是在回主路，是不是？"

"当然不是，"莫尔特说，"你大老远地跑到这儿来，把自己吓得魂不守舍，然后就要夹着尾巴回去？太没出息了。"

"所以我们是要去哪儿？"

"去找这附近唯一值得找的东西。"莫尔特说，"顺便一说，这可是顶级机密。"

瑞弗点了点头，他们继续在黑暗中前进。

"好吧。"兰姆终于说道，"所以我才会留着你，现在回去玩你的玩具吧，小兔崽子。如果他们都是长期卧底，就都有假身份。文件肯定做得滴水不漏，但还有一线希望，给我找出来。"

"现在已经过了十二点了。"

"多谢，"兰姆说，"我的表快了。等你查清楚之后，再查一下阿尔卡迪·帕希金，拼写就跟读音一样。"他停了停，"你怎么还站在这儿？"

凯瑟琳说："你干得很好，罗迪。"

何走了。

她说："夸他一句你会死吗？"

"如果他不干活儿就只是在浪费空间。"

"他查到了这个。"凯瑟琳挥着手里的资料，"而且'小兔崽子'算什么？"

兰姆沉默了。

"天哪，我老了。"他说，"别告诉他，但我不是故意的。"

她走向茶水间，倒了一壶水烧上。回来的时候，兰姆把椅子向后推，正盯着天花板，嘴里叼着一根没有点燃的香烟。凯瑟琳等待着，过了一会儿他开口说道："你觉得怎么样？"

他似乎是真的想知道。

她说："我觉得可以排除偶然的可能性了。"

"阿普肖特又没开特卖会,而且就像何说的,那地方也没有什么能吸引人移居的东西。"

"所以一整个卧底团队就这么搬到了某个科茨沃尔德乡村,将其据为己有?"

"听起来有点像《阴阳魔界》,是吧?"

"但是为什么?那个村里住的全是退休人士。"

他没有回答。

水烧开了,她去泡了茶,拿着两个杯子回来,把兰姆的那杯放在他的桌上,他没有什么反应。

她说:"它甚至不算通勤城镇,没有直接通往伦敦的铁路,交通那么闭塞。村里有一座教堂,一家商店,还有几个邮购零售点,一家陶器店,一家酒吧……你觉得什么时候开始听起来像一个战略目标的话可以打断我。"

"他们搬进去时空军基地还在。"

"所以如果他们的目标是基地,早就应该搬走了。或者趁着基地还在的时候办完该办的事。而且谁会买下一栋房子、背上房贷,就为了完成一个任务?他们中一大半的人是贷款买房,所以才会被何查到。"

兰姆说:"不,别停下,继续说。没人说话太压抑了。"他继续看着天花板,双手开始翻找打火机。

她说:"如果你开始抽烟,我就把窗户打开,这屋里已经很臭了。"

兰姆把烟从嘴里拿出来,举在头顶,在手指间搓动。她能听见他思考的声音。

他说:"十七个人。"

"十七个家庭,其中一些拖家带口。你觉得他们的孩子知情吗？"

"有多少个？"

凯瑟琳看了一眼资料。"大概十二个孩子，大部分二十多岁了，至少有五个人还常驻在村里。瑞弗说——"兰姆突然坐直了身子，她的思路被打断，停了下来。"怎么了？"

"我们为什么要假设他们彼此知情？"

她说："呃……因为他们都在同一个地方住了二十年？"

"哦，他们晚餐聚会时肯定都在聊这个。"他的声调变高了，"我有没有说过，我和塞巴斯蒂安一起潜入过克里姆林宫？那时候最多就是聊聊要不要再来杯夏布利。"他又开始翻找打火机，"长期卧底都是单独行动的，没有交接人，只有激活暗号。干完一票就继续潜伏，中间能隔上好几年，从来不和其他人联系。"

他的表情变得像牛蛙一样，不知不觉就拿出打火机点燃了香烟。凯瑟琳穿过房间，拉开百叶窗，打开窗户。他没有说话。黑夜涌进屋内，急切地探索着这个全新的空间。

他说："想想吧。柏林墙塌了，苏联解体，无论这个间谍网原本是为了什么，现在都已经没用了。所以我们假设创造了亚历山大·波波夫的幕后主使暂且搁置了原本的任务，但没有把这群人叫回家，反而是送到了郊区，为什么？"

凯瑟琳顺着他的思路说了下去："他们花了很多年融入英国社会，有自己的工作，在各自的领域都很成功。然后他们接到了指令，搬到郊外，和无数其他的中产阶级家庭一样。也许他们已经不是卧底了，也许他们接受了自己在这里的身份。"

"像普通人一样生活。"兰姆说。

"所以我说得没错，这确实是个退休小镇。"

"但有人想把他们叫醒。"

"无论如何，"凯瑟琳说，"最好还是先通知瑞弗。"

莫尔特打开冰箱，从里面拿出一个挂满霜的瓶子，瑞弗甚至看不出商标。他在架子上找到两只玻璃杯，放在工作台上。然后打开瓶盖，把酒倒进两只杯子里，递了一杯给瑞弗。

"就这样？"瑞弗说。

"怎么，你还想加一片柠檬？"

"我们摸着黑穿过了整整七英里泥地，你所谓的顶级机密就是几杯免费酒水？"

"都不到两英里，"莫尔特指出，"而且天上还挂着四分之一个月亮。"

刚才在荒野上，一辆巡逻吉普驶过，他们不得不趴在地上躲藏起来。车前灯劈开黑夜，照在昆虫上，像浮在空中的碎玻璃，一闪一闪的。没过多久他们就穿过了铁丝网，并不是格里夫·叶茨带瑞弗走的那条路。出来之后也不是乡村小路，而是一条柏油路。瑞弗沿着道路向前走了一分钟，才发现这并不是一条公路，而是飞机跑道。接着他看到了前方建筑的轮廓，是飞行俱乐部的机库。旁边还有栋更小的房子，那就是俱乐部的屋子。进去之后他才发现，这里比起俱乐部更像是多了一些家具的车库。比如莫尔特刚才搜刮的那个冰箱，除此之外还有几把椅子，一张堆满纸质文件的旧桌子，一堆硬纸箱，半遮在塑料膜下。光源是天花板上的灯泡。通往这个藏宝处的钥匙就放在正门顶端的一根横梁上。如果不是汤米·莫尔特知道钥匙在哪儿，瑞弗也会首先去搜索那个地方。

此时汤米·莫尔特正疑惑地看着自己的空杯子，像是想不明白它怎么就空了。

瑞弗说:"我猜你不是俱乐部的会员?"

"这里也算不上是俱乐部。"汤米说,"没有那些条条框框,会员名单什么的。"

"所以你不是会员。"

他耸了耸肩。"如果他们想把门锁上,就会把钥匙放在找不到的地方。"

冰箱上除了账单和剪报还贴着一些照片,其中一张里凯莉穿着飞行服,戴着头盔,笑得很开心。其他照片上则是凯莉的朋友们:达米恩·巴特菲尔德、杰斯·布拉德利、西莉亚和大卫·莫登。其他人瑞弗叫不上名字。一个更年长的人站在飞行俱乐部引以为傲的小飞机旁,银发梳得一丝不苟,皮鞋擦得锃亮,穿着熨烫平整的裤子和带银色纽扣的夹克,他看起来像一个飞行员。

"那是雷·哈德利,对吧?"

"没错。"汤米说。

"他哪来的钱搞到这么一架飞机?"

"没准儿他赢了彩票。"

哈德利是俱乐部的创始人,如果一个不算俱乐部的俱乐部也能有创始人的话。是他鼓励凯莉和她的朋友们去上飞行课,也是因为他,这个车库和旁边的机库成了他们生活的中心。

某次聊天时,瑞弗问凯莉她怎么负担得起飞行课的价格,她看起来很迷惑,解释说是父母付的钱。"也没比骑术课贵多少。"她说。

桌子上立着一个日历,日期写在小小的方格里。有一些被红色马克笔打了叉。瑞弗注意到有上周六,上上周的周二,还有明天。日历下面用蓝丁胶黏着一些明信片:夕阳和海滩,全都是很遥远的地方。

口袋里的手机震动起来。

"我出去一下。"他对汤米说,然后拿出手机,看了一眼来电显示才接通。

打电话的人是凯瑟琳·斯坦迪什,不是兰姆。

"这件事可能听起来很奇怪。"她说。

凯瑟琳走了,兰姆关上窗户,拉好百叶窗,拿出了藏在抽屉里(他知道很老套)的泰斯卡,给自己倒了一杯。他喝着酒,眼神开始放空。如果有人在看,肯定会以为他要开始酒后小憩了,但兰姆睡觉时并没有这么安稳,总是伴随着突然的抽搐,有时还夹杂着谩骂。此时他静静地坐在那里,嘴边闪着水光,稳如磐石。

过了一会儿,他突然出声道:"为什么是阿普肖特?"

如果凯瑟琳在的话,肯定会说:为什么不呢?总得选个地方吧。

"但就算是在别的地方,我也会问为什么。"兰姆回答道。

但那些人不在别的地方,而是在阿普肖特。

选择这个地点的人有着克里姆林级别的头脑,就算选择早餐都会三思而后行。也就是说,和地图与图钉无关,选择阿普肖特肯定是有原因的。

兰姆闭着眼,回想起国家测量局绘制的阿普肖特地图。自从他把瑞弗·卡特怀特派到当地,他就每天研究一遍这张地图。阿普肖特比周围的城镇更小,是一个小村落,附近没有具备战略意义的地点。它只是安静地位于英国乡村的中心,吸引游客和摄影师前往。你能在这种地方买到古董摆件和昂贵的毛衣。当你厌烦了城市生活就会过去看看。如果让你想象英格兰,又看腻了白金汉宫、大本钟和议会大楼,你脑海中浮现的就是那样的景色。

或者至少,他纠正道,对于一个克里姆林的头脑来讲,那就是他想象中的英格兰。

兰姆动了动身子,坐了起来,又倒了一杯威士忌,喝掉,两个动作无缝衔接。然后他伸出一只胖手去摸衣架,发现外套已经穿在身上了。

已经很晚了,但他还醒着。而在兰姆的世界里,如果他还醒着,其他人就没理由继续睡觉。

他要撬开一个俄罗斯大脑,于是他离开了斯劳部门,向西走去。

瑞弗说:"你干了什么?"

凯瑟琳重复了一遍她刚才说过的话:"你在报告里提到的一半名字,巴特菲尔德、哈德利、特罗珀、莫——"

"特罗珀?"

凯瑟琳停了下来。"他有什么特别之处吗?"

"……没什么,还有谁?"

她继续读名单:巴特菲尔德、哈德利、特罗珀、莫登、巴奈特、萨尔蒙、温菲尔德、詹姆斯,还有其他……总共十七个人名,大部分瑞弗都遇到过。温菲尔德——瑞弗在圣约翰教堂见过这个人,她已经八十多岁了,就像一只鸟,眼神和嘴巴都很犀利。以前在BBC工作。

"瑞弗?"

"我在。"

"我们觉得B先生是去阿普肖特见联络人,可能是这些人中的任何一个,瑞弗。蝉的间谍网是真实存在的,就在这里,此时此刻。"

"名单上有没有汤米·莫尔特?"

他能听到她翻资料的声音。"没有,"她说,"没有莫尔特。"

"嗯,我也觉得应该没有。"瑞弗说,"好吧,路易莎怎么样了?"

"还是那样。那个会议就在明天了,你的老朋友蜘蛛·韦布和他的俄罗斯人,但是……"

"但是?"

"兰姆查了那个撞到明的女人,看门狗结论下得太早了,直接提交了意外死亡的报告。"

"天哪,"他说,"路易莎知道了吗?"

"不知道。"

"帮我看着点她,凯瑟琳,她已经觉得明是被谋杀的了,如果让她找到了证据……"

"我会的,但你怎么知道她的想法?"

"因为我也会这么想。"他说,"好吧,我会小心的。但目前为止阿普肖特就是表面上看起来的那样,一个风景优美但偏僻无名的小村庄。"

"罗迪还在查,到时候我会联系你的。"

瑞弗在黑夜中多站了一会儿。凯莉,他想道,凯莉·特罗珀——也许是她父亲,是的,他以前是在首都工作的大律师。也许他是那种老派克里姆林宫会利用的长期卧底。但是柏林墙倒塌时他女儿还没出生,怀疑她和这个间谍网有关实在没有道理。这么一个偏僻的地方，怎么可能孕育出新一代的冷战斗士呢？就算有可能，他们又是为什么而战呢？为了复活苏联吗？

瑞弗透过窗户看到汤米·莫尔特倒了更多伏特加，又从口袋里拿了什么东西放进嘴里，用酒精冲了下去。他依然戴着红帽子，帽子底下钻出来的头发看起来有些可笑。他下颌的皮肤紧绷着，长着白色的胡茬。虽然他的眼神颇有神采，但看起来有些疲惫。那顶帽子很活泼，和他周身的氛围格格不入。

瑞弗转身看向机库，通向跑道的大门被挂锁锁了起来，但是侧门并没有上锁。他走了进去，警觉地听着周围的动静，只有空荡荡的回声。他用笔式手电筒照向内部，同样什么都没有。飞机停在阴影中。那是一架赛斯纳天鹰，他从来没近距离接触过，但见过它在阿普肖特的上空翱翔，看起来就像一架玩具飞机。实际上它也没多大，高度只到瑞弗身高的一半，长度则是高度的三倍左右。这是一架单引擎飞机，能载四名乘客，机身是白色的，带蓝色条纹。他伸手去摸了摸机翼，触感很冰冷，却能让人感觉到温暖的可能性。之前他一直无法想象凯莉开飞机的模样，只知道她会驾驶，却没有实感，现在他明白了。

机库里面很空旷，所有东西都堆在墙边。一辆平板手推车把手竖起，像一匹木马。里面装的东西盖在帆布下，帆布用晾衣绳固定在推车上。瑞弗不得不用嘴叼着手电，努力解开绳结，最后终于将帆布掀开。他过了一会儿才反应过来那是什么，整整三大袋子，他伸手摸了摸，和飞机一样是冰冷的，但同样有着温暖的可能性。

就在这时，两支飞镖刺进了他的脖子。

一道光击中瑞弗的大脑，世界变成了烟雾。

* * *

温特沃斯语言学校很安静。霍本高街文具店楼上三层的办公室里没有亮灯，正和兰姆的心意。他更希望尼古莱·卡廷斯基正在睡觉。在晚上这种时候被人从梦中惊醒能唤起以前的回忆，让他在面对质问的时候更听话。

大门和斯劳部门的一样是黑色的，很沉重，饱经风霜。斯劳部门的正门已经好几年没打开过了，这扇门却每天都有人在用。兰姆把撬锁工具伸进钥匙孔时没有发出刺耳的摩擦声，缓缓推开门时铰链也没有吱呀作响。进屋后他在原地等了一分钟，让眼睛习惯黑暗，也让自己融入建筑中，然后才开始向楼梯进发。

只要兰姆想，他可以做到完全隐匿自己的气息。明·哈珀曾经说这是因为他在自己的地盘上。他熟知斯劳部门的每一根木板，知道踩到哪里会发出声音，甚至还自己修理过地板。但是明·哈珀已经死了，他又懂些什么？兰姆悄无声息地爬上楼，在学校门口停了一会儿，透过结霜的窗户看向里面。但他也可能只是做出了一副观察的样子，无论如何，这一瞬间的停顿足够他撬开门进屋，然后同样悄无声息地关上门。

他再次停在原地，等待着被自己扰乱的空气沉静下来，但其实没有这个必要，屋里没人。通向隔壁办公室的门微微敞开，那里也没有人。这里唯一的活物就是兰姆自己。一束束街灯穿过百叶窗，他的眼睛已经适应了这里的光线，能看清书桌底下有一张叠起来的露营床。薄薄的床垫绕着金属架叠起，就像某种挑战人体极限的瑜伽姿势。

兰姆没带手电筒。在一栋漆黑的建筑中打开手电几乎相当于大喊这里有贼。相反，他打开了安格泡台灯，冷黄色的光照亮书桌，溢向房间四处。眼前的一切和他上次来时没什么两样，书架上同样摆着厚厚的一沓册子，桌面也和上次一样堆满了纸质文件。他打开抽屉,翻着里面的纸张。大部分是账单,但其中还有一封信。信是手写的,从信封的开口处探出来。这竟然是一封情书,甚至不是激情洋溢的那种,而是表达分别之痛的情书。看起来尼古莱刚刚结束了一段恋情。他会做出这种事,甚至会和人恋爱这件事本身都不会让兰姆感到惊讶。但确实很奇怪,卡廷斯基为什么把这封信留在这么显眼的位置?只要有人非法侵入,翻一下他的书桌就能找到。卡廷斯基不算高端玩家,只是无数破译员中的一个,叛逃之前摄政公园几乎不知道他的存在。但即便如此,间谍工作还是应该教会了他莫斯科规则,而莫斯科规则是永远不该被忘记的。

兰姆把信放了回去,翻开一本工作日志。今天没有标出来的日程,今年的其他日期也是空白的,接下来的一连串日期也是同样的空白。兰姆翻到最后,找到了附录,上面简单写了些记事、首字母、时间和地点。他放下日志,隔壁的小办公室里有一个文件柜,里面放的都是衣物。马克杯、剃须刀和牙刷都在架子上。门后挂着一件衬衫。角落里有一个蓝色的冷藏箱,里面装着橄榄和鹰嘴豆泥、火腿片和一块发霉的面包。他在橱柜里找到了一堆空药瓶,瓶身上没有贴处方标签。其中一个上面写着艾克西莫黄素。他拿了一瓶塞进兜里,又检查了一遍房间。卡廷斯基确实住在这里,只是现在不在。

兰姆关上了台灯,离开学校,锁好身后的门。

13

伦敦也会沉睡,但是时断时续,总有一只眼睛是睁开的。电视塔顶部蝴蝶结形状的灯光闪烁着,红绿灯每隔一段时间就变一下颜色,公交车站的电子海报不断地轮换又停留、轮换又停留,虽然没有人在看,但还是努力地想要用超级优惠的购房信息吸引人们的注意。街上的车更少了,大声公放音乐的人变多了。车辆开走之后,低沉的鼓点声萦绕在其身后的街道上,久久不散。动物园里传出模糊的尖叫和低沉的咆哮,在一条被树荫遮蔽的人行道上,一个男人靠在围栏边吸烟。烟头忽明忽暗,他仿佛也和城市的脉搏融为一体,重复着这样的动作,直到天明。

有人藏在暗处观察他。这条人行道在警戒范围内,奇怪的是他竟然可以站这么久,却没有人来请他离开。半小时过去,一辆车终于出现在他面前,引擎低吟着停了下来。司机摇下窗户对他说话,声音听起来很疲惫,但可能并不是因为时间太晚,而是因为他不得不面对的人。

"杰克逊·兰姆。"他说。

兰姆把烟头扔过围栏。"你倒是不慌不忙的。"他回答道。

瑞弗醒来时看到了一片天空。地面在他身下滚过,他在一辆推车上。肯定就是在机库里看到的那个。而且他也同样被晾衣绳固定在车上,就像格列弗一样:手腕、脚踝、胸口、喉咙全都被捆了起来。他的嘴里塞了一团手帕,被胶条固定在位。

推车的人是汤米·莫尔特。

"如果你好奇的话,"他说,"是电击枪。"

瑞弗弓起后背,扭动手腕,但绳子绑得很紧,唯一松动的只有他的肌肉。

"也许你可以保持静止。"莫尔特提议道,"还想被电一次吗?我的电极针用完了,但可以给你接触式电击,保证很疼。"

瑞弗停下了动作。

"看你了。"

汤米·莫尔特并不在凯瑟琳的名单上。他没有想过,为什么莫尔特会在周二晚上出现在这里?他一般只在周末来阿普肖特。

车轮撞到了一块石头,如果瑞弗不是被绑在了车上,肯定就被甩出去了。晾衣绳勒进他的脖子,他含糊地哼了一声:疼痛、愤怒还有沮丧,全都被手帕堵在了嘴里。

"糟糕。"莫尔特停下推车,在裤子上擦了擦手。他又说了什么,但风声吹走了他的话语。

瑞弗扭着头,减轻脖子上的负担。他离地面只有不到一英尺,眼前只有漆黑的草地。

他又想到了在机库里找到的东西,当时那些东西装在他现在躺着的推车里。也就是说,它们现在不在推车里了。

他猜那些东西被装上了飞机。

他们坐在车里。尼克·达菲的脸上还留着枕头印。

"你是怎么想的?"他问,"凌晨两点,你在总部门口,像个疯子一样站在那儿什么都不干,还抽烟?他们没派执行员出来都算你走运了。"

执行员就是穿黑衣的特勤队,他们会在暴力发生之前出现。

"我是有出入证的。"兰姆指出。

"但前提是你永远不会去用它。"达菲说,"值班的人担心你会突然冲进去,打电话把我叫了过来。他们都记得去年那次假炸弹的事。"

兰姆满意地点点头。"很开心听到你们还记得我。"

"那可真是想忘也忘不掉,你就像疱疹病毒。"达菲示意了一下总部大楼,"不可能放你进去的。所以无论你想干什么,写个留言,戴女士看到肯定很开心。而现在,因为我是个好人,所以我会开车把你送到最近的出租车点,但必须是在回我家的路上。"

兰姆拍起手,一下,两下,三下。然后又拍了几下,拍完又接着拍了几下,直到这个行为变得不再幽默,而是令人窒息。最终他开口说道:"哦,抱歉,你说完了吗?"

"去死吧,杰克逊。"

"那要等到你带我进总部之后了。"

"你刚才听到我说话了吗?"

"一字不落。你看,我们可以按你的办法来,但那样我就得从出租车点走回来,然后换一个不那么低调的方式,也就是大闹一场。哦对,还能顺便毁掉你的职业生涯。"他拿出烟盒,发现里面空了,于是随手丢到车后座上。"这是你的选择,尼克。我已经好几个月没摧毁别人的事业了,这事还挺有意思的,就是书面工作太烦人了。"

达菲目视前方,好像车辆正在行驶,路面情况突然变得复杂了起来。

"如果你还不知道你搞砸了什么,我就好心提醒你一下。"兰姆拍了拍达菲握着方向盘的手,他捏得很紧,手指越来越苍白。"人都会犯错,孩子。你最近犯的错是没查清楚就提交了丽贝卡·米切尔的报告。"

"她是清白的。"

"呵,你觉得她是清白的,也许她现在看起来是,但以前可不是。至少在她跟两个……哪里来着?对,两个俄罗斯的小伙子玩转瓶子游戏的时候可不是。她把明·哈珀撞死时,他恰好在盯着一群哪儿来的人来着?你真的需要我明明白白地说出来吗?"

"泰维纳接受了这份报告。"

"她肯定很乐意维持现状,直到有人把真相大白于天下,指出其中的漏洞。"

"你听不懂我的意思吗,兰姆?她很乐意接受这份报告。"他边说边敲着方向盘。"她让我直接把报告做好递交上去。所以你不是在和我对着干,你是在和她对着干,祝你好运。"

"别这么幼稚,尼克。无论她给了你什么命令,你才是那个付诸行动的人。所以如果要挑一个人献祭给狼群,你猜猜会是谁?"

他们在车里沉默地坐着,达菲把没能说出口的话敲在方向盘上。敲击声逐渐变得支离破碎、杂乱无章,最后停了下来,仿佛他脑海中的声音也渐渐变得语无伦次。"天哪,"最后他说道,"我就不该在晚上十二点之后接电话。"

"不,"兰姆说,"你最不应该做的是忘记明·哈珀是我的人。"

他们下了车,走向摄政公园总部。

旅程结束很久之前瑞弗的身体就在发出悲鸣了。他感觉自己像一个手鼓,随着别人的节奏不停摇摆。

莫尔特看起来也累得够呛,每隔五分钟就得停下休息一会儿。刚才在俱乐部附近,一辆巡逻车驶过,他们不得不躲起来。现在不用了,莫尔特知道巡逻时间,近期不会有车路过。无论他是谁,他显然知道自己在干什么。

至于他们的目的地,他并没有说出来。

他停下脚步,隔着帽子挠了挠头皮,帽子滑动后好像他的整个头都歪了。他发现瑞弗在看,露出了一个邪恶的微笑。

"就快到了。"

"档案室。"

进来之后达菲的脸色更苍白了。他神情紧绷,好像一个随时有可能爆炸的气球,等气体都放出去之后就只剩下空洞的愤怒。"档案室。"他重复道。

"还是在地下,对吧?"

达菲狠狠地按下电梯按钮,好像在戳兰姆的喉咙。"我还以为你那个叫何的手下负责处理档案。"

"是吧,但他只是装装样子,实际上没多少进展。"

他们下了几层,但没下到最底层,来到了一条亮着蓝白色灯光的走廊。尽头有一扇敞开的门,从门里照出来的灯光更温暖,就像一座图书馆。光线被一个可疑的低矮身影挡住了,那是个坐在轮椅里的女人，身材圆润，灰色的头发乱糟糟的，脸上扑的粉白得让她有点像小丑。随着两人接近，她的表情从警惕变成了愉快，等他们站在她面前时，她已经张开双臂在欢迎了。

兰姆弯下腰，给了她一个拥抱，尼克·达菲站在一边，仿佛目睹了一次外星接触。

"茉莉·多兰。"女士松开手之后兰姆说道，"你真是一点都没变老。"

"咱们两个总得有一个要维持形象吧。"她说道，"你胖了，杰克逊。那件外套让你看起来像个流浪汉。"

"这是新买的。"

"新是什么时候？"

"上次见到你的时候吧。"

"那是十五年前了。"她松开他，看向达菲。"尼古拉斯，"她轻快地说道，"滚蛋吧，我这一层不欢迎看门狗。"

"我们想去哪儿就能去——"

"不不，"她晃动着一根短粗的手指，"我这层，不欢迎，看门狗。"

"他马上就走了，茉莉。"兰姆保证道。他转向达菲，说："我会留在这儿。"

"现在可是大半夜——"

"去外面等着。"

达菲瞪着他，摇了摇头。"他以前跟我警告过你，我是说萨姆·查普曼。"

"他对你也颇有微词。"兰姆说，"尤其是查清了丽贝卡·米切尔的事之后，来吧。"他拿出从卡廷斯基办公室里偷走的药瓶，"顺便查清楚这个是什么。"

无论达菲想说什么,他的话都被关在了电梯门的另一侧。

兰姆再次面向茉莉·多兰。"他们怎么把你安排在夜班了?"

"这样我就不会吓到年轻人,他们只要看我一眼就能看到自己的未来,然后辞职去城里找别的工作。"

"嗯,我猜也是。"

她的轮椅是樱桃红色的,有着厚厚的天鹅绒扶手,像甜甜圈一样能转三百六十度。她在原地转动轮椅,带着兰姆走进一个长条形的房间,两侧立着柜子,都安装在滑轨上,像有轨电车一样。这样不用时就可以推在一起,像一个巨大的手风琴。每一列书柜里都放满了落灰的文件,有些信息太过古老,上一个取用的人自己都化作尘埃了。这里存放着摄政公园更古老的秘密,当然也可以把这些都变成电子资料收录,但局里没有预算拨出来做这件事。

楼上就是数据部,他们掌控着数据的宇宙。但是在这里,茉莉·多兰守护着被忽略的历史。

茉莉的办公桌在一个小隔间里。三角凳摆在一边,前面的位置空出来留给她的轮椅。"所以,这就是你最后的归宿。"

"说得好像你不知道似的。"

"难得来拜访一次,我向来不擅长社交。"

"我们两个都不是那块料,杰克逊。"她把轮椅推到平时的位置,"没关系的,你坐上去椅子也不会塌。"

他坐在了三角凳上,看着她的"豪华轿车"。"你倒是坐得舒坦。"

她笑了起来,笑声出奇地清脆,像银铃一般。"你真是一点都没变,杰克逊。"

"也没有这个必要。"

"你做了这么久卧底工作,把自己伪装成其他人,已经不想再假装了吧。"她摇了摇头,好像突然想起了什么,"十五年了,你现在来这里是想找什么?"

"尼古莱·卡廷斯基。"

"那个无名小卒。"

"没错。"

"那个破译员。当时破译员真是成群地涌过来,九十年代那会儿白送都没人要。"

"他带来了一片拼图。"兰姆说,"但在哪儿都拼不上。"

"不是边缘的拼图,也不是四角,只是一片天空。"进入正题之后茉莉的表情变了,扑了太多粉的脸颊变得红润,显露出皮肤原本的颜色。"他声称听说过蝉的事,那个由虚构首脑领导的假间谍网。"

"亚历山大·波波夫。"

"是的,亚历山大·波波夫。但那只是莫斯科中心在棋盘被掀翻之前玩的一个游戏。"

兰姆点了点头。这里很暖和,他开始出汗了。"所以我们有哪些关于他的文件?"

"野兽系统里没有吗?"

"野兽"是茉莉·多兰对安全局许多个数据库的统称,她拒绝进一步区分它们,因为当它们崩溃时(迟早会崩溃的),就不可能分出谁是谁了。只是一块又一块漆黑的屏幕,而她会是那个手执蜡烛的人。

"只有细枝末节。"兰姆说,"还有审问录像。你也知道的,茉莉。小年轻们觉得二十分钟的录像比几千、几万字的报告更有价值,但我们知道根本不是这样,对吧?"

"你是在讨好我吗,杰克逊·兰姆?"

"如果有必要的话。"

她又笑了起来,笑声像蝴蝶一样飞到文件堆之间。"我以前会担心你,你知道吗?怕你到竞争对手那边去。"

兰姆好像被冒犯了一样。"中央情报局?"

"我是说私企。"

"呵。"他低头看去,看见自己沾满污渍、没塞进裤子的衬衫,磨损的鞋和敞开的裤子拉链,似乎在享受这一瞬间的自知之明。"很难想象他们会愿意招募我。"但他还是懒得把拉链拉上。

"是的,现在看到你,我才知道担心是多余的,对吧?"茉莉离开桌边,"我去看看这里都有什么文件,你也别闲着,去帮我烧壶水。"

轮椅滑走,她的声音飘了回来。"如果你敢点燃那根烟,我就把你拿去喂鸟。"

所以,他们又回到了这里。

瑞弗是睡着了吗?这可能吗?肯定是身体分泌了某种天然麻醉剂,让他昏睡了过去。他的身体拒绝承受更多痛苦,脑海中掠过无数噩梦般的画面。其中就有一副凯莉·特罗珀画的速写。画面中是城市天际线,最高的那栋大楼被一道尖锐闪电击中。

现在他们又回到了这里,回到了这栋倒塌的房屋。他身体里的每一根骨头都在呻吟。但也可能是夜风吹过树枝,枝叶在墙壁上摩擦发出的声音。

"甜蜜的家。"汤米·莫尔特说。

* * *

兰姆用嘴叼着圆珠笔，翻阅着卡廷斯基的文件，很快就看完了。"东西不多。"他说。

"如果不是因为他提到了蝉，"茉莉说，"他就会直接被扔回国。但他说了，所以他拿到了最低级的待遇。背景调查组确认了他的身份，然后忙着去钓其他更大的鱼了。"

"生于明斯克市，在当地交通部任职，后被克格勃招募，在莫斯科情报中心工作了二十二年。"

"安全局第一次得知这个人的存在是在一九七四年十二月，拿到了一份员工轮班表之后。"

"我们从来没主动接触过这个人物。"兰姆说。

"如果真的接触过，这个文件夹肯定会厚得多。"

"奇怪，理论上应该查一下的。"

他把文件夹放在茉莉的书桌上，看向阴影中的纸堆。他嘴里的圆珠笔缓缓扬起又落下，扬起又落下。兰姆似乎没意识到这个动作，他沉浸在自己的世界中，对周围的一切都浑然不觉。他的一只手伸进敞开的裤子拉链，开始挠痒痒。

茉莉·多兰抿了一口茶。

"好吧。"兰姆终于说道。档案室本来就安静，此时茉莉屏住呼吸，更是鸦雀无声。"如果他不是一个无名小卒呢？万一他是一条大鱼，假装自己是个小兵呢？有这种可能性吗，茉莉？"

"但是有点奇怪，为什么会有人藏起对自己有利的信息？冒着可能被遣送回国的风险编出那样的谎话？"

"是很奇怪，"兰姆同意道，"但他能做到吗？"

"装成一个破译员？当然可以，没问题，如果他真的是条大鱼，确实有可能做到。"

两人对视了一眼。

"你觉得他是失踪人员中的一个,对不对?"茉莉说,"你觉得他是苏联解体时失踪的一条大鱼。"

当时失踪的人不在少数。有一些可能在不知不觉中进了坟墓,其他人很可能取得了新的身份,此时此刻正披着伪装在生活。

"确实有可能,他可能是其中一个给我们找过很多麻烦的克里姆林宫首脑。战争结束时他想借机逃跑,又不想余生都被赢家取笑。"

茉莉说:"那他就必须提前很多年把那个名字放到轮班表上。他甚至不能确定我们会看到,"然后她发现了,"啊——"

"没错。"兰姆说,"就是这样,你觉得那个名单是怎么到我们手里的?"

"我可以查一下。"茉莉怀疑地说道,"可能吧。"

他摇了摇头。"现在这不是最重要的问题。"

"但还是不能解答我的疑惑,他必须要提前好几年着手准备,那个时候他还不知道自己可能会用到这个身份。一九七四年十二月,那时不可能有人预见到结局。不可能那么早。"

"你不用提前预知结局也可以未雨绸缪。"兰姆说,"只要知道有这个可能性就行了。"他看向手里的圆珠笔,好像不明白它是怎么跑到这儿来的。"特工只有在确保了自己的逃跑路径之后才会真正安心。"

"但是还有其他理由,对不对?你的表情不对劲。"

"确实,"他说,"还有其他理由。"

汤米·莫尔特的呼吸终于恢复了正常。他将推车推过已经变成碎石的地面,颠得瑞弗的骨头都要散架了。瑞弗甚至觉得自己的牙齿都松动了。现在虽然停了下来，但他还在不停颤抖。晾衣绳勒得皮肤火辣辣地疼，耳朵里能听到扑通扑通的心跳声。让他留住一丝理智的是愤怒，对自己的愤怒。他居然在同一天晚上犯了两个愚蠢的错误。窥到莫尔特计划的冰山一角后，他觉得不可置信，又不能不信。

贴在嘴上的胶带被撕开，堵住嘴的手帕也被取了出来。瑞弗大口呼吸着夜晚的空气，补充稀缺的氧气。他吸得太快，几乎呛到了自己。莫尔特说："看出来你很急了。"

瑞弗努力找回自己的声音："你他妈的这是在干什么？"

"我还以为你已经知道了，沃克。乔纳森·沃克？你不觉得这个名字有点俗套吗？"

"这是我的名字。"

"不，这是杰克逊·兰姆给你的名字。但你之后也用不上了，是吧？"

他知道兰姆，知道瑞弗是个间谍。事到如今也没必要再装无知了。瑞弗说："我一小时之前就该打电话汇报情况了，他们会来找我的。"

"真的？错过一个电话他们就要派出海岸警卫队？"莫尔特一把摘下了红帽子，他的头发也一起消失了。原来那些白色的头发是帽子自带的。他是光头，或者说几乎是光头，耳边还有几缕发丝。"错过明天的电话他们可能会开始担心，但到时候就该担心其他更重要的事了。"

"我看到你放在推车上的东西了，莫尔特。"

"很好，正好开拓一下你的思路。"

"莫尔特？"

但莫尔特走出了瑞弗的视线范围，他只能听到脚步踩在瓦砾之间的声音。

"莫尔特!"

然后什么声音都没有了。

瑞弗小心地转动头部,再次望向天空。他深吸了一口气,然后怒吼着用力弓起后背,仿佛身体里的怒火即将迸发而出。推车晃了几下,但晾衣绳勒得更紧了,瑞弗的怒吼变成了一声尖叫,冲向头顶的树梢,回荡在破碎的墙壁之间。最后他还是被牢牢地固定在原地,在黑暗中,被绑在一辆推车上。他逃不掉,附近也没有人能听到他的呼救。

这次他意识到,时间已所剩无几。

茉莉·多兰的脸上涂着厚厚的一层粉底,就像面包上的黄油,她听着兰姆说话,表情不为所动。他说完之后她沉默了整整一分多钟,然后说:"所以你觉得是他,卡廷斯基。你觉得多年前是他劫走了迪基·鲍。"

"是的。"

"而他等了这么多年才开始第二次动作。"

"不,无论当初的计划是什么,冷战结束时都被废弃了。他现在是想干别的事,迪基·鲍不过是枚方便的棋子。"

"蝉呢?他们也是真实存在的?"

"最好的伪装就是让对手觉得你并不存在。没有人去找亚历山大·波波夫的牢房,因为我们觉得他是个传说,波波夫自己也是这么想的。"

"而卡廷斯基就是创造他的那个人。"

"是的,这也就意味着,"兰姆说,"他就是那个人。尼古莱·卡廷斯基就是亚历山大·波波夫。"

"天哪,杰克逊。你唤醒了沉睡的怪物。"

兰姆身子后仰,他在昏暗的灯光下看起来更年轻了,也许是因为他正在重温古老的历史。

茉莉任由他思考,文件堆上的阴影拉得越来越长。但在这个暗无天日的地下室,她知道这只是大脑产生的幻觉,让她能感觉到正常的时间流逝。外面的天空逐渐亮起。摄政公园从不入睡,但很快也会摆脱夜晚的阴森,那种黑暗时黏在蜘蛛网上一样的感觉就会褪去。早班的人发现他们在这里肯定会很惊讶。

兰姆动了动,她问了一个问题。"所以他现在打算干什么,那个波波夫?"

"我不知道,不知道他要干什么,也不知道原因。"

"或者为什么要把据点放在阿普肖特?"

"是的。"

"亡狮。"茉莉说。

"怎么了?"

"是个小孩玩的聚会游戏。你要装死,躺着不动,什么都不能做。"

"游戏结束之后呢?"兰姆问。

"哦,"她说,"可能会闹得天翻地覆吧。"

他的手机在口袋里。

这件事给他的感觉和企鹅的交配习惯一样:一半让人安心,一半令人迷惑,但没有什么实际意义。迷惑是因为他不明白莫尔特为什么没有把手机拿走。不过无论如何,他现在也够不到,所以它还不如挂在树枝上呢。但是无论他如何发散思路，总是会回到在机库小推车上找到的那几包肥料上。

如果那里藏着莫尔特不想被人发现的秘密，他为什么要把瑞弗带过去？如果凯瑟琳提供的信息准确，整个村庄里都是长期卧底的苏联间谍，莫尔特在其中又扮演了什么样的角色？太阳渐渐升起，这些问题也退居其次，那几包肥料再次浮现在了他的脑海中。

肥料，在特定的情况下就会变成炸弹。

瑞弗上次看到的时候，它们就在一架飞机旁，像登机行李一样。

兰姆想出去抽根烟，走到人行道上才想起来他把最后一根烟抽完了。于是他又走到地铁站，从二十四小时便利店买了一包新的。回到摄政公园正门时，他正在用第一根烟点燃第二根，然后抬头看向越来越亮的天空。街上的车辆逐渐多了起来。现在的一天就是这样开始的，不同的细节相互叠加渐渐苏醒。他年轻的时候，一天的开始如同响亮的钟鸣。

尼克·达菲又出现了。他从一辆停着的车里走出来，到了兰姆身边。

"你抽太多烟了。"

"再提醒我一下，正常的吸烟量是多少？"

对面的树枝摇曳，像是做了噩梦。达菲揉着脸，手上的关节通红。

他说："她每个月都会收到一张支票。偶尔还会接到些工作，帮那些不想被发现的人提供食宿，或者交接包裹、帮忙传信。用她的话来说,就都是些琐碎的小事。"

"直到明·哈珀。"

"她接到电话时已经很晚了。对方用了平时的暗号,让她把车带到艾奇韦尔路后面的地下停车场。"达菲言简意赅地总结道,"据说对方有两人,带着一个醉酒的男性。"

"她以前见过他们吗?"

"她说没见过。"

他停了一下,复述了一遍丽贝卡·米切尔的话。两人中的一个把明·哈珀的头撞向停车场的水泥地面,另一个开着丽贝卡·米切尔的车。接下来就很简单了。把明架上自行车,开车撞向他。确认他的脖子断裂后,他们把尸体和自行车装进自己的车,转移现场。

说完后,达菲站在那里盯着对面的树影,好像在怀疑摆动的树枝是某种暗号,而它们议论的对象正是他。

兰姆说:"你们应该能查出来的。"

"他们拍了照,还原了自行车和尸体在停车场里的位置。"

"就算是这样也应该能查出来。"兰姆把烟扔掉,火花落下,"你这工作干得不行。"

"我承认。"

"可不是吗。"兰姆用沾满烟味的手搓了搓脸,"她配合吗?"

"不太配合。"

兰姆"哼"了一声。

过了一会儿,达菲说:"他肯定看到了什么不该看的东西。"

或者不该看到的人。兰姆想着,又哼了一声,然后回到了总部大楼里。

这次他从电梯里出来的时候碰到了一个大男孩,穿着一件印着恶魔岛囚犯的运动衫,戴着厚厚的黑框眼镜。"你就是杰克逊·兰姆吗?"他问。

"你怎么发现的?"

"主要是因为那件大衣。"他摇了摇手里的药瓶,是兰姆之前交给达菲的那个。"你想知道这个是什么。"

"所以?"

"这个东西叫艾克西莫黄素。"

"是吗,真希望我也能想到读一下标签。"

"随便一查就知道了,"那孩子说,"除了名字,这个药实在没什么特别的。主要成分是阿司匹林,裹在糖衣里——橘黄色的糖衣。"

"别告诉我,"兰姆说,"是网上卖的那种。"

"没错。"

"他们宣传这东西是用来治什么的?"

"肝癌,"男孩说,"但没什么用。"

"真想不到。"

那小子把药瓶放在兰姆伸出的手中,推了推鼻子上的眼镜,然后走进了兰姆刚刚腾出来的电梯里。

兰姆抿着嘴,回到了茉莉·多兰的档案室。

她泡了更多的茶,坐在隔间里慢慢喝着。水蒸汽盘旋向上,飘至黑暗的天花板。

兰姆说:"我有没有告诉你,我看了他的日记?他没有未来规划。"

茉莉抿了一口茶。

"而且还在吃治癌症的假药。"

茉莉说:"天哪。"

"是啊，"兰姆说着把药瓶扔进了垃圾桶，"无论他想干什么，至少现在我们知道原因了。他要死了，这是他死前最后的狂欢。"

14

早上,阳光异常明亮,刺眼的光线透过窗帘照进屋来。最近天气一直很晴朗,温暖得有些反常。四月的夏天充满了虚假的承诺,只要你背过身去不看,气温就会在不经意间突然下降。

路易莎躺在床上,与其说是被阳光唤醒,不如说是突然意识到自己已经醒了很久。她睁着眼睛,大脑像陀螺一样嗡嗡转动。没有什么特别明确的想法,只是在思考今天的待办事项。首先是起床、淋浴、喝咖啡。然后是更重要的事:离开公寓、见马库斯和接帕希金。所有其他的事就像昨晚一样,化作一团漆黑的混沌,融入了背景。她要尽可能无视这些,就像无视在阴晴不变的天空中飘浮的云朵。

她起床、冲澡、穿衣,喝了咖啡,然后出去找马库斯。

凯瑟琳回到斯劳部门的时间很早,就像从未离开过一样。即便如此,来的路上她还是穿过了一群被点燃了保险丝的市民。地铁里到处都是人,他们聊着天,有些举着抗议标牌。阻止金融街是最受欢迎的一个,另外还有标牌上写着对银行说:不。有人在巴比肯地铁站里抽烟,空气里有种躁动不安的氛围,今天肯定会有人打碎玻璃。

虽然她到得很早，但罗德里克·何比她还早。这并不罕见，何总给人一种住在单位的感觉。她怀疑这是因为他想用局里的地址进行网络活动。但今天稍微有些不同，他居然真的在工作。她推开他办公室的门，何抬起了头，说："我找到了一些有趣的东西。"

"我给你的那个名单吗？"

"阿普肖特那伙人。"他挥着一张打印出来的资料，"至少是其中的三个人，我尽可能追溯了他们的过往，当然有很多文件，他们浑身都写满了文件。但最早的资料只有鞋子没有脚印。"

"这是你的一个网络用语，是吗？"

何突然露出了一个笑容，这比看到有人在地铁站聊天还奇怪。"现在是了。"

"意思是……？"

"比如这个安德鲁·巴奈特，他的简历上写着六十年代初期他在切斯特郡读圣莱昂纳德文法学校。现在那里变成了一家综合学校，IT部门相当厉害，他们的一项工作就是把学校的档案电子化。"

"所以没有相应记录。"凯瑟琳补充道。

何摇着头，说："当年是没什么问题，这些人可以随便捏造早期生活。但那是在前互联网时代，他们肯定不知道纸质文件要被淘汰了。"

她看了一眼打印出来的资料，除了巴奈特，何还查了巴特菲尔德和萨尔蒙，找到了同样的空白。肯定还有更多，其他人的简历应该也有问题。所以他们的猜测成真了，一整个苏联卧底网络在英格兰的小乡村安了家。也许是因为他们没有了不得不完成的使命，也许还有其他某些无法推测的原因。

"干得好，罗迪。"

"哈哈。"

但可能她在兰姆身边待得太久了，因为她又加了一句："总比每天在网上冲浪要好。"

"好吧，但是，"他扭头看向别处，脸色开始泛红，"那些破档案我熬一晚上就能搞定，这个不一样。"

她等着他的视线再次回到这边。"有道理，"她说，"谢谢你。"她看了眼手表，现在是早上九点。路易莎和马库斯应该在接阿尔卡迪·帕希金的路上，这突然让她想起了一件事："你查了帕希金的背景吗？"

现在何的表情变回了以往的那种不满。也许面对电脑屏幕会延长人的青春期，应该有相关调研吧，肯定也是在网上完成的。"我有点忙。"

"我知道，但是你可以现在查。"

虽然破坏了他的心情就这么离开似乎不太好，但罗迪·何有自己的一套准则，所以不用担心。

刚过早上九点，他们在酒店附近见了面。地铁里和街道上挤满了抗议者，警察也到处都是，更不用提摄制组、新闻车和看热闹的路人了。抗议者逐渐聚集在海德公园，空气中飘着一百种早餐的味道。扬声器正在播放一条广播：这是一场经过正式报批的活动，警方将全程负责维护安全与秩序。但广播被音乐和聊天声淹没了。现场的氛围兴奋而激动，就像一场世界级的派对正在等待DJ的到来。

"估计要出事。"马库斯在打招呼的时候说道。他指着一群走向公园、二十来岁的年轻人,他们高举着去死吧银行的标语。

"只是一群愤怒的民众。"路易莎说,"没什么大不了的,你准备好了?"

"当然。"他今天穿着一套灰色西装,打着三文鱼色的领带,戴着墨镜。看起来很英俊。但这也只是她注意到的众多无足轻重的细节之一。"你呢?"

"我很好。"

"真的?"

"我刚才就是这么说的,不是吗?"

他们走过转角。

他说:"听着,路易莎,我昨天晚上说的——"

他的手机响了起来。

这不能算是睡眠,更像是断片了。疼痛、压力,这些情绪就像被关在洗衣机里一样,一遍又一遍地翻滚,直到把瑞弗甩得失去意识,跌下自作自受的悬崖。在黑暗的循环中,事实的碎片不停地啃噬他的神经:飞机上的肥料,凯莉今天早上就会把飞机开走。她画的城市素描,闪电无情地击中高楼。飞机本身就是一种炸弹,但人们看到它时并不会这么想。除非塞满富含大量氮元素的肥料,这时你就会意识到它有多么易爆。

这些细节一遍又一遍地在他脑海中翻腾,画面不停重播。为什么是凯莉·特罗珀?她为什么要开着引以为傲的飞机去撞伦敦最高的大楼,给世界创造一个新的归零地?

一遍又一遍,直到瑞弗丧失了对时间和地点的概念,他的嗓子已经喊哑了,他再次陷入昏迷。

马库斯打电话时，路易莎看着逐渐聚集的人群，就像在见证某种蜂群意识的诞生。无数不同的个体聚在一起，最终变成一种新的集体意识。马库斯很可能是对的，今天确实会出事。但这无关紧要，是可以无视的背景。她想道：昨晚会不会是她和帕希金独自相处的最后机会？如果会议结束后他立刻飞走，她就永远无法得知明死亡的真相。

马库斯挂断电话后说："抱歉。"

"打完了？我们可是在执勤，不是出游。"

"电话不会再响了。"他说，"你也不会把帕希金丢出窗外，对吧？"

她没有回答。

"对吧？"

"是兰姆让你这么干的？"

"我对兰姆的了解不如你，但我觉得他不像那种会关心员工的类型。"

"哦，所以你是在关心我了？"

"帕希金雇的那两只猩猩可不是摆设，你只要动一下他们的老板，他们就会把你大卸八块。"

"就像他们对明做的那样。"

"无论明的死是怎么回事，我们都会查出来的。但如果你赔上一切，复仇还有什么意义？相信我，你昨天晚上的计划就是这样。就算帕希金的手下没动作，安全局也不会饶了你的。"

街对面的人突然开始大声喊出口号，高呼声又化作阵阵笑声。

"路易莎？"

"你为什么会来我们这儿？"脱口而出之前她都没意识到自己会这么问，"来斯劳部门？"

"这很重要吗？"

"你把自己当成了我的上级，是的，这确实很重要。我听说你是因为精神崩溃才被送到这里，因为受不了压力。所以没准儿你关心我只是为了确保自己的生活没有变故，不会被我波及。"

马库斯低下头，从墨镜上方盯着她看了一会儿，又把墨镜推了回去。他开口时语气比表情要温和得多。"嗯，听起来有可能，虽然很扯淡，但确实有可能。"

"所以你不是精神崩溃了。"

"当然不是，我只是沉迷赌博。"

有人喊了他的名字。

听起来像是他的名字，不是他真正的名字，但听起来很像。这声呼唤将瑞弗从黑暗中拉起，当他睁开眼睛时，天光透过树枝照下来，蓝天一望无际，他不得不再次闭上眼睛，避开那刺目的蓝色。

"沃克？约翰尼？"

有一双手在他身上，突然间紧紧勒住他的压力减轻了，他终于可以动了，但四肢痛得要命。

"我的天，老兄，你真是一团糟。"

他的救世主是一个朦胧的影子，模糊的斑块聚在一起，像一个行走的罗夏测试。

"先把你从这鬼地方弄出来。"

那人的胳膊把瑞弗拉起来，他的身体发出疼痛的尖叫，但他并不讨厌这种感觉，疼痛逐渐取代了麻木。

"好了。"

一瓶水递到唇边，液体涌进他的嘴，瑞弗忍不住咳嗽，弓着身，几乎吐了出来。然后他盲目地去抓水瓶，一把夺过来，贪婪地喝掉了剩下的水。

"天杀的，老兄，"格里夫·叶茨说，"你也太惨了吧。"

"我只是沉迷赌博。"马库斯·朗里奇说。

"你什么？"

"赌博。扑克牌、赛马，来者不拒。"

路易莎盯着他问："就这样？"

"其实还挺严重的。显然他们觉得这个爱好会妨碍外勤部的工作效率。真的很搞笑，出外勤本身就是最大的赌博。"

"那他们为什么没直接开除你？"

"他们犯了个战术性错误，因为人事部有个人说沉迷赌博属于一种精神疾病，给我约了一位心理医生。"

"然后呢？"

"我去看了医生。"

"然后呢？"

马库斯说："不能说真的奏效了，至少不是百分之百。比如刚才给我打电话的就是个博彩商。"路边的汽车开始不停鸣笛，他不得不停了下来。这种即兴交响很可能成为今天的主旋律，因为车辆发现今天它们在马路上被降级成了二等公民。"但总之，结果就是，既然他们给我安排了心理医生，就不能开除我，怕有法律纠纷，所以……"

所以他就加入了下等马的行列。

路易莎看向酒店，他们等的人随时有可能出现在那扇巨大的玻璃门后。"你是泰维纳安插在斯劳部门的眼线吗？"

"不是，她为什么要这么干？"

"凯瑟琳说的。"

"我不懂，"马库斯说，"我们相当于总部丢在外面的垃圾，如果她想知道发生了什么，不能直接问兰姆吗？"

"她可能不想跟他说话。"

"有道理。但我不是谁的眼线，路易莎。"

"好吧。"

"所以你相信我吗？"

"只是'好吧'的意思。你沉迷赌博真的没问题吗？"

"去年我带凯西和孩子们去罗马玩了两个星期，都是多亏了我沉迷赌博。"他又推了推墨镜，"所以去他们的吧。"

这是她第一次听他提起家人。也许他是想赢得她的信任。

他看了眼手表。

"好吧。"路易莎重复道，这次的意思是赞同他的观点：时间差不多了。她带头走进了酒店大堂。

既然他们是搭档，那他能维持住精神稳定当然是最好的，路易莎想道。

但今天只是做安保，他的外勤经验多半也派不上用场。

凯瑟琳给瑞弗打了电话，无人接听。然后她又打给兰姆，同样无人接听。她研究了一下手头的资料。只有鞋子没有脚印。身上的负重越多，脚印就越深，但这些阿普肖特居民的早期生活，就算踩在糖粉上都不会留下痕迹。

斯蒂芬·巴特菲尔德有一家出版公司，简单上网查一下就会发现他在评论家之间拥有一席之地。他总是准备就绪，随时都能在BBC广播四台和《观察家报》上针对热点议题发表观点。他曾在议会的扫盲委员会任职，也曾担任一个为发展中国家提供教科书的慈善组织的受托人。但再往前查，他早期的人生笼罩在一片迷雾之中。罗迪查过的其他人也一样，都是些轻或中量级人物，加入了某些机构，做到高层，与工业领袖甚至内阁大臣共进晚餐。有影响力才能控制……

她惊觉何就站在门口，而她甚至不知道他来了多久。

他说："你是在开玩笑的，对吧？"

"开玩笑？什么意思？"

他看起来很茫然。"就是你让我查的那个。"

凯瑟琳不用做出深呼吸的动作就能传达类似的情绪，现在她就是这样看着何。"你为什么要说我在开玩笑，罗迪？"

于是他告诉了她。

"我本来就是想开个玩笑。"

一点都不好笑。

"他们从来不会瞄准老房子。一旦你知道了，去看看爆炸其实还挺酷的。"

前提是要先知道才行。

"真不敢相信汤米会做出这种事……"

瑞弗浑身都疼，走路的速度太慢了。他们正在爬上山丘，这个坑里没有信号。

他说："所以你这么干是因为凯莉？"

天哪，他的声音沙哑得像个九十岁的老头儿。

叶茨停下脚步。"你真的不懂，是吗？"

"我知道，"瑞弗说，"我只是不在乎。"

"她是我唯一——"

"别那么幼稚。"她有权做出自己的选择。他差点把这句话说出，但是一想到凯莉做出的选择又闭上了嘴。他又拿出手机，手指僵硬得像木头一样。还是没有信号。他听到了飞机引擎的声音，抬头望去，半期待着能看到凯莉开着她的飞行炸弹穿过蓝天。但她如果真的在开那架飞机，肯定不会留在阿普肖特。

她现在应该已经起飞了，他必须拉响警报。

有一架飞机要撞向针塔，这是我们的九·一一事件。

同样在今天，一个心怀政治抱负的俄罗斯寡头会在大楼的七十七层开会。

当然，如果他猜错了，那之前搞砸国王十字车站就会是他的事业巅峰了。

但如果他猜得没错，又没能及时发出警报，余生就要活在没能救下无数死伤者的悔恨之中。

"可恶。"

"不是那边。"格里夫提醒道。

"确实不是。"

那间机库，他必须去看看，去看看他对化肥的猜测是否正确。又向前两步之后，手机在他手中震动起来。信号回来了。

一辆吉普开过山丘，来到了他们面前。

帕希金从电梯里出来时神态自如，完全看不出昨晚发生了什么，仿佛他们没有一起出去吃过饭。他今天穿了另一套西装，佩戴银色袖扣。里面是一件闪闪发光的白衬衫，领口敞开。他拿着一个手提箱，身上有一丝古龙水的味道。

"盖伊女士，"他说，"朗里奇先生。"

大堂里的回声仿佛置身教堂。

"车应该就等在外面。"

确实如此。他们上车，坐在和前一天相同的位置上，交通也同样堵塞。路易莎不禁想道：如果他们比约定时间晚到十分钟会怎么样？那里只有韦布在等。理论上这算是高级会议，却搞得这么低调。但她还是给他发了短信，说他们在路上了。

车开到了市中心的一个路口，经过了三辆黑色的警车，车窗上贴着黑膜。里面坐着几个人影，身穿制服、戴着头盔，有点像橄榄球队员，穿着可笑的护具，准备大干一场。

帕希金说："看来可能会有麻烦。"

路易莎没有开口，她不相信她能控制住自己。

他说："当你们的银行和高楼受到威胁时，肯定有自由主义价值观的一份功劳。"

马库斯说："我可不敢说我是自由主义者。"

帕希金颇感兴趣地看着他。

"再说了，他们也只是把几个爱找麻烦的人打破头，或者扔到监狱里过一晚，没什么的。"

警车已经被抛在了后面，但人行道上还是站着很多警察。大部分穿着荧光夹克，而不是战术外套。最先出场的是友善的警察叔叔，等事态恶化，冷酷无情的执法者才会上场。

但这种集会确实有发酵恶化的倾向，令游行者气愤的对象不只是银行，而是一切贪婪的资本和其造物，所有象征着贫富差距，让富人更富、穷人更穷的东西。钱都流向了富人，他们的工资却被削减、身上的负债增加、工作被夺走、福利被粉碎。

但这不是她的问题,至少今天不是。今天她有自己的战场。

皮奥特说了句什么,帕希金回了一句,他们的语言像黏腻的糖浆。也许她疑惑的表情太明显,帕希金直接对她说:"他说快结束了。"

"结束?"

"我们快到了。"

她没注意看,但他们确实到了,就在针塔脚下。汽车开进它巨大的阴影中,消失在地下停车场。

他们的车牌属于某个承包商,理论上是来见酒店厨房经理的。就在大堂下方的杂物间。

没有人会知道他们来过针塔。

詹姆斯·韦布之前刚用同样的方式进入了大楼。现在他站在七十七层,正在思考该如何安排座位。麻烦的是,他不知道椭圆形的桌子哪边才是上座。他试着坐在面向窗户的椅子上,只能看到一架飞机孤单地划过蓝天。有些时候你坐在这里,就能置身于云海之间。而现在,他比云层还高。

但还是没到他想要的高度。

"那么,帕希金先生,我们该如何帮助您呢?"

他会从这句话开始。那个帕希金没有什么韦布需要的东西,最重要的是让他的路走得更舒坦。欠下的债可以之后再述,至于该如何回报亲切的外国友人,他们也会给出友善的建议。就算安全局不提供什么实质性的好处,仅仅是和韦布见面就会让帕希金失去主动权。但权力就是这么令人无法抗拒,野心往往是鲁莽的，而韦布正打算利用这一点。

"我是来帮您的。严格来说，我并不能代表英国政府。"然后他会谦虚地咳嗽一声，"但请放心，您提出的任何请求都将有相关人员进行妥善处理。"

帕希金需要打造自己的形象。如果人们看到你和政经界的大人物平起平坐，自然就会觉得你也在其列。和首相合影，在唐宁街十号喝茶，再加上一点来自媒体的关注。一旦人们开始认真对待你，你就变成了一个大人物。从西方升起的明星终将照亮东方的天空。

他的手机震动了一下，是马库斯·朗里奇。他们到车库了。韦布听完，说："别说傻话了，他是贵宾，不是安全隐患，你连这点常识都没有吗。"

挂断电话后韦布站起身，绕过桌子，试了试对面的椅子，面对着房间，壮观的风景映在身后。

是的。他决定了。就是这样。把窗户留给帕希金，让他看到这次合作的可能性和天空一样没有极限，然后等着他上钩。

他走向大厅，等待着电梯到来。

他身后远处，阳光照在一架小飞机的机翼上。有那么一瞬间，它看起来比实际上大了许多。

"这个阿尔卡迪·帕希金。"何说。

凯瑟琳不是很想问，但还是配合道："他怎么了？"

"你读过那篇报道了吗？那篇从所谓的《每日电讯报》摘录的文章？"

"所谓的。"她生硬地重复道。

何说:"你真的仔细看过了吗?"

"我看过那篇文章,罗迪,我们都看了。"她翻着手边的文件,挪开了一个文件夹,找到了需要的东西。虽然不是报纸本身,是打印的网页版。她对着他挥了挥手里的文件,说:"《每日电讯报》,去年七月七日那版。有什么问题吗?"

"不是我有什么问题。"何从她手中夺走那篇文章,总共有三页纸,还印着照片。"看,"他指着最顶端的地址栏,"看见这个了吗?"

"罗迪,你想说什么?"

"虽然这个看起来像《每日电讯报》,听起来也像《每日电讯报》,如果你把它揉成团吃掉,尝起来可能也像《每日电讯报》,但它不是。"他把报道举在她眼前,"你是从那家伙自己的网页扒下来的,你有查过报社档案吗?"

"但网上到处都是。"她木然地说道。

"那当然了,因为有人把这个发在了各大网站。但你知道哪里没有吗?报社自己的档案库里没有。"

"罗迪——"

"我告诉你,这篇文章是假的。把文章去掉,你有多少证据能证明阿尔卡迪·帕希金这个人真实存在?更别提什么俄罗斯寡头了。"

他用食指和拇指比了一个"零"的手势。

"啊。"凯瑟琳说。

何说:"当然,他确实有其他的资料。比如脸书页面和维基百科页面,他还在很多权威网站上出现过。但只要仔细追查下去,就会发现这些页面是互相引用的。互联网上到处都是这样的稻草人。"他脸色泛红,肯定是因为太兴奋了。"帕希金也是其中之一。"

"但他是怎么……?"不过凯瑟琳已经知道了。因为帕希金的背景调查是蜘蛛·韦布负责的。摄政公园的背景调查部门正在忙审计的事,抽不开身。而帕希金很可能是主动找上韦布的……

她说:"这次针塔的会面,无论帕希金的目的是什么,肯定和这个有关。必须阻止他们。罗迪,过来。"

"我?"

"带上雪莉。"他盯着她,好像她正在说一门外语。"照我说的去做就是了,好吗?"她拿出手机,恰好就在这时手机响了。她冲着离开的何喊道:"对了,罗迪,别再用'哥们'这个词了。"然后接通了电话。

"凯瑟琳?"瑞弗说道,"给总部打电话,有发生代号九月的风险。"

几英里外,在电话两端的中间,凯莉·特罗珀驾驶着蓝白色的赛斯纳天鹰飞过晴朗的天空。前方一望无际,她觉得自己正在割开一片空白,裂口在她身后愈合。残酷的事实就是,她留下的伤痕确实触目惊心,并且会停留很久。她努力无视这一事实,相信位于她生命核心的东西不可能是邪恶的。

她看向身边的人,他会同意前来是因为喜欢她。他知道她昨天下午和阿普肖特的新晋居民上了床吗?也许是知道的。生活在村里的人是守不住秘密的。无论如何,告诉他只会让她觉得更刺激。明天人们会在报纸上读到她,看到她的照片,知道她做到了他们做不到的事。有一些人也许会想起曾看到她从头顶的天空飞过。

又一阵战栗袭来。她的同伴好奇地转过头来。

地面已经成了遥远的记忆。凯莉·特罗珀此刻回到了她真正的归宿：在明亮的天际，身边坐着志同道合的伙伴。

只有他们两个，和一堆易燃易爆的货物。

15

时间接近正午，阳光璀璨夺目。只有几缕浮云扰乱了伦敦中央的上空，就像被轻轻拉扯的良心。显然今天的天气和预报中一样晴朗，会是目前为止今年最暖和的一天。昨晚几乎所有的新闻都报道了这件事。

人群向东走去，在其他人眼中这是一群暴徒，话虽如此，但他们还是比较有组织的。警察在一旁引导，人群会自行维持秩序。他们迫切地想要向聚集而来的摄制组证明这场游行是源自人民的义愤填膺，而非故意寻衅滋事。领头人大声喊着口号，手里挥舞着标牌，踏着鼓点的节奏前进。他们举起的牌子上印着阻止金融街、打倒银行和反对降薪，还有的牌子上画着胖乎乎的卡通猫，用五十英镑点燃爪中的雪茄。几个石膏和破布做成的人偶在人群上方摇摆，乍看之下就像季节错乱的篝火晚会。人偶戴着圆顶礼帽、穿着条纹西装，脸上是欲壑难填的贪婪。组织人员拿着喇叭，不时高声喊出口号。两侧有一些穿着工装夹克的老顽固，向路人兜售《社会主义工人报》。但每一个愤世嫉俗的激进分子中间，都夹杂着至少六七个身穿夏日休闲服的普通年轻人。队伍中的人形形色色，就像一支由愤怒的人组成的彩虹联盟。随着游行队伍向前，他们的呐喊声也愈发响亮。

中间的人群更加冷静，举起的标牌也是手绘的。标语引用了各种流行文化。反对这种暴行!银行救助?骗局!孩子们快乐地穿行在人群中,脸上画着在海德公园涂好的油彩。他们化身猫咪、女巫、小狗和巫师,粉色和绿色的脸上满是惊叹。他们咯咯地笑着,东奔西窜,求着骑警让他们上马。家长则享受年轻时那种群情激奋的感觉,半开玩笑地喊着抗议撒切尔的口号:"玛格!玛格!玛格!下台!下台!下台!"充分说明了这次游行对他们而言更像是在重温久远的回忆。人们一起哼唱着鲍勃·马利①的《唯一的爱》《出埃及记》,甚至还有一首断断续续的《救赎之歌》。一架直升飞机飞过头顶,人群爆发出一阵欢呼声,但没有人知道原因。

跟在队伍末尾的人就没有那么投入了,他们似乎并不想抒发心中的愤怒,也不想抗议什么严重的社会问题,只是想在没有车辆的伦敦街头散个步。他们对着镜头挥手,跟游客合影,还和旁边维护秩序的警察闲聊,对所有围观的人抛出飞吻。但是和队伍的其他部分一样,这群人中间也藏着伺机而动的危险分子,他们口袋里装着面罩,随时准备拿出来派上用场。因为银行是邪恶的,银行家都是自私的浑蛋,秩序井然的游行不可能改变那群爱财如命的吸血鬼。不,改变需要牺牲,需要砸碎的玻璃,而今天会有很多面玻璃被砸碎。

但就连这群无政府主义者都无法预测到场面会变得多么混乱。他们沿着牛津街向前,一路走向霍本高街。

* * *

---

①鲍勃·马利(Bob Marley,1945—1981),牙买加唱作歌手,雷鬼乐的鼻祖。组建了 The Wailers 乐队。文中提到的三首歌分别为 *One Love*, *Exodus* 和 *Redemption Song*。

"帕希金先生。"

"韦布先生。"

"请叫我吉姆,欢迎来到针塔。"这句话犯了两个愚蠢的错误。第一,没有人会管蜘蛛·韦布叫吉姆。第二,帕希金之前已经来过这里了。但他已经错过了纠正的机会,帕希金把手提箱放在地上,双手握住了韦布的手。虽然不是他期待的拥抱,但作为打招呼也足够了。"你想喝点什么吗?咖啡?需不需要茶点?"厨房里飘来了咖啡和烘焙的香气。

"不用了,谢谢。"仿佛在配合韦布刚才的那句话,帕希金像第一次来一样环顾四周,感慨道:"真的很壮观。"

韦布看向其他人:路易莎·盖伊、马库斯·朗里奇,还有两个俄罗斯人。他指了指厨房,说:"如果你们想要咖啡的话可以去拿。"

没有人想要。

刚才在地下车库里,马库斯和路易莎搜了基里尔和皮奥特的身,确保他们没有携带武器。然后他们也反过来被搜了身。随后马库斯搜了阿尔卡迪·帕希金,又指了指他的手提箱问:"可以打开看看吗?"

"很遗憾,"帕希金和善地说道,"里面有一些敏感文件,我不能打开这个箱子,相信你们一定能理解。"

马库斯看了眼路易莎。

"给韦布打电话。"她说。

而韦布的回答就是:"别说傻话了,他是贵宾,不是安全隐患,你连这点常识都没有吗?"

于是现在帕希金把他未经检查的手提箱放在桌子上,对手下打了个响指,用俄语说了句什么。皮奥特和基里尔作势要走,马库斯条件反射一般抓住了身边人的胳膊。是基里尔。俄罗斯人突然转身,高举拳头,两人眼看着就要打起来了,直到帕希金大喊一声制止了他们。"住手!"

基里尔放下了拳头,马库斯松开了他的手臂。

皮奥特笑了。"你,你动作很快。"

"很抱歉,"帕希金说,"我只是让他们去检查摄像头。"

"摄像头已经关了。"韦布说,"是不是?"

路易莎看向帕希金。"摄像头已经关了,就像我之前说过的那样。"

他严肃地点了点头。"当然,但是……"

马库斯挑起眉毛,但是韦布趁机抓住了主动权。"当然没问题。"

他们看着皮奥特和基里尔处理门顶和墙角的摄像头,把电线扯断然后丢在一旁,看起来不像能再接上的样子。

帕希金说道:"你应该能理解我的立场。"

韦布看起来正在努力尝试理解,并思考着破坏安保设备会有什么后果。与此同时,帕希金打开了他的手提箱,拿出一个麦克风形状的东西。他把那个设备放在桌上,打开了开关。

马库斯·朗里奇说:"我以为我们已经说清楚了。"他一只手握着另一只手,好像刚刚真的打出了一拳。他点头示意了一下那个设备,说:"这次会议不会被记录下来。"

"是的。"帕希金同意道,"现在我们就能确保这一点了。"

桌上的机器静静地工作着,把所有可能被窃听设备录下的声音都变成白噪音。

基里尔巨大的双手交叠在身前,玩味地观察着马库斯。

路易莎说:"那个箱子里还有其他我们应该知道的东西吗?"

"没有什么不该带的东西。"帕希金说,"请,"他突然大手一挥,好像放飞了一只和平鸽。"请坐吧。我们可以开始了。"他看了眼手表。"这么一说,"他补充道,"我还是有一点想喝咖啡的。"

吉普车开过来时瑞弗正举着手机,一个士兵跳了下来,看起来很年轻,身板很结实,肩膀宽阔。

"凯瑟琳?"

"先生,能请您放下手机吗?"

"有什么问题吗?"格里夫·叶茨说,"我们只是出来散步,有点迷路了。"

"给总部打电话,有发生代号九月的风险。"

"先生?请您挂断电话。"

士兵走了过来。

"今天,今天上午。"

"请立刻挂断电话。"

士兵把手搭在他身上,一整晚的焦躁和不安找到了短暂的出口,瑞弗把他的胳膊拍到一边,打破了士兵的防线,一脚踹向他的膝盖,然后用空闲的那只手攻击他的喉咙,把他掀翻在地。

"你发什么疯!"格里夫大喊道。另一个士兵迅速跳下车,拔出了身侧的武器。

"瑞弗,"凯瑟琳的声音相当冷静,"你必须先说出警报暗号。"

"放下电话!举起手!快!"这句话是喊出来的。如果部队里不是这么教的,二号士兵就是被刺激得失控了。

"普通——"

这个词被一声枪响打断了。

"所以,"何说,"你有车吗?"

"你开玩笑呢?"

但他并不是在开玩笑。他看向艾德门大街,想找一辆出租车,但当他回头看向雪莉·丹德尔时,她已经穿过了马路,正在向前奔跑。

该死。

他又等了一秒,希望她是在开玩笑。但当她消失在转角的时候,他不得不接受了这个沉痛的事实:他们要跑着去针塔了。

何一边骂着雪莉·丹德尔和凯瑟琳·斯坦迪什,一边迈开了脚步。

普通——

普通话是瑞弗·卡特怀特报警暗号的第一个词,接下来是牙医和老虎。但是当凯瑟琳回拨电话时,话筒里只有无人接听的忙音。

代号九月。这部分他说得很清楚。有发生代号九月的风险。今天,今天上午。

斯劳部门里现在只有凯瑟琳一个人。兰姆还没来上班,何刚才跟雪莉·丹德尔一起出去了。

代号九月……这不是官方指定的代号,但经常会被提起。它指代的事件一目了然,代号九月不是单纯的恐怖袭击,而是特指有人要用飞机撞大楼。

一念及此,她浑身都战栗起来,血液仿佛在沸腾。现在她有两个选项:她可以认定瑞弗是在说疯话,也可以在没有任何证据的情况下向总部发起警报。

她给总部打了电话。

游行队伍分散成了一条长长的虫子,从头到尾的距离横跨伦敦市中心,摇摇摆摆地穿行其间。领头的人已经穿过了霍本的高架桥,队尾的人还留在牛津街上。他们看起来并不着急。随着气温逐渐攀升,人们的脚步也变得越来越悠闲。

在中间点大厦,建筑工地的栅栏围住了查令十字街,施工噪声淹没了口号声。游行人群挤过狭窄的路口,一个小男孩挣脱父亲的手,指向天空。男人眯着眼向上看去,好像看到了一个影子。阳光反射在远处针塔的窗户上。他让孩子坐在自己的肩膀上,逗得他咯咯直笑,父子两人继续向前走去。

二号士兵开枪后,瑞弗扔掉了手机。枪口指向天空,但谁也不知道他瞄准了哪儿。一号士兵爬起来,朝着瑞弗挥出一拳。瑞弗侧身躲开,但脚下打滑跪在了地上。一只脚狠狠地踩在了他的手机上。格里夫·叶茨愤怒或无辜地大喊着,瑞弗伸手去拿安全局的证件——

把手举起来!

放下武器!

趴在地上!立刻!

瑞弗趴在了地面上。

"放下武器！放下武器！"

他本来就没有武器。

二号士兵冷静地用枪柄狠狠击向格里夫·叶茨的脸。叶茨同样跪在了地上，血溅得到处都是。

"我是英国情报机构的，"瑞弗喊道，"军情五处，事态紧急——"

"闭嘴！"一号士兵吼道，"快闭嘴！"

"这是国家级的紧急情况，你这样只会碍事——"

"闭嘴！"

瑞弗把手举到了脑后。

叶茨边哭边说："你这个浑蛋！你怎么打人啊，你这个该死的——"

"闭嘴！"

"——浑蛋？"

瑞弗能开口之前，二号士兵又出手打了格里夫·叶茨。

摄政公园总部，一个时尚、优雅又高效的接线员接通了电话，她听了一会儿，把对面转入呼叫等待模式，又接通了情报中心的玻璃墙。墙后的人正是戴安娜·泰维纳。虽然今天刚开始工作两个小时，她却倍感煎熬，因为她并不是独自一人，罗杰·巴罗比也在。他现在是局里的财政收入和支出监管人，最近他来安全局的时间和戴女士本人一样早。他随意地占据她的私人空间，好像这是什么天大的恩赐。巴罗比稀疏的沙色头发刻意做成了蓬松的造型，他精心刮了胡子，露出挺翘的下巴，还带有一丝古龙水的味道，中年男人的躯体被包裹在低调的条纹西装里。显然，所有这些"努力"都是为了告诉她：我们在一条船上，要共同渡过难关。但泰维纳最近开始担心这可能是一种求爱行为。也许巴罗比并不关心安全局的经济状况，他只是想彰显自己的权力，只要他拉一下绳子，所有人都得乖乖听话。而他最爱拉扯她的牵引线，可能是因为她会反抗。

今天他仔细观察着泰维纳办公室里专为访客准备的黑色皮椅，这是从上一任副局长那里继承下来的椅子。"这真的是密斯·凡·德·罗[①]的椅子？"

"你觉得呢？"

"因为他的椅子真的很贵，我可不希望看到在财政这么紧张的时期，局里的预算都用来溺爱臀部了。"

溺爱臀部很像巴罗比会说的话。有时他的妙语连珠连斯蒂芬·弗雷[②]都比不上。

"罗杰，这是连锁店的仿制品。它还没被扔掉只是因为在这么紧张的时期，局里的预算承担不起替换的费用。"

她的电话响了。

"我接一下。"

他坐在了那张椅子上。

泰维纳控制住自己没有叹气，接起了电话。过了一会儿，她说："把她接过来。"

* * *

[①]密斯·凡·德·罗（Ludwig Mies Van der Rohe, 1886—1969），德国建筑师，包豪斯学校校长，是最著名的现代主义建筑大师之一，与赖特、勒·柯布西耶、格罗皮乌斯并称四大现代建筑大师。
[②]斯蒂芬·弗雷（Stephen Fry, 1957—），英国影视演员、编剧、制作人、导演。

雪莉·丹德尔奔跑的步伐和心跳的频率一样飞快，人行道在她脚下后退，她无法一直维持这样的速度，迟早要放缓脚步。跑一会儿，走一会儿，赶路不就应该是这样吗？

在慢跑手册里，也许是的吧。但在安全局的员工手册里不是。

她回头瞥了一眼，何落在几百米后，跑得像个崴了脚的酒鬼，也顾不上看她。于是她停了下来，左手放在胸口平复呼吸，右手撑在墙上。她在一个小公园里，这里有树木、灌木、游乐场，还有草坪。孩子们在婴儿车或者秋千上，母亲们则在小巷边的早餐铺喝咖啡。小巷通向白十字街，雪莉穿过小巷，在道路尽头抬头看去，针塔就在前面。即使在这里，在这座人工的峡谷中也能看到。

那边好像出了什么事，雪莉并不知道具体是什么，但至少这次她终于能参与到行动中了。

她深吸一口气，再次向前冲刺。何的身影早已消失不见，但是没关系。如果你打不开电脑，何还能帮上忙。但其他时候，他只是在浪费空间。

她浑身的汗毛像头顶的短发一样竖起，大脑嗡嗡地运转着，继续向前狂奔。

罗德里克·何来到刚才那个公园的入口，抓住栅栏，开始祈祷。他不知道自己在祈祷什么，只是想让肺不要那么难受。他觉得自己呼吸的不是空气，而是灼热的烈焰。

身后一辆车停了下来。"小伙子，你没事吧？"

他转头看去，奇迹发生了。是一辆黑色出租车，一辆优雅又美丽的黑色出租车，还处于待租状态。

他坐进后座,终于喘上了气。"去针塔。"
"好嘞。"
车子驶向前方。

瑞弗眨了眨眼。二号士兵又朝格里夫·叶茨挥出一拳,叶茨抓住了他的胳膊,反拧他的手腕,缴械了他,把他按在地上。叶茨这套动作行云流水,像排练过一样。溅在脸上的血液让他看起来恍如一个恶魔。有那么一瞬间,瑞弗以为他要开枪了,但他转而把枪指向一号士兵,喊道:"放下武器!快点!"

士兵还只是个男孩,这两个士兵都还是孩子。他握住枪的手颤抖着,瑞弗一把夺了过来。

然后对叶茨说:"你也把枪放下。"

"那个浑蛋打了我的脸!"

"格里夫,把枪给我。"

格里夫把枪递给了他。

瑞弗说:"我是军情五处的。"

这次他们好好听完了他说的话。

在过去的几个小时中,这栋大楼逐渐变得生机勃勃。但在莫莉·多兰的楼层,只有管道的潺潺声,热水在蜿蜒曲折的水管中穿行。

摄政公园光鲜亮丽的外表掩盖了支撑这栋建筑的陈旧骨架,就像是在古老的墓地上搭建了一座崭新的大楼,有的时候还能感觉到鬼魂在四处游荡。

至少茉莉是这么说的。

"你经常自己一个人值班,是吧?"兰姆说。

他们已经找不到其他资料了。所有关于尼古莱·卡廷斯基,关于亚历山大·波波夫的资料加起来也只能凑满一张纸。都是一系列彼此交织的谎言,就像是那种错觉图片,可以解读成两个对话的人脸,也可以看作一只花瓶。真相藏在线条中,两者皆非它所描绘的对象,它的存在本身就是为了欺骗。

"现在怎么办?"茉莉问。

"我要想想。"他说,"我先回家了。"

"家?"

"我是说斯劳部门。"

她扬起一边眉毛,妆容出现了裂痕。"如果你只是想找个安静的地方,我可以给你腾个角落。"

"我不是想找一个角落,我需要一双新的耳朵。"兰姆心不在焉地说道。

"当然,"她露出了一抹苦涩的微笑,"有什么特别的人在那边等你吗?"

兰姆站了起来,三角凳发出了"吱嘎"的感谢声。他低头看向茉莉——她脸上厚厚的妆容、圆润的身体还有膝盖以下空荡荡的双腿。"所以,"他说,"那之后你还好吗?"

"你是说这十五年来吗?"

"嗯。"他用鞋碰了碰轮椅的轮子,"自从坐上这个小玩意儿之后。"

"这个小玩意儿,"她说,"比我的大部分情感关系都更持久。"

"它有震动挡吗?"

她笑了起来。"天哪，杰克逊，你要是敢在楼上这么说，他们会告你性骚扰的。"然后她侧过头，"你知道的，我不怪你。"

"那可太好了。"

"我是说腿的事。"

"我也不怪我。"

"但你还是在回避我。"

"是啊，你有了新轮子，我以为你会想要一些和它们独处的时间。"

她说："快走吧，杰克逊。还有，我能拜托你一件事吗？"

他等着她说完。

"向我保证，你只在必要的时候来，就算要再隔十五年。"

"多保重，茉莉。"

他走进电梯，把烟塞进嘴，准备迎接户外的空气，在心里倒数着时间。

瑞弗问格里夫："你为什么要回来找我？"

他们坐在吉普车的后座上，士兵在前面。瑞弗已经把枪还了回去，虽然有风险，这两个年轻士兵可能会直接崩了他们然后埋掉尸体。但当他们看过瑞弗的证件后，态度就变得相当配合。现在其中一名士兵正在通话，很快军队就会派人赶到机库那边去了。

叶茨脸色阴沉，他的手帕就像在屠宰场泡过一样，但他只擦干净了脸上的血迹。"大哥，我说过对不起了……"

"我问的不是这个，我是问你为什么会来找我？"

叶茨说："汤米·莫尔特……"

"他怎么了?"

"我看到他在村里,他问你有没有安全回来,我就开始担心你可能会,呃,受伤。"

他的意思是被炸成碎片。

"该死,"瑞弗说,"这是他的主意,对不对?把我带到射击训练场,然后丢在那里?"

"约翰尼——"

"对不对?"

"他确实暗示过。"

吉普车没有门,他可以轻易地把这个浑蛋推下去。

"汤米·莫尔特,"叶茨说,"他什么都知道。阿普肖特发生的一切他都看在眼里。你以为他只是推着自行车卖苹果树种子,但他认识所有人,什么都知道。"

瑞弗早就猜到了。他说:"他是想让我去那里,看见那些东西,确保我及时被松绑并采取行动。"

"你在说什么?"

"你今天早上在哪儿见到的他?"

"教堂门口。"叶茨揉着脸颊,"你真的是个秘密特工吗?"

"是的。"

"所以凯莉才会——"

"不。"瑞弗说,"她那么做只是因为她想,接受现实吧。"

吉普车拐过路口,急刹车停下。他们到了飞行俱乐部,面前就是狭窄的跑道和机库。

瑞弗跳下地面开始奔跑。

* * *

戴安娜·泰维纳欣慰地看到罗杰·巴罗比的脸色变得煞白。她的早晨焕然一新。英格丽德·蒂尔尼人在国外,管治委员会主席,也就是巴罗比——可以行驶局长决策权。但是目前看起来,他唯一能做出的决定就是朝哪个方向呕吐。妙语连珠已成历史,他今天就不该起床。

她说:"罗杰,你有四秒钟。"

"内政大臣——"

"拥有最终决策权,是的,但她会依据我们提供的信息做出决断。也就是你现在手头拥有的信息,你还有三秒钟。"

"只有一个在现场的特工?我们只能指望那一个人?"

"是的,罗杰。就像在战时。"

"天哪,戴安娜,如果我们做出了错误的决策——"

"两秒。"

"——我们剩下的职业生涯就只剩下整理邮件了。"

"这正是在情报中心工作的乐趣所在,罗杰。一秒钟。"

他投降一般举起双手,这是泰维纳第一次见到有人做出这个动作。"我不知道,戴安娜,你手头的证据只有一通下等马从乡下打来的电话,他甚至没说全警报暗号。"

"罗杰,你知道代号九月指的是什么吧?"

"我知道这不是官方的代号。"他暴躁地说道。

"时间到了。无论这条信息真实与否,你只要再继续向内务部隐瞒实情,就是相当严重的失职问题。"

她很享受说出那个字:你。

"戴安娜……"

"罗杰。"

"我该怎么办?"

"你只有一个办法。"她把解决方案告诉了他。

他们已经在这里耗了十分钟，但没触及任何有意义的话题。阿尔卡迪·帕希金只是空泛地聊了聊欧元走势、下次同盟遇到债务危机时德国会怎么做，还有俄罗斯为申办世界杯花了多少钱。蜘蛛·韦布就像一个晚宴主持人，正在等滔滔不绝地聊自己孩子的客人闭嘴。

马库斯看起来更冷静，也更警觉。他的注意力平等地分给了基里尔和皮奥特。路易莎想起了明——她几乎没有不想他的时候——想起了他从一开始就不信任那两个人。这一方面算是他的工作，另一方面也是因为明渴望关注。嘴里的唾液又开始泛滥，她咽了下去。帕希金开始将话题转向油价，这也是表面上他来这里开会的原因，但韦布看起来不怎么开心。显然会议进展并不如他所愿。他只能挤出几句原来如此，这样啊。他是把这次会面当成一次人员招募来练习的，但他显然不知道自己在干什么。阿尔卡迪·帕希金有自己的目的，需要拖延时间，直到……

直到刺耳的警报声响彻整栋大楼。声音从楼上、楼下、门外……从四面八方传来，虽然不至于把耳膜震穿，但还是清楚地传达了一条紧急信息：立刻撤离。

马库斯看向巨大的窗户，仿佛想找到迫近的危险。韦布突然站起身，直接把椅子掀翻在地。他说："怎么了？"这简直是路易莎听到过的最愚蠢的问题，但这还是无法阻止她重复了一遍："怎么了？"

帕希金依旧在座位上，说："听起来像是我们昨天提到过的紧急情况。"

"你早就知道会发生这样的事。"

帕希金把手伸向手提箱,从里面拿出一把枪递给皮奥特。"是的,"他说,"恐怕是的。"

现在天鹰已经飞走,机库看起来更空旷了。正门敞开,阳光照进每一个角落,让人更难以忽略那些消失的东西。比如那几袋化肥。原本堆放化肥的位置只剩下从袋子里漏出来的肥料——其中一个袋子好像破了洞。但除此之外什么都没有。

叶茨在他身后说道:"她刚离开不久,我看着她飞走的。"

"我知道。"

"有什么不对吗?是飞机出了问题吗?"

但肥料的痕迹不止在那个角落里有。瑞弗忍着浑身的疼痛,尽可能蹲下身来,仔细检查着地面。

另一辆吉普停在了外面,他能听到军官怒斥的声音,刚才那两个士兵被训得狗血淋头。

水泥地板上隐约有一条棕色粉末组成的细线,一直延伸到侧门处。

瑞弗总感觉自己正抓着长线的一端,另一端的浑蛋一直在拉着绳子指引他。

叶茨说:"如果凯莉有危险的话……"

他没能说完,但看他沾满血迹的面孔就知道,如果真是那样,他肯定会控制不住自己把什么东西砸得粉碎的冲动。

"到底发生了什么?"

穿着制服的军官走了过来。虽然在民用土地上,他还是摆出了一副长官的姿态。

瑞弗对叶茨说:"你来跟他解释。"然后走向了侧门。

"你!快给我站住!"

但瑞弗已经出了门。从这里能看到国防部的铁丝网和射击场,一大片深浅不一的绿色草坪,还有拴在围栏柱子上、装满垃圾的垃圾箱。机库东侧的墙边放着几包化肥,最上边那袋的侧边划开了一道口子,里面的肥料正在缓缓流向地面。瑞弗踢了一下那堆化肥,但它并没有消失,是真实存在的。

"你袭击了我的人。"军官说道,"他们说你是安全局的,到底是怎么回事?"

"我要打个电话。"瑞弗说。

16

东南边几英里外的天空上，凯莉·特罗珀能感觉到自己变得越来越兴奋。下方就是伦敦外围，红色和灰色的屋顶连成一片，蜿蜒的柏油路和行道树穿行其间，偶尔还有几片高尔夫球场。这不是一次普通的飞行，这次的结局将会有所不同。

仿佛在印证这一点般，无线电又开始说话了。他们必须立刻核实自己的身份，如果遇到了什么困难，应该立刻表明。若无法做到以上要求，他们就要即刻返回规定路线，不然将面临严重的后果。

"你觉得这是什么意思？严重的后果？"

"不用担心。"

达米恩·巴特菲尔德说："我以为被他们发现之前能飞得更近。"

"没事的，汤米说过会发生类似的事。"

"但他不在这里，不是吗？"

这句话不值得她回答。

和其他飞行俱乐部成员一样，她和达米恩一同长大。他们的父母从更大更嘈杂的城市移居到了美丽但空旷的阿普肖特，他们是外来者的孩子。虽然孩子们都不明白父母为什么这样做，但还是选择留在了这里。对凯莉而言，只有这样她才能接触到飞机。

虽然飞机属于雷·哈德利，但维修和租赁费用都是她和伙伴们负担的。有时她会想，会不会还有其他理由？也许她不愿离开这座村庄是因为害怕，害怕在外面更大的世界中失败。但汤米告诉她……

汤米是个很有趣的人。所有人都觉得他只是推着自行车卖苹果树种子，但他认识阿普肖特的所有人，知道这里发生的所有事，好像每个人都要定期向他汇报情况，而他则处于情报网的中心一样。每次和汤米聊天，他都知道你的人生中发生了什么。至少她和朋友们，还有她的父母都是这样。每次汤米来到商店外，或者在村里承包一些用以糊口的工作时，她父亲总会和汤米聊上两句。但他平日会离开，没人知道他去了哪里。也许在别的地方还有一个村子，他也在做类似的工作，只不过村民不同。但凯莉从来没和别人聊过这个想法，因为没人会聊起汤米·莫尔特——他知道所有人的秘密。所以是的，汤米很有趣，但她早就不再探究他背后的故事了。他已经成了阿普肖特生活的一部分，就这么简单。

汤米是这样对她说的：证明勇敢有很多种方式，在外面更大的世界里留下痕迹也有很多种方式。

身旁的达米恩·巴特菲尔德问："我们快到了吗？"然后被自己讲的笑话逗笑了。

无线电又发出了声音，凯莉·特罗珀也笑了起来，然后把它关掉了。

西北部的某处，另外两架飞机升上了天空。黑色的流线型机身透露出一股危险的气息，捕猎开始。

* * *

司机一直在抱怨那群游行者，说他们除了给兢兢业业的出租车司机添堵，什么都没干成。如果真的有人知道该怎么对付那些银行——

"到这里就行了。"何说。

他把一张纸币丢给司机，然后跳到了雪莉·丹德尔面前。

"该死，"她说着，好像打了一个长长的嗝。何很开心看到她一脸狼狈的样子。

他们就在针塔下方的广场上，巨大的玻璃门后有一片绿意盎然的森林。但还没等他对此发表评价，尖锐的警报声就响了起来，好像整个金融区的警报都被同时拉响了一样。

"什么？"

有一瞬间，何还以为是游行的队伍到了。他能听到人群就在身后不远处，一边前进一边高呼，就像一场没有固定场地的球赛。但现在从各个大楼里涌出来的都是西装革履的上班族，与其说是在游行，不如说像是在被什么东西追赶着向前。他们停下脚步，犹豫地回头看向自己的大楼，然后环顾四周，才终于发现所有的大楼都响起了警报。

雪莉平复了呼吸。"好，我们进去吧。"

何说："但是大家都在往外跑。"

"你认真的吗，你还是军情五处的人吗？"

"但我主要负责幕后调查。"他解释道。然而她已经冲向了跑出大楼的人群。

皮奥特握着枪，动作自然得像是握着一杯咖啡或者一瓶啤酒。他将枪口对准马库斯。"把手放在桌面上。"

马库斯把手放在了桌面上,掌心朝下。

"所有人!"

路易莎也把手放在了桌面上。

过了一会儿,韦布也照做了。"该死,"他说,然后又说了一遍,"该死。"

帕希金合上了手提箱,警报依然响个不停,所以他大声喊道:"你们会被锁在楼里,那些门很结实,你们最好在原地乖乖等待救援。"

韦布说:"我还以为我们——"

"闭嘴。"

"说好了——"

基里尔说:"是的,你说好了要帮助我们。"

"我还以为你不会说英语呢。"路易莎说。

马库斯说:"他们不只是要把我们锁在楼里。"

"我知道。"

基里尔说了什么,皮奥特大笑起来。

警报持续响起,声音时高时低。其他楼层的人会被疏散,电梯会停止运行,楼梯间的门会自动解锁,从两边都能打开。人群会聚集在外面指定的地点,安保人员会一一核对名单,或者他们的门卡。但七十七层的访客并不会出现在名单上,没有人知道他们来过。

韦布说:"听着,我不知道为什么会突然响起警报,但我保证——"

皮奥特对他开了枪。

* * *

七十七层楼下，人们涌上街头。有些人露出了被打断之后不耐烦的表情，还有些人开心地点了根烟。而当他们发现拉响警报的不只是自己的大楼，眼前所有的建筑都在疏散人群之后，氛围也随之改变。所有人都安静地站在原地，看向天空。他们早已习惯了消防演习和假警报，但警报从不会同时拉响。看到现在的景象，最糟糕的可能性开始在人们心底萌芽。聚在金融区的人们陷入恐慌，四处乱窜。但所有人都有着明确的目的：现在立刻跑到其他地方去。但人群还在不断从大楼中涌出，因为每栋楼都有至少十、十五、二十层高，每一层都坐满了上班族。他们在办公桌前、会议室里、饮水机旁，或者在走廊里聊天。所有人都听到了同样的警报声，警告他们离开大楼。有些人停下来看了一眼窗外，看到了楼下聚集的人群。这样的状况并不利于有序疏散。拥挤变成了推搡，恐慌的涟漪发展成巨浪，理智的声音被汹涌的波涛淹没。

虽然不是所有地方都陷入恐慌，但类似的情况并不罕见。听到可能会发生恐怖袭击的警报，市中心里的一些工蜂会把自己的螫针转向同伴，反目成仇。

事后统计的时候发现，大部分恐慌造成的人员伤亡都发生在银行家所在的大楼里。银行家和律师，两者的伤员相差无几，很难说谁能排第一。

杰克逊·兰姆又点了一根烟，穿过巴比肯中心的高架桥，走向斯劳部门。头顶的大楼名叫莎士比亚或者托马斯·莫尔，他永远分不清是哪个。前面有一张熟悉的长椅，他曾经坐在上面睡着过，手里拿着一次性咖啡杯。醒来时，他发现杯子里有人扔了四十二便士的硬币。

现在他又坐在了那张长椅上，抽完嘴里的烟。身后耸立着二十世纪七十年代的高楼，用玻璃和水泥铸成。下方则是中世纪的圣吉尔斯教堂。东边传来阵阵警报声，显然已经响了一段时间了，但兰姆现在才真正注意到。两辆消防车沿着伦敦墙大街向前驶去，后面跟着一辆警车。兰姆伸手到唇边的动作停了下来，又驶过了一辆消防车。他扔掉烟头，转而从口袋里掏出手机。

泰维纳，你到底干了什么？

韦布跌倒在地，红色的血雾喷向空中，在地毯上留下一片印记。马库斯和路易莎也立刻匍匐在地，第二枪打碎了桌面的一部分，木屑飞溅。但这间屋子里没有其他掩护。皮奥特蹲下身来，直接对着他们的脑袋开枪只需要一秒，甚至不到一秒。恐慌之下，路易莎看向马库斯，他正在从桌底撕下什么东西。那个东西握在他手中就像咖啡杯或者啤酒瓶一样自然。他开枪，有人尖叫，身体倒在了地上。那人用俄罗斯语大声咒骂着，马库斯爬起来再次开枪，子弹击中了正在关闭的大门。

桌子的另一边，基里尔躺在地上，捂住自己的左腿，膝盖下一片血肉模糊。

路易莎拿出手机，马库斯提着枪冲向门口。拉动前门时，他看到了外面拴起门的 U 形锁，肯定又是从帕希金那个该死的手提箱里拿出来的。他又拉了下门，对面飞来一颗子弹，他立刻向后跳去，子弹打在了门上。

警报声响彻走廊，但马库斯还是能听到两个人冲向尽头楼梯间的声音。

323

* * *

  游行人群开始逼近金融区,领头人已经到了圣保罗大教堂,队尾则在霍本高架桥附近。推特上的新闻迅速在人群间传开,像一阵涟漪的共振,让所有人几乎同时得知了这件事:金融区崩溃了,人们正在撤离大楼。随着游行队伍的接近,无数金融宫殿逐渐分崩离析。随着这条消息传开,人们的情绪发生了变化,群情激奋,一种胜利的欣喜蔓延开来。他们想要看到敌人倒在地上,头破血流。全新的呼喊声爆发出来,比之前还要响亮。行进速度也加快了。但一种和胜利全然不同的情绪也在向西扩散,一种不安的震颤。前面出事了,很可能有危险。

  乍看之下,这种阻力的源头是官方的阻拦。

  因为出现了不可控的意外情况,此次游行已被取消。请大家掉头,有序撤回至霍本高街,并在那里解散。

  之前隐藏在阴影中,穿着黑色战术服的特警站了出来,他们举着盾牌、戴着头盔,令人望而生畏。障碍物拦住了齐普赛街,后面有人举着喇叭喊道:"前方街道已封闭,重复一遍,路线已封闭,本次游行已取消。"

  远处传来的警笛声似乎在强调他这句话。

  领队人等了两分钟、四分钟,但一步都无法前进。队伍堆积在路口,把大教堂东侧堵得水泄不通。与此同时,新的消息在队伍中扩散开来,就像一只蠕虫将遇到的危险传向全身。后方,一些更有组织的战术小队已经开始将队伍打散,重新把人们引向旁边的小巷和广场,然后封上出口。歌唱声消失了,取而代之的是愤怒。怒火聚集又爆发。猫和狗,女巫和法师紧紧地抱住了父母的腿,曾经温和的抗议者开始朝警察的脸吐唾沫。头顶上,直升机的螺旋桨声时远时近,有时淹没了尖锐的警报声,有时又变成了遥远的背景音。金融区附近有一伙零散队伍没能听到危险迫近的消息,在拦住齐普赛街的警察身后乱作一团。

"前方街道已封闭,本次游行已取消。"

第一个瓶子扔得不高,瓶颈朝下旋转着,里面的液体洒在下方的警察身上,可能是水,也可能是尿。最后瓶子摔碎在人行道上,紧接着又有人扔了一瓶。

之前隐藏在人群中、口袋里装着面罩的危险分子看到机会,戴上了面罩。到了砸玻璃、烧车子、扔砖头的时间了。

第一撮火星像早春的花朵一样绽放开来,很快就乘上东风,蔓延到几英里外。

"这是切实存在的威胁,兰姆。"

"切实存在?某个飞行爱好者会开着玩具飞机撞向市中心的大楼,你真的信了?"

"至少我愿意为此承担风险。"

"你要把它击落吗?"

"战斗机已经起飞了,他们会做出必要的判断。"

"在伦敦市中心的上空?"

"如果有这个必要的话。"

"你疯了吗?"

"听着,杰克逊。这个——这就是我们几年来一直担心的事。或者类似的事。"

"担心什么,打折版的'九·一一'事件?你真的觉得一个苟延残喘的苏联老间谍能干出这种事?卡廷斯基是冷战幸存者,不是新世纪的恐怖分子!"

"所以你觉得阿尔卡迪·帕希金的会议也是巧合吗？"

"帕希金不是目标，泰维纳。就算莫斯科知道你和韦布打算招募他，也不会做出这种事。他们会等他回家之后再把他扔到粉碎机里。"

"兰姆——"

"我们是被一步步引诱至此的，杀害迪基·鲍，将线索引至阿普肖特，全都是计划的一环。为了不泄露关键情报，杀害明·哈珀是唯一计划外的行动。无论发生了什么，都不是我们想的那样。针塔的情况怎么样了？"

泰维纳说："我们拉响了警报，机动部队已经在路上了。"

兰姆说："大楼被封锁之后会发生什么？"

飞行俱乐部的小屋和之前不一样了。冰箱还在，椅子也在原处。旧书桌上依然堆满文件，但纸箱垒起的金字塔已然倒塌，罩在上面的塑料膜也在地上皱成一团。瑞弗单膝跪下，翻着剩下的纸箱，里面只有纸，成堆的A4大小的纸。其中一个箱子里还留有一沓传单，上面印着同样的图案。

格里夫·叶茨气喘吁吁地冲了进来，他的脸上还沾着血迹，但手里拿着一部手机。"我借到了。"

瑞弗接过手机，大脑还没反应过来，拇指就按下了一串数字。"凯瑟琳？那不是炸弹。"

半晌，对面没有回应。

"凯瑟琳？我说——"

"所以是什么？"

"你拉响警报了吗？"

"瑞弗……你报了代号九月。"

"那甚至不算官——"

"我知道不是。但我知道它意味着什么，所以我给总部打了电话。到底发生了什么事，瑞弗？"

"总部做出反应了吗？"

"在市中心发布了恐怖袭击预警，拉响了警报。"

"天哪……"

"高楼都进行了疏散，尤其是针塔，因为那个俄罗斯会议。瑞弗，告诉我到底是怎么回事。"

"没有炸弹，那架飞机不是——这不是恐怖袭击。"他看向手里的传单，上面都印着同样的图案。城市风景，最高的摩天大楼被闪电击中，下方印着几个字：阻止金融街。"他们是去发游行传单。"

"他们要去干什么？"

"发传单，凯瑟琳。他们要去游行的人群上方发放传单。但是有人，有人想让我们觉得飞机上有炸弹。拉响恐怖袭击警报，这就是他们的目的，封锁大楼并疏散人群。"

"针塔。"她说。

路易莎没有信号，马库斯也没有。那个麦克风形状的设备已经被帕希金和皮奥特拿走了，但是离得并不远，他们的手机还在信号干扰的范围内。

她检查了一下韦布，子弹射中了他胸口，但他目前还活着。他浅而急促地喘着气，发出轻微的啰音。她尽可能做了急救处理，但能做的并不多。然后她看向马库斯，他此时正把基里尔踩在脚下。

"你是昨天放在桌下的?"

她指的是那把枪。不然它怎么会出现在那里?被胶带黏在桌子下方。

"以防万一。"马库斯说,"我不会毫无准备地步入这种局面,尤其当对方怀有敌意的时候。"

基里尔醒了过来,开始呻吟,被刺耳的警报声盖了过去。路易莎用手掐住他受伤的腿。"疼吗?"

他用俄语骂了几句。

"是啊,是啊。你不会说英语。疼吗?"她掐得更用力了。

"去你妈的死贱人!"

"我猜这是疼的意思。到底发生了什么?"

马库斯留下她在这里,起身前往厨房。

"他们把你丢下了。你觉得他们还会回来吗?"

"一群浑蛋。"他可能是在说逃跑的同伙们。

"他们去哪儿了?"

"楼下……"

厨房里传来了玻璃被砸碎的声音,马库斯拿着消防斧走了回来。

路易莎又转向基里尔。"楼下,"她重复道,突然恍然大悟,"朗博?那个苹果手机的竞品?这就是你们的目的?偷一个该死的原型机?"

马库斯挥起斧头,劈向大门。

她再次用手狠狠掐了一下基里尔的腿。"在他破开门之前,"她说,"你要告诉我明为什么会死。"

* * *

外面温暖和煦，春意盎然，花粉飞舞。听过瑞弗的说明之后，刚才还怒不可遏的军官明白了这件事并不只是擅闯国防部那么简单。此时他正在通话，确认发生了一起国家级警戒事件。格里夫·叶茨去找地方洗脸了。不远处，之前和他们发生过冲突的士兵之一正独自站在吉普车旁。

瑞弗再次出示了安全局证件。"我要去一个地方。"

"所以呢？"

"今天早上发生了那样的事，你需要一个朋友。"瑞弗说道，心想：我也需要。"你只要花两分钟把我送回村子，我就可以当你的朋友。"

"你是詹姆斯·邦德，对吧？"

"我们去同一个健身房。"

"嗯……"

头顶飞过一只猛禽，发出尖厉的啼叫。

"管他的呢，快点上车吧。"

回村的两分钟路上，瑞弗又给凯瑟琳打了电话。"他们让战斗机撤退了吗？"

"我不知道，瑞弗。"她声音带有一种陌生的颤抖，"我给总部打了电话，但是——你现在身边有电视吗？"

"没有。"

"金融区已经完全乱套了。一半的人疯了一样想逃出去，游行者又想不顾一切地冲进去。天哪，瑞弗……这是我们的错。"

是我的错，他想道。

他说："他们还说国王十字车站是我最失败的一次呢。"恐惧在他的胃里打起了结。

"你这次确定了，是吗？飞机真的不会撞向针塔吗？"

"我们被耍了,凯瑟琳。我、兰姆,所有人。不用把飞机撞上大楼也能引发混乱,只要让我们以为会发生类似的事就可以了。"

"还有一件事,那个俄罗斯人,帕希金,他不是真实存在的人物。"

"所以他是谁?"

"还不知道呢。路易莎的手机打不通,马库斯的也是。但何跟雪莉在赶过去的路上。"

"这一切都是互相关联的。"瑞弗说,"肯定是的。别让他们对飞机开火,凯瑟琳。飞行员也被骗了,和我们一样。"

"我会尽力的。"

瑞弗沮丧地砸了一下吉普车的车顶。"这里就行,"他说,"在这里停车。"

教堂前。叶茨是这么说的。他就是在这里见到的汤米·莫尔特。商店街通向教堂前的路上。

吉普车在圣约翰十字教堂的拱门前猛然停下,瑞弗跳下车,开始奔跑。

马库斯抡起斧头,一声巨响震动了地板,路易莎尖叫道:"天哪,马库斯,是你吗?"

他停下动作,斧头深深地插入门板。"塑胶炸弹。"他说着,把斧头拔了出来。

塑胶炸弹。她看向基里尔。"这就是你们的计划?等大楼因为警报封锁,你们就用塑胶炸弹闯进朗博公司?"

"好几百万呢。"他咬牙说道。

"那当然了，没人会为了蝇头小利费这么大功夫。"

下方又传来一阵震动，他们在炸楼下的门，肯定用不了多久。然后他们只要冲向一层，混进人群中逃走。没有人会在离开人员的名单上记下他们，因为他们进来时就没签到过。肯定会有一辆车在外面等着，接走最后剩下的那个独吞利益的人。

"哐！"斧头斩下，木屑飞溅。

她踢了踢基里尔。"明看见了他，对不对？"

俄罗斯人呻吟道："我的腿，我需要医生。"

"明看到了帕希金，得知了他的真实身份。他本该在莫斯科当他的石油大亨，却住在艾奇韦尔路的廉租房里。因为大使馆酒店太贵了，没必要的时候还是最好不要住在那儿，对不对？因为你们不是什么石油老板，只是一群小毛贼，所以明才会死。"

"本来没有这个打算的。我们只是喝了一杯，真的只是——啊！我的腿——"

"哐！"

"这样吧，基里尔。等我杀了你那群垃圾朋友，就回来处理你的腿，怎么样？"她倾身向前，"毕竟，我们手里还有把斧头。"

她脸上的表情说明她不是在开玩笑。

接下来的"哐"声后紧跟着"砰"的一声。

路易莎又拍了一下基里尔受伤的腿，然后走向劈开的门。

她从没在关掉无线电时开过飞机，所以今天早上的感觉和以往完全不同。熟悉的仪表盘、无垠的天空，还有身边的达米恩，加上陌生的寂静，这一切都像在做梦一样。远方出现了伦敦市的轮廓,逐渐凝聚成一片连绵的屋顶和街道,巴士和车辆将不同的街区连接在一起。

她设计的传单就堆在身后,上面写着他们的目的:阻止金融街,打倒银行。虽然细节还很模糊,但作为远征的一部分已经足够。世界上充满了贪婪和腐败,也许永远都不会改变,但这并不是坐以待毙的借口。

"我们应该把无线电打开。"达米恩说,"这样很危险,是违法的。"

她说:"别担心,我们飞得很低,不会撞上其他航线的。"

"我只是觉得……"

"天哪,你觉得他们会干什么?把我们击落?你觉得他们会把我们射成马蜂窝?"

"不是,但——"

"再过几分钟我们就到市中心了,他们会看到我们的计划,是的,他们还会护送我们回家,然后我们会被逮捕、被罚款,一样都不会落下。但我们不是早就知道后果了吗?别这么没出息。"

但是她能听到,在天鹰号的引擎声之外,还有两个低沉的声音。在那个瞬间,凯莉·特罗珀看到了一种完全不同的未来。她没能把自己设计的传单撒在行进的人群上方,没能证明自己是个激进的冒险家。相反,她成了一个活生生的教训,证明了一个曾经受到过伤害的国家会如何拼尽全力来保护自己。但这和她预想的情景相差太多,过于荒诞不经,所以她无视了这个念头。达米恩还在抱怨,声音越来越大、越来越恐惧。虽然在逆境酒吧时听起来是个好主意,但现在他已经不这么觉得了。也许他们并没有她想得那么坚不可摧。

但凯莉觉得最后那句话不可能是真的。他们继续飞向伦敦的心脏，楼变得越来越高，越来越密集，就连天鹰号的引擎声都越来越响，逐渐吞没了一切其他的声音。

汤米·莫尔特，或者曾经是汤米·莫尔特的人坐在圣约翰教堂墓地的木质长椅上。椅子是为了纪念真心爱着这座教堂的乔·莫登，面向教堂西侧的墙壁。钟塔也在这一侧。夕阳会照在钟塔的圆花窗上，给教堂内部笼罩上一层粉色光晕。但现在窗前只有阴影。莫尔特摘下红帽子，还有它自带的假发。曾经他戴着红帽子的身影对村民而言就像教堂门前的山楂树一样熟悉。现在他顶着光头，看起来更加年迈。瑞弗走过来时他并没有起身，思绪似乎沉浸在眼前的中世纪教堂中。这座名为阿普肖特的村庄围绕着教堂，经历了无数兴衰变迁。老人一只手里拿着苹果手机，另一只手搭在长椅后。

瑞弗说："真是忙碌的早晨。"

"这附近倒是不怎么忙。"

"你是尼古莱·卡廷斯基，对不对？兰姆和我说过你的事。"

"有的时候吧。"

"那我猜你也是亚历山大·波波夫了。"瑞弗说，"或者至少是创造了他的那个人。"

卡廷斯基终于露出了感兴趣的眼神。"你是自己猜出来的？"

"事到如今，已经挺明显了。"瑞弗说着坐在了长椅上，两人之间隔了一英尺的距离。"我是说，你让我们跳了那么多个圈，一个开假学校的骗子可做不到这些，破译员也不太可能。"

"可不要小看破译员。"卡廷斯基说，"和很多其他的政府工作一样，干活儿的都是食物链底端的那些人，其他人只负责开会。"

钟塔在阴影中，卡廷斯基的脸色看起来有些苍白。虽然他的头顶几乎没有头发，但两鬓和脸颊上长着灰白的胡须。他的眼睛也是灰色的，就像井上的盖子，防止有东西掉进去，也防止其他东西爬出来。

"七月七号地铁爆炸案那天，"瑞弗说，"伦敦市民保持了冷静，所以无论埋葬了多少尸体，我们都知道自己才是胜利的那方。但是今天早上，整个城市乱得像夏菲尼高①大甩卖的第一天。"

卡廷斯基挥了挥手机。"是的，我也看到了。"

"这就是你的目的吗？"

"只是顺便。你们的帕希金先生——恐怕这并不是他的真名——需要趁乱从针塔的租户那里拿走一些东西。"莫尔特又看了眼手机，"他还没打电话，有可能发生了什么意料之外的事。"

"那是他的计划，不是你的。"

"我们的目的并不相同。"

"但是你们在合作。"

"他有一些我需要的东西。比如安德烈·切尔尼茨基。很多年前，安德烈和我绑架了你的朋友迪基·鲍。我当时正在打造波波夫的传说，想要你们的一个人见他一面。但又不能是个可靠的人，不能让你们完全相信他的证词。如果要做一个稻草人，当然不能做得太明显，你知道的。"

"可以想象。"

"那之后，和很多前同事一样，安德烈也转行去私人公司谋

---

① 夏菲尼高（Harvey Nichols），英国高级百货公司，创办于一八三一年，总店位于伦敦。

生了，很遗憾。简而言之，他成了那个你们称之为阿尔卡迪·帕希金的男人的手下。"

"而你需要他来给迪基·鲍下套。"

"就是这样。所以我和帕希金达成了一个互惠互利的协议，他现在正在摘取胜利果实——至少还在尝试。就像我刚才说的，他还没打来电话。"

瑞弗摇了摇头。他浑身都疼，心底却觉得有些不可思议。人生中第一次，他直面了敌人。不是他的敌人，而是他外公和杰克逊·兰姆的敌人。历史中的人物终于有了真实的面孔，他就是过去英国间谍的敌人。而这一切竟发生在这里，在一座乡村教堂的墓地里，见证者只有一群无名的亡灵。

他说："就这样吗？让伦敦陷入一上午的混乱，然后呢？你只是在浪费精力，媒体写几篇报道之后就不会再有人记得了。"

卡廷斯基笑了起来。"你叫什么名字？你真正的名字是什么？"

瑞弗摇了摇头。

"好吧，那我就不问了。你身上带烟了吗？"

"吸烟对身体不好。"

"看来你还有力气讲笑话，咱们还有希望。"

"所以是这样吗？这一切对你来说就是一场笑话？"

"你可以随意解读，"卡廷斯基说，"但如果是笑话，你难道不想听听最后的笑点吗？"

他肯定爬到二十层了。罗德里克·何气喘吁吁地想道，他甚至能尝到嗓子里的血腥味。至少二十层。他跟在雪莉·丹德尔身后冲进大堂，对孤零零的保安挥了下证件。虽然整个金融区都崩溃了，但保安还在坚守自己的职位。保安给何指明了楼梯间，旋转向上的阶梯无限延伸，何觉得自己肯定已经爬到二十层了。雪莉的身影早就消失不见，他只能听到尖锐的警报声。楼梯间里声音更响，回荡在墙壁和阶梯上。他四脚着地，喘得像条狗，额头顶着上面一级台阶。口水从他的嘴角流了出来，意识开始模糊。他到底为什么要这么干？

路易莎和马库斯遇到了麻烦——无所谓。

帕希金不是他自称的那个人——无所谓。

雪莉·丹德尔觉得他是个懦夫——无所谓。

他应该回到办公室，尽情地潜入互联网的深海。

你还是军情五处的人吗？

随便吧，他还是无所谓。

他突然意识到，他写的那个伪造工作记录的程序应该已经开始工作了。如果现在有人远程查看他的工作记录，就会发现他正在努力建设档案库。分类、存储、分类、再存储。如果他还能喘得上气，肯定会笑出来。可惜没有人可以分享这个笑话，因为真的挺好笑的。

那个姑娘叫什么名字来着？肖娜？莎娜？那个他在健身房见到，打算认识一下的姑娘。当然是在摧毁了她的恋情之后。但是，他其实不会动手的，不是吗？不会真的动手摧毁她的恋情。是的，或许利用虚拟世界加速这一进程，他当然可以做到，小菜一碟。但真的走上前去和她聊天？绝对不可能。就算他真的和她说上了话，又该怎么和她解释他写的这个伪造工作记录的程序？

但凯瑟琳·斯坦迪什是知情的，罗迪甚至觉得她真的认为这件事很有趣。

回过头来想想，这也是他会出现在这里的原因。他之所以会来，是因为她让他来。来帮路易莎·盖伊和马库斯·忘记名字了。

他叹了一口气，站起身来，跟跟跄跄地爬上第二十一层。

但实际上是第十二层。

马库斯屈身前进，穿过防火门。他伸直手臂，枪口指向前方，然后向左、向右，再向上，什么都没有。他说："安全。"然后路易莎跟着他走出了楼梯间。他们在六十八层，玻璃门上的商标用连体字写着朗博。里面开着灯，但没有人影。前台后挂着一张大卫·霍克尼的《水花四溅》复制画，同样没有人。马库斯推了下门，打不开。

"他们走的时候可能把门锁上了。"

"他们用的塑胶炸弹。"马库斯指出。他后退了一步，做好准备，然后踢了一脚，但是没有用。踢门的声音被警报声盖过，朗博的办公区域里没有人出现。

"你觉得呢？"

"也许他们是穿墙进去的。"

"也有可能……"

马库斯扬起眉毛。

路易莎说："也许他是在说谎，那个钻石公司是在第几层来着？"

吸气，呼气，吸气，呼气……

以前雪莉看到过一个活动海报，是个市级挑战活动，你要跑上一栋摩天大楼，跑下来，然后跑上另一栋楼，再下来。这个挑战肯定是在做慈善，因为这不可能是爱好。她不禁想道：有多少人会在挑战的途中咽气？

她的腿已经变成了一摊烂泥，防火门上的数字写着三十二。从二十层再向上她就没见到过其他人，当时一对凌乱不堪的情侣冲进楼梯间，问："我们是不是太晚了？"好像错过了报警一样。雪莉指向下方，然后继续攀登。

刺耳的警报声回荡在楼梯间里，现在她肯定已经习惯了这个该死的声音，因为她开始能听见其他声音了。几分钟前是爆炸声，一种她绝对不想在这么高的楼层听到的声音。

她还是没能打通路易莎或者马库斯的电话，但是和凯瑟琳说上了话。凯瑟琳说警报是假的，不会真的出现恐怖分子和炸弹袭击……但刚才那声绝对是炸弹的声音，可能是一枚小炸弹。

她努力维持住呼吸，但还是混进去了一声叹息。阿尔卡迪·帕希金不是他声称的那个人，身边还跟着两个打手。雪莉没有武器，但她以前也徒手把人放倒过。现在想想，她就是因为这个才进了斯劳部门。

腿变成一摊烂泥，或者她刚爬了不到一半的楼层都无所谓。城市正在崩溃，这似乎正是帕希金的计划。所以她不会在这里停下喘气，看着盖伊和朗里奇独占功劳。如果能借此机会一跃回到摄政公园就更好了。

她咬紧牙关，又爬上了一层楼。

噪音在更上方的楼层响起，可能是一场枪战。

* * *

这里是第六十五层，柯宁公司，钻石商的楼层。外围房间装饰成了沙漠主题，墙上挂着丝绸，一簇棕榈树位于房间中心。但刚才撼动了楼上十二层的爆炸已经把它炸成两半，树干弯曲而破裂。烟雾依然萦绕在天花板上，很多没有固定住的家具散落在房间的右手侧。对面墙的正中间，一扇敞开的金属门挂在剩余的铰链上。

"他们走了。"她说。

"不要随便推测。"马库斯保持同样的动作，穿过房间和金属门，警戒着所有的方向。路易莎跟在他身后。

这是一间保险室，摆满了细长的保险箱，其中十几个已经被炸开，地面上的碎玻璃闪过一道光。然后路易莎突然意识到这不是碎玻璃。天哪，这是一颗钻石，足足有指甲盖那么大。

皮奥特也躺在地板上，脑袋的一部分被子弹射在了旁边的墙上。

"帕希金打算轻装上阵。"马库斯说。

"他肯定还在楼梯间。"

"快走吧。"

他们再次跑向楼梯间，但路易莎在防火门边停了停。"他有可能去任何楼层。"

"他想出去，等警报结束再出去就不容易了。"

马库斯不得不凑近她的耳朵大喊，警报确实还没结束，但声音似乎没有那么响亮了，好像电池快要耗尽了一样。

路易莎看了眼手机。"还是没信号。"她说，"韦布还受着伤，我必须得联系上外面。"

他说："好吧，我继续追。"

"不要射歪了。"路易莎说。

马库斯继续走下无穷无尽的阶梯,路易莎则回到了柯宁公司。

"你是克里姆林宫的间谍首脑之一。"

"是的,直到我变成了莫斯科中心的破译员。手里刚好握着足以进入你们这座耶路撒冷的情报。"

"你创造了波波夫,我们知道他只是个传说,就擅自认为蝉也是传说。但他们是真的。你为什么要把他们带到阿普肖特?"

"总要选一个地方。"卡廷斯基说,"一旦莫斯科崩溃,他们总要有地方可去。再说了,他们是长期卧底,还有哪里比这儿更适合躺下睡觉呢?"

"他们都是很有地位的人。"

"他们很聪明,也有才能,有相应的人脉,接触到了各自行业的核心。若非战争结束得太早,肯定会是个有趣的游戏。"

"你是说如果你们没输的话,是可能赢的。"瑞弗说,"他们知道吗?我是说,知道彼此的存在吗?"

卡廷斯基笑了起来,笑得太凶,很快就变成了喘息声,他不得不举起一只手示意瑞弗先暂停。是他那只拿着苹果手机的手,另一只还藏在长椅背后。

过了一会儿他说道:"总的来说,我觉得他们不知道,但可能有所怀疑。"

瑞弗说:"这么多年,你突然决定复出,肯定有理由。你快死了,是不是?"

"肝癌。"

"听说会很疼,真遗憾。"

"谢谢。你喜欢那个女孩,是不是?凯莉·特罗珀。你和她上床，但不只是为了工作，对不对？间谍会在必要时这么做，而年轻男性看到机会的时候也会。你和她上床时是哪一种，沃克？"

"就这么把她派去送死，你一点感觉都没有吗？"

"派她？她会说那是她自己的主意。"

"她肯定是这么想的。你真的在等电话吗？"

"有可能，也有可能是在等待时机打电话。"

"但是已经结束了。"

"很久以前就结束了，"卡廷斯基说，"但人快死的时候就是这样，总想好好把身边的事整理清楚。"

"做最后的清算。"瑞弗说。

"我更倾向于认为这是在给旧账清零。你不会觉得我做这些和政治理念有关吧？"

"我也不觉得你是为了偷东西。为什么选在阿普肖特？"

"你已经问过这个问题了。"

"但是你没有回答。你的一切行为都是有意义的，你来这里肯定有什么理由。"

阳光想要穿过钟塔。给它一些时间和耐心，它终将成功，一如之前的无数个晴天。身后的墓碑沐浴在温暖的阳光中，但长椅还在阴影下。卡廷斯基孤独地坐在这里，好像生来就属于阴影。瑞弗总觉得太阳光照到他，他就会消失不见。

"你为什么会这么想？"

不，瑞弗想道，眼前的人让他想起的并不是外公，而是杰克逊·兰姆。

他说："这里是英格兰。"

"你要这么说的话，伯明翰也是，克鲁也是。"

"是明信片上的英格兰，中世纪教堂、乡村酒吧、绿地。你想把你的间谍网放在典型的英格兰乡村中。"

卡廷斯基像一个老师，勉强地点了点头。"也许吧，还有吗？"

瑞弗说："你选择这个地方的时候，这里有一处军事基地，大部分村落都服务于基地，其他的什么都没有。"

"一个什么都没有的小地方……为什么创造了亚历山大·波波夫的男人会选择这里？"

一阵风吹过修剪整齐的草坪。一块墓碑旁，花瓶里的水仙花随风摇摆。不知为何，他突然想起了老家伙。他的外公把树枝伸向燃烧的壁炉，企图拯救一只甲虫。回忆变得模糊，然后消失，就像甲虫消失在火中时发出了噼啪的声音。但他想到了，从这片安静的教堂墓地，瑞弗想到了一场遥远的火灾。

"ZT/53235。"他说。

卡廷斯基没有说话，但他的眼神在说：没错。

"你是在那里出生的。"瑞弗说。就在这时，卡廷斯基的那句话浮现在了他的脑海中：我更倾向于认为这是在给旧账清零。在那个瞬间，虽然阳光灿烂，他却感觉这张长椅上阴森而寒冷。

路易莎找到了一部手机，打给了急救中心，但是打不通。到底发生了什么？窗外，几缕如墨的黑烟升上天空，低头看去，伦敦市正在燃烧。

她给斯劳部门打了电话，和凯瑟琳汇报了现状。

"你离开时他还活着吗？"

"他还有呼吸，但我不是医生。"

她现在不太确定应不应该把韦布独自留在那里。甚至还不算独自,因为还有一个俄罗斯人,同样中弹了且深陷痛苦,但这对她并不会造成什么影响。

"帕希金呢?"

"正在往楼下逃吧,马库斯去追他了。"

"希望他能小心点。"

"希望他能杀了那个浑蛋。"

"希望那个浑蛋不要先杀了他,或者其他人。"

雪莉·丹德尔和罗德里克·何也在现场。

"外面一片混乱,路易莎,天知道增援什么时候才会来。"

"在那之前我们更需要救护。"

"我去叫一架直升机。"

"天哪,该死。"路易莎说。

是屋顶。

"ZT/53235,"瑞弗说,"你是在那里出生的。"

"真正伟大的传说都不是空穴来风。我把自己的过去给了波波夫,是的。"

"所以你……你当时肯定还只是一个孩子。"

"很难相信,是不是?但显然我还有当年的记忆。"他露出了痛苦的表情,"就算在你们把它烧成灰烬之前,那也不是适合孩子生存的小镇。"

"是你的政府把它烧毁的。"瑞弗说,"因为他们以为那里有间谍,但实际上没有,从来没有过,那座小镇无缘无故就被摧毁了。"

"总是有原因的。"俄罗斯人说,"虽然间谍不是真的,但证据是。间谍的世界就是这样,沃克。你们的情报局无法把间谍派进去,因为那里的安保措施太严密。所以他们退而求其次,送去了暗示此处有间谍的证据。于是政府就采取行动,摧毁了小镇。你们的政府会说这是行动结果,当年他们管这个叫作战胜利。"

"都是很久以前的事了。"瑞弗说,好像这句话能说明什么一样。

"我来自一个英国人眼中典型的苏联城镇。"卡廷斯基说,"被大火烧成了灰烬。而我现在在这里,世界眼中典型的英格兰小镇。告诉我,接下来会发生什么?"

卡廷斯基终于挪动了右手,瑞弗在看清那个东西的瞬间向后退去,但他的动作不够快,卡廷斯基的电击枪击中了他的手臂,电流瞬间将他击倒在地。

卡廷斯基站了起来。"我告诉过你,帕希金有很多我需要的东西。不然你觉得我是从哪里弄来的这个?"他弯下腰,又电了一下瑞弗。电流迸发,世界变成了红黑色。"当然,还有塑胶炸弹。职业犯罪能接触到各种各样的东西,甚至可以说拥有无限可能。"

"但是没有炸弹。"瑞弗勉强挤出来了一句。

"是的,那架飞机只是一个诱饵,帮帕希金引开注意。炸弹还在这里,在我们周围。"

他指的是这些墓碑,瑞弗头晕目眩地想道。

然后他发现:不对。

他指的是整座村子。

卡廷斯基说:"每一只蝉都有足够的材料造出一个大型塑胶炸弹。每个人都接到了指令,知道要把炸弹放在哪里。这是他们等待多年的指令,现在他们知道当年为什么要来到阿普肖特了。为了摧毁一个敌人。"

"你疯了,他们不会这么做的。"

"他们的一切都是我给的。"他说,"身份、生活。二十多年来,他们一直在等待,沃克。等待着将他们激活的指令。蝉就是这样,当它们苏醒之后就会开始鸣唱。"

"就算他们真的放置了炸弹,你这样做又有什么好处?"

"我告诉过你了,这是为了清算旧账。历史从不原谅。"

"你真的是疯了。"

"所以你也不是那么确信了,是吗?你也不知道他们会不会动手。"

瑞弗一直在积攒力量。在经历过人生中最漫长的夜晚之后,所有残存的、激荡在他体内的能量都被唤起,转眼间他就会一跃而起。奇怪的是他还是觉得虚弱而无助。"他们不是你想的那样,早就不是了。他们在这里生活了太久。"

"那我们就来试试看吧。"他举起手机,"我来打一圈电话。"

"你要问他们吗?"

卡廷斯基大笑起来,后退了一步。"不,孩子,"他说,"我要问问那些炸弹。怎么,你觉得炸弹上还连着引爆线吗?现在都是远程引爆的,就像这样。"

他按下了手机键盘上的数字。

韦布还在喘气,路易莎俯身去看的时候他翻了翻眼皮。"别死了。"她说,但是他没有反应,"浑蛋。"她补充道。但他还是没有反应。

基里尔已经消失了,但他留了一条方便追踪的血迹。

路易莎的呼吸还未平复。她顺着血迹追去,原来他跑到了楼梯间,但是往楼上跑了,而不是向下。看地面上的流血量,他肯定不可能跑远。血迹停在了两层楼上,他靠在墙边,表情扭曲成一团痛苦的涂鸦。

"你还想逃?"

"贱人。"

但只有一声沙哑的低语,他看起来已不太可能冲她大喊。

"他在屋顶上,是不是?有一架直升机来接应你们。"

但基里尔翻了个白眼,什么都没说。

他身上没有武器。如果帕希金在上面,她就是个活靶子。所以她小心地穿过了最后一扇门——或者至少努力了。因为一阵风突然吹过,把门重重地撞上了。

这里是伦敦上方三百米的高空,风相当大。

天线塔位于屋顶的对面,一根优雅而细长的刀锋刺向蔚蓝的天空。中间是空调通风口、天线外壳、避雷针以及花园小屋一样的混凝土建筑,其中设有电梯或另外的楼梯。对于一栋高级大厦而言,眼前的景象未免有些脏乱。但大多数光鲜亮丽的外表背后都有见不得人的一面。想到这里时,一颗子弹突然擦过她身后的门。

她立刻翻滚到一个轮船烟囱形状的通风口后,连滚带爬地坐在地上。

"路易莎?"

是帕希金。站在比飞鸟还高的楼顶,他必须要扯着嗓子大喊才能被听到。

"你逃不掉了,帕希金。增援马上就到。"

听声音，他应该是站在西边的其中一个小屋后。东边的平台凹陷下去，为直升机提供了一个降落的平台，但目前还没有投入使用。左侧看不到城市，只有天空，染上了几缕黑烟。一根细得夸张的栏杆竖在屋顶边缘。如果这就是阻拦她跌落的唯一保障，那么她希望风速不要再加强了。

"是的，"他喊道，"我叫了一架飞机，你身上有枪吗，路易莎？"

"当然有了。"

"也许我应该过去把枪拿走。"

这里似乎超出了信号屏蔽范围，因为她的手机响了起来。

"我现在有点忙。"

"我叫了救护飞机，他们说已经在路上了，路易莎——"

"早就知道了。"

如果可以直接劫持一架救护飞机，为什么还要特地派个飞行员过来接应？

他应该是在其中一座小屋后面，但也可能不在。他甚至可能就在这个通风口后面，正在慢慢绕到她身边，她甚至有些期待会是这样。

路易莎并不傻，她把防火斧带上来了。

"路易莎？走回去，关上门。几分钟之后我就走了。没有伤亡就不算敌人，不是吗？"

"我们国家可没有这个说法。"

她希望自己的声音没有发抖。一丝云从头顶掠过，速度快得让她眩晕。如果她闭上眼睛，很可能就会被吹到那根细细的栏杆边上，然后翻下去。

"不然我就只能杀掉你了。"

"就像你杀掉明那样?"

"我会对你开枪,但结果是一样的,是的。"

天哪。她蹲在伦敦最高的大楼的通风口后面,一个衣冠楚楚的黑帮刚刚还开了个玩笑。我跑进《虎胆龙威》的片场了吧?她想道。

"路易莎?"

他的声音听起来更近了,但是很难判断。昨天晚上她明明可以用塑料手铐和胡椒粉解决掉他,这场闹剧就结束了。但该死的马库斯非要阻止她。而现在,在伦敦高空,帕希金手里还有一把枪。

我到底在想什么?为什么要两手空空地跑上来?

因为明。因为这个浑蛋为了一堆钻石杀死了明。

她好像听到了直升机的声音。

抉择,抉择。她可以照他说的去做,回到安全的室内。但这并不意味着他不会在劫持飞机之前对她开枪。底下的街道一片混乱,他会迫降在海德公园,消失在人海中。快点思考!或者行动起来!于是她站起身,冲向下一个掩体,一块水泥建筑,里面应该是电梯井。

她扑在地上,预想中的枪声并未响起,但是消防斧从她手中飞了出去,落到了几英尺外。

"路易莎?"

"我在。"

"刚才是你最后的机会了。"

"把枪扔过来,能给你减几年刑期。"

肯定有一架直升机,而且越来越近了。

"你没有武器,路易莎,还是放弃挣扎吧。"

因为防火斧暴露了，身上配枪的人是不会带着一把沉重的斧子到处跑的。

此刻，斧子就躺在掩护外，她伸手去够，但这次他开枪了。子弹没有击中她的手，但是击中了斧柄，斧头疯狂地旋转起来，她尖叫了一声。

"路易莎？你受伤了吗？"

她没有说话。

直升机螺旋桨旋转的声音越来越响了。如果飞行员看到下面的人带了武器，就不会降落，会直接飞走……她必须让对方知道帕希金手里有枪。如果明在这里，他会说这是个愚蠢的计划。但他不在，因为他死了。如果她现在不做点什么，杀死他的那个人就会逃跑。斧头可能会有用，她再次伸手去够，一只黑色的皮鞋踩在了她的手上。

她抬头，看向帕希金的眼睛，他怒视着她。她给他找了这么多麻烦，他很生气。他的一只手里拿着布包，鼓起成一个足球的大小，里面装了很多钻石。

他的另一只手里拿着枪，对准了她的脑袋。

"我很抱歉，路易莎，"他说，"真的很抱歉。"

然后马库斯开枪射中了他。帕希金和他手里的那包钻石都落到了地上。钻石散落开来，闪着光，像童年时玩过的弹珠。有一些滚到了屋檐边缘，然后掉落下去。

路易莎只能想象那是怎样的一幅景象：微小的雨滴落在远处的街道上，直升机的螺旋桨把空气搅拌得越来越稀薄。

卡廷斯基拨出号码引爆炸弹，教堂墓地里依然安静无声。寂静笼罩在这里，笼罩在整个村庄上，就像一个半圆形的塑料蛋糕罩。阳光黯淡，微风停息，黑鹂的歌声唱到一半戛然而止，就连瑞弗身上的疼痛也消失了一瞬间，等待着闪电般撕裂天空的爆炸，将整个阿普肖特毁于一旦。在这里度过的几周万花筒一般在脑海中回放，他想到了乡村酒吧和商店，想到了优雅的十八世纪联排房屋，绵延的绿地，被改造成公寓的老庄园。一个行将朽木的间谍为了报仇，就要把这一切都炸成灰烬。这里会变成乡村版的归零地，为了纪念另一个无人记得的小镇，同样消失在一场无人记得的大火中。ZT/53235，一座在间谍的厮杀中被献祭的小镇。

剩下的只会是一片焦土，这样做毫无意义。

然后阳光再次开始闪耀，微风吹拂，黑鹂鸟继续歌唱。

尼古莱·卡廷斯基只是一个老人，愣愣地盯着手里的手机，好像不会使用这种高级的现代科技。

瑞弗说："看吧。"他的声音已经快要恢复了。

卡廷斯基张了张嘴，但是瑞弗听不出他说了什么。

瑞弗挣扎着起身，这次成功了。他靠在长椅上，四肢依然虚弱无力。"他们在这里生活了太久，"他说，"已经不再是你的手下了，他们不在乎来到这里的原因，这已经成了他们的生活，这里是他们的家。"

远处传来了车辆的声音，瑞弗认出了吉普车的引擎声。他想了想接下来会发生什么，不禁感到荒谬可笑，一整个村庄的人都是苏联卧底，他们卧底的时间太长，甚至不愿醒来。

"不过，"他说，"你也尽力了。"他离开了长椅。好了，瑞弗想，你看，你还是能站起来的。这样想着，他开始走向拱门，很快军队的人就会穿过这扇门来到墓地。

"沃克？"

瑞弗回头看去，前一秒还停留在钟塔顶端的阳光落在了卡廷斯基的身上。

"不是所有炸弹都是他们的，有一个是我的。"

他又按下了手机上的一个数字。

爆炸炸毁了圣约翰教堂的西墙，站在墙边的卡廷斯基瞬间死亡。之后做噩梦时，瑞弗会看到一块古老的石墙把老间谍劈成两半，但在现实中，他被冲击波席卷，跌在地上。天空落下石头雨时，瑞弗正蹲在拱门下，头缩在膝盖中间。所以他只是听到、感觉到了爆炸，并没有看到。他听到钟塔倾斜、倒塌，落在卡廷斯基身上。倒塌的路径避开了瑞弗所在的拱门，不然他也会跟着那个老家伙一起上西天。事实上，钟塔落到地面和人行道上的过程仿佛持续了整整几分钟，持续了数百年。几百年来它一直伫立在这里，亲吻着天空，此时终于被残酷地从天际线上移除。毁灭的过程甚至几个小时后都还在持续，震颤回荡在空旷的地表，回荡在寂静和尘土之间。

确认帕希金死亡后，马库斯把路易莎拉了起来。

他说："我在楼梯间遇到了雪莉，她没看到帕希金，所以我猜他是往上跑了。"

"谢了。"她说。

"我之前也说了，我会加入斯劳部门是因为沉迷赌博，不是因为业务能力差。"

直升机降落了，他走上前去。

17

游行终止的那天，伦敦市到处都燃起了大火。

街边的汽车、一辆巴士，还有新门街上的一辆武装警车都被扔了汽油弹，被烈焰吞没。第二天早上，报纸上刊登了圣保罗大教堂被黑烟笼罩的照片。夜幕降临之前，已经完全变成暴徒的游行者就都被制伏了。警察吸取了之前手段过于温和的教训，这次采取了强硬行动。他们打破了一些人的头，逮捕了一些人。没有组织的暴民被分散，发起暴乱的领头人被押进了警车。在后巷里罚站了一天的人也被送回了家。事后在新闻发布会上，当天的金牌指挥官说警方在这次事件中展现了强有力的执法手段。但这并不能改变城市真的陷入了停滞的事实。

网上还有谣言在煽风点火。原来那天早上有人发推特说皇家空军击落了一架装满炸弹的飞机，这条消息不知不觉间被人们当成了现实。但真实情况并没有这么耸人听闻。一架赛斯纳天鹰被护送到了皇家空军基地，他们在那里发现飞机上装满手工制作的传单，但消息直到第二天才传开。与此同时，也有人要为仓促做出疏散金融区的决定付出代价。负责安保的人，更确切地说，军情五处管治委员会主席是当时的第一负责人。内政大臣就是听了他的建议才拉响了城市警报。让很多人惊讶的是，罗杰·巴罗比轻易地担下了罪名。据说，他当时看起来就像一个甘拜下风的棋手。他的离职手续办理得很低调。有人说,他收到临别礼物时相当感动,那是一把仿制的密斯·凡·德·罗椅子。

游行事件之后,市中心的许多商店和公司都暂停营业了,路上的车也比平时更少。人们似乎都屏住了呼吸,想要早点回家休息。那些最繁华的街道上,连一只老鼠的影子都见不到。

但只要它想,这只老鼠还是能轻松潜入斯劳部门的大楼。灵敏的胡须能帮助它钻过紧闭的门扉,爬上没铺地毯的楼梯。老鼠也许会停在办公室门口,看向摇摇欲坠的比萨盒斜塔,还有一堆黏糊糊的易拉罐,再看向正在打瞌睡的罗德里克·何,权衡哪个景点更具吸引力。久违的运动让何精疲力竭,此刻他正趴在桌子上,眼镜歪斜在鼻梁上,口水从张开的嘴里流出来。比萨、饮料、口水,现在我们的老鼠有了三种午餐选项。但突然响起的鼾声吓退了它,老鼠转身离去……

这只小动物匆匆跑向隔壁办公室。但这间屋里的人并不会像之前那样,觉得它的到来是一场测试,只会将它认定为敌人。房间里充满了疑神疑鬼的气息,针锋相对的紧张感穿透墙壁、渗入地毯。雪莉·丹德尔和马库斯·朗里奇都知道两人中有一个是戴安娜·泰维纳的间谍,也都知道间谍不是自己,所以肯定就是对方。今天他们唯一交流的话题就是关门关窗,甚至连针塔事件的汇报都还没聊过。如果他们交换了彼此得到的情报,很可能会推测出安全局对此事的官方报告:詹姆斯·韦布给装成阿尔卡迪·帕希金的犯罪分子布下陷阱,行动本身具有相当高的战略价值。但很可惜,由于下等马的参与,行动遭到了严重破坏。当然也就不可能对他们给予褒奖,更不可能让他们回到摄政公园。这当然无法改善屋里的氛围。但对于杰克逊·兰姆而言,只要他想,还是能缓和一下气氛的。因为他知道,戴安娜·泰维纳说新人中有自己的间谍只是在扰乱他的思绪。泰维纳在这方面算是专家，罗杰·巴罗比可以作证。但如果她觉得能骗过杰克逊·兰姆，她就太天真了。如果她在斯劳部门真的有眼线，她早就该知道韦布借调了两匹下等马，也不用等到兰姆告诉她。戴女士已经上了兰姆的黑名单，是她让尼克·达菲不要彻查明·哈珀的死亡事件。她会为此付出代价的。但此时此刻，善良的小老鼠已经无法继续忍受屋里沉重的氛围，于是转身离开，爬上楼梯，探索未知的世界。

它找到了瑞弗·卡特怀特。他刚刚给圣玛丽医院打了电话，此刻陷入了沉默。蜘蛛·韦布中弹后被送到了医院，但到达时间比理想救治时间要晚。也许瑞弗的思绪还停留在那位曾经的友人身上，老鼠看不出他到底是开心还是难过。但瑞弗心里也可能充满了完全不同的情绪，比如怀疑。外公为什么能将ZT/53235这个代号脱口而出？也许这份回忆一直留在他心中，因为正是老家伙让苏联政府以为那座封闭的小镇里出了间谍。ZT/53235是在一九五一年被烧毁的，数万条人命，大卫·卡特怀特当年应该和瑞弗差不多大。瑞弗不禁想道，换作是自己，真的能做到把人命当柴火烧吗？下次见到外公时，他会忍不住想起这些吗？还是他会把这些想法藏在心里，就像一个合格的间谍，然后和往常一样亲切地和外公打招呼？

但我们的老鼠对瑞弗爱莫能助，于是它转身离开，在路易莎·盖伊的房间里找到了另一种完全不同的沉默。一种压抑着哭声的沉默。屋里没有回声，因为没有其他能发出声音的人。一张空空的书桌摆在那里，无人使用，显得有些多余。但过不了多久，一个新的主人就将坐在那里。就像兰姆说的那样，斯劳部门是由废物组成的，废物当然要多少有多少。也许这才是路易莎哭泣的原因，因为终将有人占据那个位置，但也可能是因为她那间空荡荡的公寓。对两个人来说太小，对一个人来说又太大。最近的收获也无法填补她内心的空洞。此刻它就躺在已经没了用处的新内衣旁边，一颗指甲盖大小的钻石，比甜甜圈还轻。路易莎并不知道它值多少钱，但查清它的价格意味着她将跨越一条界限，而她从没想过自己会做那样的事。所以现在它只是藏在暗处，也许某天能帮她从一个空虚的地方逃向另一个空虚的地方。她的未来就是一连串虚无，一条无限延伸的镜子走廊。

所以，难怪她会哭，也难怪我们的老鼠会偷偷离开，因为它无法抚平这份悲伤。它继续向上，来到最高层，先拜访了一下凯瑟琳·斯坦迪什。就算它是一只真的老鼠，也不会吓到她。凯瑟琳一生中见过不少老鼠的幻影。幻象从眼角余光处匆匆滑过，转头去看就会消失。但那些日子也早已过去，现在唯一重要的是过好接下来的每一天。她会用一如既往的平静处理遇到的大部分事，这是她在和杰克逊·兰姆漫长的相处中修炼出来的能力。此时兰姆正坐在自己的房间里，房门紧闭。我们的小小探险家穿过这道阻碍，爬上堆得东倒西歪的电话簿，最终停在电话簿的顶端，胡须和鼻尖颤动起来。杰克逊·兰姆闭着眼睛，脚放在桌面上，腿上摊着一张报纸，翻开的那页印着一则离奇的报道，说科茨沃尔德发生了小型地震，简直闻所未闻。一座备受喜爱的教堂因地震倒塌，万幸只造成一人死亡。在这个与出生地截然不同的村庄中，亚历山大·波波夫的亡灵随着尼古莱·卡廷斯基一同消逝。他本想将村子炸个粉碎，最终却只炸毁了自己。至于蝉，这些长期卧底沉睡了太久，已经将伪装化作了真实。他们以后应该也不会苏醒了，走廊那头的大人物决定不要唤醒他们，毕竟潜伏才是间谍最擅长的事。

355

这么想着,兰姆伸出手去胡乱抓什么东西,很可能是想找烟。而当他的手失败归来之后,他不得不睁开眼睛,看到了坐在面前的老鼠,胡须和鼻尖颤动着。有一瞬间,兰姆感觉这只老鼠好像正凝视着他试图埋葬的过去,或者他不愿面对的未来,让他感到一阵烦躁。但他眨了眨眼,老鼠就消失了,仿佛从未出现。

"看来必须养一只猫了。"兰姆嘟囔道。

当然,没有人听到他的自言自语。

Dead Lions
© Mick Herron 2013
First published in Great Britain in 2013 by Soho Press, Inc
First published in 2015 by John Murray (Publishers), An Hachette UK company
Simplified Chinese edition copyright: 2024 New Star Press Co., Ltd.
All rights reserved.
著作版权合同登记号：01-2024-2100

图书在版编目（CIP）数据

亡狮 /（英）米克·赫伦著；郑雁译 . —— 北京：新星出版社, 2024.8
（"流人"系列；02）
ISBN 978-7-5133-5629-9

Ⅰ. ①亡… Ⅱ. ①米… ②郑… Ⅲ. ①侦探小说 – 英国 – 现代 Ⅳ. ① I561.45

中国国家版本馆 CIP 数据核字 (2024) 第 084256 号

午夜文库
谢刚 主持

"流人"系列 02

亡狮

[英] 米克·赫伦 著；郑雁 译

责任编辑 曹晓雅
责任校对 刘 义
责任印制 李珊珊
装帧设计 @broussaille 私制

出 版 人　马汝军
出版发行　新星出版社
　　　　　（北京市西城区车公庄大街丙 3 号楼 8001　100044）
网　　址　www.newstarpress.com
法律顾问　北京市岳成律师事务所
印　　刷　北京天恒嘉业印刷有限公司
开　　本　910mm×1230mm　1/32
印　　张　11.625
字　　数　271 千字
版　　次　2024 年 8 月第 1 版　2024 年 8 月第 1 次印刷
书　　号　ISBN 978-7-5133-5629-9
定　　价　79.00 元

版权专有，侵权必究。如有印装错误，请与出版社联系。
总机：010-88310888　　传真：010-65270449　　销售中心：010-88310811